As rimas internas
Luis Felipe Abreu

ABOIO

As rimas internas

Luis Felipe Abreu

para Roberta

terça-feira, 15 de março de 2016	15
quarta-feira, 16 de março de 2016	19
domingo, 20 de março de 2016	22
sexta-feira, 25 de março de 2016	26
sábado, 26 de março de 2016	33
domingo, 27 de março de 2016	35
segunda-feira, 28 de março de 2016	39
terça-feira, 29 de março de 2016	54
quarta-feira, 29 de março de 2016	67
quinta-feira, 30 de março de 2016	73
quinta-feira, 31 de março de 2016	76
sexta-feira, 1º de abril de 2016	86
domingo, 3 de abril de 2016	87
segunda-feira, 4 de abril de 2016	89
quarta-feira, 6 de abril de 2016	96
sexta-feira, 8 de abril de 2016	100
9 de abril de 2016	114

terça	125
quarta-feira, 13 de abril de 2016	134
quinta-feira, 14 de abril de 2016	141
sexta-feira, 15 de abril de 2016	148
domingo, 17 de abril de 2016	150
segunda, 18 de abril de 2016	157
terça-feira, 19 de abril de 2016	165
quarta-feira, 20 de abril de 2016	171
quinta-feira	182
sexta-feira, 22 de abril de 2016	192
domingo, 24 de abril de 2016	197
segunda, 25 de abril de 2016	204
terça-feira, 26 de abril de 2016	209
quarta-feira, 27 de abril de 2016	212
quinta-feira, 28 de abril de 2016	221
sexta-feira, 29 de abril de 2016	229
segunda	235
quarta-feira, 3 de maio de 2016	246

*A diferença da primeira para
a sétima onda é
quem começa
a contar*
Gabriel Nunes Alves

Não quero, não queria ser o centro da história que segue – se for possível chamá-la assim. Muito fiz para evitar isso, para permanecer nas margens, para apenas cercar os fatos. Não queria, não quero, mas talvez tenha acabado por me tornar o centro. E essa dificuldade de precisar as posições soa, agora, como a própria história. Tudo que fiz para fugir dela é justo o que parece ter escrito os caminhos de sua narrativa; nunca sabemos quando algo ou alguém passado, enquanto ressoa, pode vir a encontrar sua rima. E, quando a encontra, há um poema, um texto, uma trama.

Esse caminho começa, de algum modo, é preciso dizer. É sempre preciso dizer; é preciso ter uma história. Esta começa há trinta anos e começa de novo agora, como o despertar de um longo sono.

O GLOBO
15 de setembro de 1989

<u>ESCRITORA FLORA LÁZÁR É CONSIDERADA DESAPARECIDA</u>
Poeta foi vista pela última vez no bairro de Botafogo, na terça-feira

terça-feira, 15 de março de 2016

Quando o telefone me acordou, ainda não eram nem sete horas da manhã. Na maioria dos dias, a chamada já teria me encontrado de pé, aproveitando a calma da manhã antes que o dia, seus sons e seus estímulos, roubassem a minha atenção. Têm sido semanas difíceis, porém. Aceitei mais trabalho do que deveria (ainda que fosse render menos dinheiro do que eu precisava) e as pautas acumularam. Passei a última madrugada enfiada na redação dos textos de uma nova campanha publicitária, havia deitado há pouco quando o celular tocou.

Na sua tela, li um número conhecido, ou quase: ainda que fosse um ramal distinto daquele com o qual eu lidava, sabia ser o telefone da editora.

"Desculpa a ligação tão cedo, é que...". Reconheci a voz de Martina do outro lado da linha. O que ela poderia querer? A conhecia apenas de eventos e de conversas informais. Não trabalhava nos mesmos selos e projetos que eu.

É que...? Segurando um café contra o mau humor da manhã súbita, eu remoía a ligação enigmática enquanto andava pelos corredores da editora. Subimos o elevador para além do 12º andar, a fronteira que eu conhecia, sede do escritório dos selos de não-ficção. Paramos no 13º, o Piso da Literatura. Do outro lado de seus corredores ficava o escritório de Paulo, que todos chamavam de O Editor, um pouco na brincadeira, por sua insistência em não ser referido enquanto dono ou presidente da empresa, mesmo que o fosse. Martina me recebeu a poucos metros daquela sala envidraçada d'O

Editor. Se fechou ali comigo, sem dar nenhum detalhe além dos poucos que havia dito na ligação para me seduzir. É um novo projeto e acreditamos que é um tiro certo. É um novo projeto e pensamos em você, ela disse.

"Desculpe a pressa", disse O Editor, me oferecendo a mão e um sorriso franco. Por trás dos óculos de aros vermelhos, o rosto vincado e bronzeado era gentil, mas assertivo. O mesmos tons se carregavam para a sua voz: "Tive essa ideia ontem à noite e quase nem consegui dormir. Precisava resolver isso logo".

O Editor sentou-se por trás de sua escrivaninha, indicando com um gesto para que eu e Martina fizéssemos o mesmo. A sala era abarrotada por livros, certificados de prêmios, troféus e fotografias, um acervo das conquistas da editora nas últimas décadas. Eu sabia que aquela não era uma ocasião normal: já fazia trabalhos para a editora há mais de quatro anos, mas nunca havia visto O Editor. Toda essa cena parecia um daqueles raros momentos em que o pano do palco se entreabre e podemos ver os mecanismos internos do teatro. Eu avaliava com atenção e cuidado, portanto, aquilo que O Editor dizia: em meados do próximo ano, uma célebre feira literária acontecerá em Paris, um evento desses mais para os livreiros do que para os leitores, com lançamentos de pompa. O Brasil será o país homenageado e o tema central será a literatura de autoria feminina. O Editor ia contando isso com detalhes e apartes, não como quem explicasse, mas como quem repassasse uma informação óbvia. Mas nada daquilo era claro para mim. Martina, talvez percebendo minha inquietação, atravessou a lentidão do discurso: "Paulo, fale da Flora".

"Nós queremos lançar uma biografia da Flora Laz na feira", disse, então, Paulo, constrangido ao se perceber prolixo. "Queremos convidar você para escrever o livro".

Não soube o que dizer. Mesmo agora não sei bem ao certo o que poderia ser dito ali, assim, a esse chamado tão surpreendente. Era como se eu não apenas tivesse sido convidada a entrar em uma casa até então estranha, mas também recebesse a chave para um de seus quartos mais secretos.

Diante de um silêncio constrangido, da minha surpresa, Martina intercedeu mais uma vez. Disse que eu poderia lançar um olhar singular sobre Flora. Falou sobre como, ao longo do tempo, a obra de Flora foi sendo coberta pela poeira dos clichês. Como os corpos, dos textos e daquela que os escreveu, foram soterrados por histórias outras, as quais Martina chamava de fofoca, torcendo os lábios. "O tema da feira é uma ótima oportunidade para trazer isso à tona. Lembrarmos da verdadeira Flora".

"Nós sempre apreciamos seu trabalho com autobiografias", completou Paulo. Referia-se aos escritos fantasmas que têm me sustentado nos últimos anos, textos autocongratulatórios (auto, ainda que pela minha mão) de figuras das mais diversas. Um trabalho que nunca levei para além de uma tarefa mecânica, *entrevistar-transcrever-editar*, realizada para pagar contas. "Também gostamos muito das suas matérias sobre novas escritoras. Acho que é aquela voz que precisamos para a Flora", continuou O Editor. Lembra agora dos breves perfis que escrevi para uma revista cultural de Pernambuco: esses, sim, trabalhos de afeição, e mais afim àquela estranha tarefa ofertada por Paulo e Martina. Mas, ainda assim, não me credenciaram a tanto... Flora? Teria algo a dizer sobre ela?

"Claro que o prazo é apertado. Um ano e meio para pesquisa, escrita e edição. Mas não queremos um livro definitivo, uma biografia exaustiva, do nascimento até a morte", comentou Martina, cada vez mais próxima de meu corpo, sem que eu percebesse. Com a mão sobre meu ombro, prosseguiu, deixando escapar uma das razões da minha escolha: "Vamos dar todo o suporte. E sabemos que você trabalha rápido".

"Por isso seria imprescindível começarmos logo. É preciso ir ao Rio, conversar com pessoas, juntar material...", anunciou O Editor. "O ideal seria sair nos próximos dias. Ficar por lá umas semanas, ou o tempo que for necessário. Temos um apartamento da editora, isso não é problema. Mas, claro, você não precisa nos responder agora", sorriu, mal disfarçando sua própria ansiedade.

Peça mais tempo para pensar, pensei, ainda desconfiada, acossada de tantas informações por tantos lados, sem ter dito nada após aberto aquele convite, carta-bomba. Peça mais tempo para pensar. Aceito, respondi.

quarta-feira, 16 de março de 2016

Flora Laz. Também conhecida apenas por Flora, ou, ainda, Flora L., como assinou alguns de seus textos, em caligrafia rebuscada. Autora de quatro livros: além dos dois de poesia, pelos quais é mais conhecida, publicou também um volume de contos e uma reunião inclassificável de cartas, bilhetes e outras correspondências comuns. Morta em 1989, em circunstâncias nunca de todo explicadas: uma madrugada, um mar, uma ausência de corpo.

F.L. Uma sigla, um sigilo. As letras escondem um nome de música estranha. Um sigilo esse rosto que, da orelha dos livros, atravessa trinta anos para me encarar. Há duas fotos de Flora que se repetem, alternando-se, nos livros e seus materiais de divulgação, em vida e em morte. São parecidas entre si, distinguíveis apenas na variação das poses. Em uma das fotos, Flora está enquadrada em um plano aberto, e encara a câmera. Na outra, a imagem fecha em *close* e o olhar da poeta desce, mira algo abaixo e à esquerda do fotógrafo. Em ambas, o que marca é o rosto de Flora, sua dureza. É bonita, mas não é bem isso. É dura, um rosto em pedra emoldurado pelo cabelo cachado e revolto, cortado de forma selvagem. Mesmo no preto e branco das fotografias, seus olhos revelam uma cor caramelo, enigmática. A boca, de lábios finos e ferido, está franzida em ambos os retratos, completando o tom de combate de sua aparência.

Nunca havia prestado atenção nesse rosto que hoje me detive ao folhear os livros. O rosto que me levou a tentar ler suas linhas de expressão como se lesse as linhas dos poemas de Flora. Textos com os quais também me descobri sem intimidade, sem memória. Conhecia o nome de Flora e sabia seu lugar na história das letras do Brasil. Sabia de sua fama relativa e de sua circulação, sabendo também seu apelo jovem e pop. Também conhecia várias interpretações de seu legado: para uns, apontava um lirismo poderoso. Para outros, apenas afetação. Mas esses são dados, informações de jornal ou enciclopédia, fatos periféricos, e meu trabalho seria justamente o de ultrapassar isso. Como, se me descobri incapaz de lembrar de memória o nome de um, qualquer um, de seus textos. Eu era uma conhecedora mais da figura do que da literatura, como aqueles sujeitos desprezados por Martina. Eu já lera Flora? Apenas pedaços: de mais marcante, lembro de dois versos que faziam a epígrafe de um romance lido e perdido há anos. Versos bonitos, mas que não me chamaram atenção a ponto de buscar mais trabalhos da poeta. Flora, para mim, não passava dessa figura oblíqua, que atravessava leituras e conversas, mas nunca chegava a se mostrar presente. Um corpo no mundo, mas distante de mim. E essa separação me preocupava, me preocupa: é a esse corpo estrangeiro que devo dedicar meus próximos dias, semanas ou meses. Causa ou consequência desses anseios, tinha para mim que precisaria inventar duas vidas: uma para Flora e uma nova para mim.

Mas vidas e invenções ficam para depois. Fechei os livros sobre o rosto de Flora e os pus na mochila. Passei o dia nessas organizações para uma viagem relâmpago. Tentei não pensar em Flora, em poesia, no Rio de Janeiro: procurava me mover no impulso das demandas e necessidades. Não havia ninguém para avisar da minha ausência: o que me restava de família estava no Sul, e os poucos amigos paulistanos não eram próximos o bastante para terem de acompanhar minha agenda. Precisei apenas limpar minha pauta, cancelando com gosto os *freelas* de redação publicitária e os textos técnicos. O apartamento é pequeno, não demandou muita limpeza. A mala, de tamanho também tímido, recebia o quanto podia.

A vida a ser inventada era ainda a imediata, funcional, e o que havia para ser escrito eram listas de roupas e coisas que não poderiam ser esquecidas.

domingo, 20 de março de 2016

Café com Martina ao fim da tarde, uma última conversa antes da viagem, um encontro vespertino em café de bairro pelos lados de Perdizes. Cheguei atrasada quase 40 minutos, envolvida nos preparativos da viagem. Em meio às minhas desculpas esbaforidas, Martina sorriu como não se importasse. Deslizou por cima da mesa um volume de livros e papéis, uma pasta e envelopes pardos.

"Trouxe mais algum material", me explicou. "Temos alguns outros livros com textos da Flora, coletâneas da época, ou livros de amigos que ela fez a apresentação, coisas desse tipo. Achei que seria interessante ter uma noção mais ampla do que ela fazia e de por onde circulava".

Ao me ver mais interessada pelas pastas anônimas do que pelos livros, Martina explicou: "Essas são listas de contatos, pessoas que estamos indicando para entrevistas. Claro que você tem autonomia para buscar o que for, mas esse é um começo". Antes que eu pudesse elaborar a dúvida, completou: "Também vou mandar por e-mail, mas aí está impresso porque vai junto mais material de literatura. Alguns xerox de textos publicados em vida, *fac-símiles*, de textos de imprensa, artigos ou poemas dispersos".

Como Flora conseguiu produzir tanto em três décadas de vida, um tempo tão comprimido? Eu já temia as armadilhas do clichê "viver para escrever", e a mitologia dessa produção vertiginosa só tornava a tarefa mais difícil. Perguntei a Martina sobre essa fome, traduzida em tantas páginas. Ela riu, mas respondeu a sério. Respondeu muito e tudo. Falou dos primeiros contatos de Flora com a escrita, de como ela escreveu peças desde criança. Esses textos se perderam no tempo, mas deixaram em seu rastro a ideia de uma criança prodígio e, desde sempre, marcada pelo drama. Falou da formação intelectual, do interesse de Flora também pelo pensamento da literatura, de como havia se graduado em Letras e continuara envolvida com a academia, publicando ensaios e artigos críticos – textos eclipsados pela produção poética. Falou da relação de Flora com seu círculo de colegas e amigos, me adiantando nomes acumulados nas pastas pardas. Sua relação, também, com a imprensa, sua recepção simpática, no início da carreira; e então gloriosa, antes de se tornar morna, ao final da década de 1980. O carrossel dessa recepção crítica modulava os projetos e humores de Flora, segundo Martina: "Ela se importava: não apenas se era lida, mas *como* era lida. Escrever era uma forma, também, de ser bem quista". Falou, chegando a elevar a voz, de como a escrita experimental de Flora, com sua sintaxe rebelde e seus sons dissonantes, era muitas vezes lida enquanto sinal de sua condição estrangeira e de sua alfabetização no húngaro paterno. Um erro, já que para Martina a prosa torta de Flora seria "um esforço, já naquela época, de tradução de um universo íntimo, de difícil articulação pela linguagem cotidiana". A profusão de pontos e vírgulas, hifens e parênteses em seus textos, bem como os *enjambements* vertiginosos de seus poemas eram provas não de uma imperícia, senão de uma técnica elaborada para fazer dizer o indizível.

Quis saber de onde vinha tanto conhecimento de causa. Martina dominava o universo de Flora e o destrinchava na minha frente com didatismo. Comandava uma espécie de catequese a essa religião estrangeira, da qual eu teria que me tornar sacerdotisa e porta-voz. Martina explicou que fez seu doutorado sobre a poesia brasileira da década de 1980. "Foi há um bom tempo, quando Flora ainda era um rodapé dessa história. Foi nos anos 1990. Para você ver como já estou velha", riu, enquanto eu discordava.

A conversa derivava a partir desse ponto, como se o assunto-Flora fosse um centro irradiador, dando lugar a outros. De Flora para outros poemas, daí para outras literaturas, outros textos, seus temas, nós mesmas. A luz caía, trocávamos o café pela cerveja e o público ao nosso redor mudava de rostos e gostos. Perdemos a hora e falávamos alto: contávamos histórias de nossas aventuras pelo mundo da editoração, trocando anedotas e fofoca. Já não lembrava mais por que estava ali naquele lugar com Martina, nem das razões para tantos papéis e livros sobre a mesa. Nem lembrava até lembrar. Levada pela euforia do momento, não pude reprimir a questão que vinha se formando em minha cabeça ao longo de todo o dia.

"Martina", comecei, "mas por que você não escreve esse livro?"

Martina sorriu. Nesse sorriso discordei mais ainda de suas asserções de velhice. Se não tinha no rosto longo e fino uma beleza convencional, possuía uma presença que desarmava. Me respondeu de pronto, parecia já esperar essa dúvida: "Já tem alguns anos que trabalho com isso, e assim a gente aprende algumas coisas. Eu aprendi que há aqueles que contam histórias e há aqueles que ajudam as histórias a serem contadas, Luiza".

Pude sentir meu rosto corar, enquanto o peso daquela consideração assentava em algum canto de mim, tomando lugar entre o orgulho e o constrangimento. Mais que um projeto entre tantos, esse livro era uma missão, uma delicada operação de inteligência militar, guiada por comandantes demais. Flora, O Editor, Martina, a multidão de fãs sem nome ou rosto, os críticos, esses bem conhecidos e sedentos, de poesia ou sangue. Conseguiria escrever também por mim?

sexta-feira, 25 de março de 2016

Dias de névoa e suspensão: dias vazios pautados pela espera da viagem, dias cheios de trabalho, no esforço da parte prévia. Retirei dentre os papéis de Martina, dentre mensagens suas e do Editor, uma infinidade de nomes e números. Nomes próprios, datas, telefones, endereços. Precisava materializá-los em trabalho: verificar disponibilidades, marcar entrevistas, sondar outros nomes. Algumas daquelas pessoas eu já conhecia de ouvir falar, eram partes constitutivas de uma cena literária, por assim dizer. Eram insígnias, marcadas como tais nas listas de Martina: "Antônio Carlos Britto Mello, crítico d'O Globo, conheceu Flora em vida"; "Maria 'Maga' Gugliani, pintora e amiga pessoal". Para mim, não eram nada, mas deviam se tornar a razão de todos os meus esforços a partir de agora. Alguns talvez nunca deixassem de ser apenas nomes, já que não respondiam meus e-mails e ignoravam meus telefonemas. Sumiam, a seu modo, indo fazer companhia ao sumiço de Flora, deixando buracos na trama de sua história.

Sentada no aeroporto, relia um desses e-mails enviados e ignorados, e maldizia minha estratégia de ser direta e clara. Não teria tido mais sucesso sendo mais simpática? Aqueles marcados como "amigos" na lista não teriam respondido melhor a um apelo íntimo do que ao tom supostamente jornalístico? Ainda remoía minhas escolhas quando a voz metalizada do saguão anunciou a última chamada para meu embarque. Tendo despachado a mala abarrotada de livros, embarquei por uma fila já vazia.

Me preparo para um voo difícil. A ponte aérea é curta e o horário noturno ajuda a apagar, mas eu não conseguia relaxar. Não conseguia descolar da experiência da viagem as razões de seu destino. Mesmo sendo uma das últimas passageiras a embarcar, encontrei o assento ao meu lado vazio. Imaginando a chegada provável de alguém, dada a lotação do voo, desenhei um plano. Uma distração, mesmo que breve, e que poderia auxiliar meu trabalho. Retirei da bolsa o exemplar que levava de *O giz e o pó*. Havia tentado começar a ler o livro nos últimos dias, sem sucesso. Ali, me serviria de outro modo. Posicionei-o sobre meu colo, de modo bastante visível e esperei. Quem sabe o ocupante ausente, ao chegar, se interessasse? Perguntaria o livro, dando oportunidade a um exercício dos meus conhecimentos e, mais importante, da minha retórica sobre Flora. Em um cenário ainda mais perfeito, talvez o passageiro já a conhecesse, e o diálogo motivado por esses interesses comuns me levaria a uma entrevista piloto, sondando os afetos suscitados pelos textos, pela presença de Flora. Construía essas cenas na minha cabeça enquanto buscava a melhor posição do livro sobre as pernas, quando ouvi um pedido de licença brusco e vi desabar ao meu lado o passageiro 19C. No tempo que levou para se acomodar, afivelando os cintos a pedido da comissária, pude observar um pouco: nem jovem nem velho, calvo e arfante, vestia um terno preto, grande demais, e uma camisa azul, com seu peito salpicado de suor.

 Os primeiros sinais não foram simpáticos ao meu plano de interação, e os longos suspiros que 19C dava enquanto decolávamos deixou claro que a esperada conversa, se acontecesse, demoraria. Espera e expectativa se esvaíram quando, passados os solavancos da decolagem, 19C puxou de seus pés uma pasta e, dela, seu próprio livro, invertendo o jogo. Eu que não contive meu interesse e virei o rosto para descobrir qual obra era. A capa laranja, tomada por um título em letras grandes, me despertou certa lembrança. Era um desses livros, todos semelhantes em forma ou conteúdos, feitos para executivos ou aspirantes, gente vestida como o 19C. Nada tinha de especial, nenhum diálogo possível a partir dele. Pelo brilho até presumi que fosse uma compra recente: quem sabe o atraso não tivesse se dado por uma parada de última hora na livraria da área de embarque? Só quando pude ler o título, percebi a verdade do meu reconhecimento. *Falar não é fazer: como um líder vencedor toma decisões*, nome também genérico, mas que eu conhecia de perto: revirei olhos para ele desde que fora escolhido pelo meu editor. Eu havia escrito esse livro no ano passado, um trabalho rápido e como outros do tipo: entrevistas com o presidente ("Preferia que fosse creditado como CEO", ouvia sempre) de uma multinacional, transcritas como se fossem obra do próprio. Trabalhos que esquecia assim que entregues: não sabia sequer o quanto vendiam, já que recebia por contrato e não tinha relação alguma com sua distribuição. Mas 19C o havia comprado e, pelo modo como se curvava, parecia interessado. Seu interesse esquentou meu rosto e a minha vergonha, como se tivesse sido pega em meio a uma atividade suja e secreta. Afastei os olhos do livro, daquelas páginas, com medo de acabar lendo algum trecho. Me voltei a meu próprio livro. Ou melhor dizendo, o livro de Flora: mas destas páginas era impossível ler coisa alguma, com os olhos ou com o estômago. Não tive saída senão a de passar a próxima meia-hora mapeando linhas impossíveis através da escuridão do céu.

 Devo ter cochilado, pois me percebi tonta quando a voz chiada do piloto alertou a equipe para preparar o pouso. Levantei a cabeça para o interior do avião escuro e percebi que 19C desistiu da leitura e dormia. Me guiei pela luz da noite e me voltei para a janela, acompanhando a descida da aeronave. Agora, no lugar do quadro-negro da madrugada, vi uma claridade entre a névoa. O céu que se compunha em cenário aos poucos. Já conseguia distinguir o mar, pedaços de praia, os sinais das cidades. Nunca havia feito este caminho, mas a imagem das ilhas da baía me deu a certeza de que havia sido entregue ao destino.

À vista da pista de pouso do Santos Dumont, imprensada contra a Guanabara, percebia também se dissipar a possibilidade da desistência, tornada mais etérea que essas finas nuvens noturnas que assombram a paisagem. Mergulhando nelas, chegava a um lugar. Ao lugar.

JORNAL DO BRASIL
18 de setembro de 1989

AOS 32 ANOS, A ESCRITORA FLORA LAZ É DECLARADA MORTA
Polícia encerra buscas pelo corpo da autora, dada como desaparecida na última semana

sábado, 26 de março de 2016

Da poeira nas esquadrias ao cheiro penetrante dos armários, é perceptível como esse apartamento é uma casa fechada há algum tempo. Daria para imaginar, dada sua função peculiar: ser um espaço oferecido a autores da editora para hospedagem durante a participação em lançamentos ou eventos, podendo servir até mesmo como retiro de escrita. Martina me explicou tudo isso, dando as instruções para a minha entrada, e eu me questionava se não seria mais fácil pagar por um quarto de hotel, como fazem todas as empresas.

Se já parecia uma extravagância quando proposto, ao vivo o apartamento e sua função se mostravam ainda mais insólitas. Era um imóvel grande, de dois quartos e dois banheiros, situado em um prédio cinquentenário, em uma travessa tranquila de Copacabana. Fui recebida por Jorge, o porteiro, simpático até mesmo quando sacudido de um cochilo clandestino na madrugada. Enquanto me ajudava com a mala pesada, disse: "Dona Martina tinha deixado avisado da senhora". Mais uma das digitais dela em meu caminho. Jorge falava da desocupação do apartamento, explicava ser o responsável por abrir e arejar o lugar de tempos em tempos. Me entregou um molho de chaves e voltou a seu posto.

Fiz uma primeira ronda de reconhecimento. É um apartamento simples, básico, de acordo com sua utilidade intermitente: paredes brancas, móveis naquele MDF encapado em amarelo-imitando-madeira, roupa de capa florida cheirando a naftalina nos armários, o mínimo de equipamentos possível para a sobrevivência doméstica.

Eu preferia que fosse ainda mais impessoal, que tivesse o corpo estéril de um quarto de hotel ou pousada. Relutava em conseguir abstrair de um apartamento os traços das ocupações anteriores, visíveis ou imaginados.

Dentro do quarto, um cômodo onde caberia facilmente todo meu apartamento paulistano, eu intuía essas assombrações, imagens de escritores prestigiados e influentes que teriam deitado sobre essa cama. Não conseguia dormir. Em uma tarefa típica do fazer lar, decidi limpar o pó da estante vazia que havia na parede ao lado. Retirada a sujeira grossa, organizei ali os primeiros livros resgatados das desordens da bolsa e da mala. Pus, dispostos lado a lado, para ampararem um ao outro na solidão da prateleira, *O giz e o pó*, *Aquarela em technicolor*, *As sapatilhas* e *Destinatário ausente*.

domingo, 27 de março de 2016

Era preciso dar uma volta pelo bairro, pela cidade, fazer o reconhecimento de campo de um Rio que só conhecia de imagens, impressões, causos, fatos passados por ficção. Comecei com uma caminhada por Copacabana. Da pequena rua onde fica o apartamento, logo passei para o tumulto que imaginava do bairro. Sob um sol rasgado e uma temperatura que se anunciava além dos 40º nos termômetros, passei por ambulantes e camelôs, cafés e botequins lotados, lotéricas onde senhores se reuniam para assistir televisão. Caminhonetes com alto-falantes anunciavam a compra de ferro-velho, porteiros conversavam de calçadas distintas, carros tocavam música alta. Tudo respondia às imagens conhecidas, mas era, ao mesmo tempo, cru, surpreendente. Como se um brinquedo de infância, uma casa de bonecas ou diorama, ganhasse vida e não soubéssemos mais o que fazer diante de seu movimento autônomo.

Com São Paulo havia sentido algo parecido: as surpresas e a palpitação das descobertas movendo o dia a dia. Talvez seja das grandes cidades esse jogo de sedução, entre a recusa e a aceitação de seus clichês. Com o Rio, porém, a brincadeira era mais intensa. É possível não conhecer essa cidade, mesmo sem nunca ter estado ali? Mas o que se conhece, de que modo corresponde à vida possível em suas ruas? O que Flora havia achado disso? Teria tido aquele mesmo tipo de maravilhamento ingênuo, quando chegou aqui? Lembrava de minhas próprias mudanças, era tentador espelhar as trajetórias: éramos escritoras que subiram do Sul ao Sudeste, e lá tiveram de se reinventar. Uma com mais sucesso que a outra, mas ainda assim. Gostei de imaginar essa ligação. Era um modo de conexão, uma forma de construir para mim uma perspectiva. Teria Flora amado o Rio de primeira, como amei São Paulo? Ou ainda – já que, como em outras tantas situações, de si próprio o afeto se envenena –, teria passado a odiá-lo? Não é possível amar uma cidade para sempre, ao menos não de todo modo. Eu o sabia, o sentia no meu esgotamento de São Paulo, de seus ritmos e suas demandas. Talvez nos ressintamos de uma cidade porque ela muda em ritmos distintos dos nossos, e percamos o passo feito dois estranhos que só um breve instante caminham lado a lado por uma avenida lotada. Eu remoía essas ideias circulando pela Nossa Senhora de Copacabana e seu fluxo imparável. Pensava, cruzando esse comércio de lanchonetes de suco natural, farmácias familiares e lojas de badulaques, que o Rio conhecido por Flora nos anos 1970 não deveria ser o mesmo do qual ela se despediu em 1989. Cresceu, trocou seus trejeitos e trajetos, seus moradores e seus visitantes, envelheceu e também rejuvenesceu, descobriu outras formas de estar junto a Flora. Ela, por sua vez, também estaria diferente.

Era o caso de rastrear essas mudanças. Decidi parar um táxi e seguir para o bairro de Botafogo, o Botafogo legível em alguns textos de Floras. Em fragmento dessa biografia, ainda garimpados pouco a pouco, revelavam ser o lugar de acolhida por toda sua vida carioca. Sem ter um endereço exato em mãos, sabendo uma ou outra referência pinçada dos meus papéis, vaguei pelo bairro, sem muita direção ou sentido, descobrindo seus humores, sua preguiça tardia. Entrei por pequenas ruas, procurando sinais pelas fachadas, qualquer coisa que denunciasse um dos prédios em que Flora viveu ou pudesse ter vivido. Seus textos revelavam pistas de alguns de seu lares por ali: a referência a um terraço em um prédio de esquina; a citação de um bar octogenário, ainda existente, na mesma quadra; a arquitetura modernista do prédio de infância ou as sacadas geométricas do último edifício em que morou. A partir daquilo que essas ruas deixaram nos textos, eu buscava sinais de alguma retribuição: que marcas Flora teria deixado neste lugar?

Nessa tarefa evidentemente impossível me era permitido no máximo arriscar, imaginar cenas domésticas de décadas passadas por trás de fachadas que nunca vi antes. Me demorava e me perdia, apesar do sol, do suor e do peso nos pés. Percebi o quanto havia caminhado quando descobri estar deixando o barro, vendo no horizonte o Aterro do Flamengo, ou aquilo que imaginava ser o Aterro, conhecido de fotos e relatos. A vista da grama e os sons de recreio me chamaram a atenção e me convidaram. Interrompendo a caminhada por um momento, podia perceber meu cansaço, como se a interrupção do movimento fosse a compreensão de sua extensão. Então eu fui, chamada pelo mar.

Atravessei duas vias da avenida e uma passarela sobre o trânsito, intuindo pelo clima e pelo céu que a tarde morria; mas o entorno do parque permanecia cheio de gente, som e cor. Esforços em esticar o verão já morto, seus resquícios de luz e esse tanto de calor. Mas quanto dura o verão aqui?

Cheguei a uma das barracas instaladas além do gramado, já na faixa de areia, sentei em uma cadeira e pedi um coco para assumir a personagem. Me sentia em uma estranha fronteira: entre o asfalto e a natureza, entre a arquitetura e o mar, entre o hoje e um fora do tempo. Mas sentia também que esses cenários, afastados de modo violento, eram inseparáveis, em uma harmonia dissonante. Sentia ter, de fato, chegado ao Rio. E ele me respondia com todas as suas cenas, uma colagem frenética de sensações: os gritos das crianças misturando-se aos anúncios dos ambulantes e à música de alguma caixa de som anônima; o velho dono da barraca, vestido em uma regata surrada do Vasco, puxando assunto sobre alguma manchete da semana; a vista de um copo plástico cheio de cerveja, esquecido, a amornar na calçada ali ao lado.

E, adiante, o mar. Mar que me fazia lembrar Flora – e era mesmo como se a houvesse esquecido, de todo, em meio àquela excitação. Nessa lembrança emergiam outras contradições: como uma praia como esta, tão vibrante, poderia estar tão vazia e oca trinta anos atrás, quando serviu de palco para o último ato de Flora? Que fosse há muito tempo, que fosse de madrugada, que fosse o que fosse: era assustador sobrepor o filme que eu assistia neste domingo alegre à fotografia de uma praia deserta de tudo. Deserta de Flora, a não ser pela sua canga e pelos seus chinelos abandonados, sua bolsa e seus documentos. Nessa dissonância eu não conseguia encontrar nenhuma harmonia.

Me senti como o assassino na cena de um crime, mesmo que minha tarefa com o livro fosse o contrário de um homicídio. Voltei à cena por um impulso irrefreável, mas, ao chegar, descobri uma armadilha.

segunda-feira, 28 de março de 2016

Dia das primeiras entrevistas. Decidi começar com Lúcia, pela manhã, deixando Oscar para a tarde. A amenidade antes da obrigação. Imaginava que, depois de Oscar, não teria muita cabeça ou clima para mais nada. Tive a certeza do primeiro rombo na conta da editora quando cheguei à confeitaria no Leblon escolhida por Lúcia. Folheava o cardápio quando ela chegou, quase uma hora depois do combinado, sem muitas explicações. Foi se sentando e contando do trabalho de montagem de sua exposição, em uma galeria próxima, das dificuldades com a mão de obra responsável, das frustrações com seu curador. Lúcia foi a ilustradora das primeiras edições de livros de Flora, e era parte do grupo alternativo de poesia e artes constituído no entorno da UFRJ da época. Hoje era uma artista diletante, de produção intermitente mas presença constante nas colunas sociais. Era fácil especular as experiências dos anos 1980 como um ato rebeldia em meio a uma vida endinheirada. Impressão que a própria Lúcia fez questão de confirmar, antes mesmo de ser perguntada: "Sabe como é, querida, a gente jovem faz cada loucura!".

Esse distanciamento era ótimo à entrevista e ao livro. Lúcia falaria de Flora e da época com afetos mornos: uma boa porta de entrada a esse universo para mim, já sob risco de ser enredada e seduzida nas leituras e nas conversas com Martina. Enquanto Lúcia sacava seu celular para me mostrar as obras de sua pretensa exposição (quadros de formas geométricas multicoloridas, sobreposições gráficas *kitsch*, acompanhadas de um discurso surrado sobre autoconhecimento), eu tentava direcionar o rumo da conversa na direção de suas memórias.

"Eu estava na FAU e logo a arquitetura me levou pro desenho. Sempre fui meio artista, sabe? Doidinha", riu. "Foi aí que eu me aproximei daquele pessoal. Nunca fui muito da leitura, mas era amiga da Alice, e ela que me apresentou o resto. Gostaram das coisas que eu fazia, me convidaram para ajudar na revista que estavam planejando". Duas referências aí, peças de meu quebra-cabeças: Alice Maltz, também poeta, amiga de Flora e recorrências nos textos sobre ela; e a tal revista, a *Barato total*, um *fanzine* de poesia planejado e intensamente discutido pelo grupo de Flora, Alice e alguns outros. O projeto não saiu dos planos iniciais, mas mesmo assim foi o catalisador dos esforços concretos daquela geração: *O giz e o pó* havia, segundo tantas entrevistas, saído dos textos que Flora esboçou para o projeto. Curiosa, perguntei a Lúcia por que os esforços não haviam dado certo.

"Ah, era todo mundo muito difícil. Por isso não fiquei muito tempo no grupo, na verdade. Tudo muito *down*, entende?", desprezou, com um gesto de mão. "A Flora, por exemplo. Era muito implicante. Toda decisão virava uma batalha. Nunca aguentei muito. Não era amiga-amiga dela, sabe? Uma energia pesada. Mas gostavam do que eu fazia, e era tudo muito crazy, então fui ficando, fomos conversando. Ela não gostava de demonstrar isso, ainda mais para mim, com quem não tinha intimidade, mas pirou quando viu os esboços que eu fiz para aqueles poemas. Pirou".

Neste tom seguíamos: em meio às renúncias a seu passado de contracultura, e aos elogios à própria capacidade artística, eu conseguia extrair referências importantes que, mesmo que não me oferecessem novidade alguma em relação ao material escrito que já possuía, me ajudavam a montar o cenário daquela época, dispondo as peças em seus lugares e desenhando as relações entre elas. O trabalho de arquivo que fazia até essa primeira entrevista tinha sido importante, até mesmo divertido, mas ajudava apenas até certo ponto. A partir daí, passava até a atrapalhar, me paralisando diante da avalanche de dados mudos. O arquivo não é senão um empilhado de nomes e datas e locais e fatos e, se muito, de especulações de precisão incalculável, uma extensa galeria pintada de referências de fundo falso. Uma exposição de buracos, que eu não sabia serem buracos devido a alguma imprecisão documental ou se eram apenas algumas dessas falhas lógicas da vida-como-narrativa. Havia as palavras de Flora, claro, não apenas nos livros, mas também em uma série de entrevistas e reportagens: mas estas, por vezes, contradiziam o resto do material, em desencontros dos menores aos maiores. Quem fala, fala de cabeça, e não sabe que na hora firma um compromisso instável com a história. Lúcia ia me fornecendo, a seu modo, tanto complementos quanto contrapontos ao volume morto dos dados escritos e históricos.

Uma prova desse deslocamento de seu ponto de vista se deu próximo ao meio-dia, após dois espressos e incontáveis causos de juventude. Vi uma sombra atravessar seu rosto, de súbito, em meio a uma anedota qualquer sobre os costumes da *intelligentsia* carioca dos 1980. Parou, fez menção de falar, silenciou e só então desentalou, em um só sopro, evitando uma segunda desistência. "Mas, sabe, eu nunca entendi muito essa questão da morte dela", foi a sentença.

"Do que conheci da Flora, sabia que era uma pessoa muito difícil e uma pessoa muito triste. Mas também era uma pessoa muito forte". Intrigada e também incomodada com essa relação entre suicídio e fraqueza, mencionei a Lúcia a tentativa frustrada em 1987 como sinal de um desequilíbrio profundo.

"Meu amor, para mim eu tenho que quem quer se matar se mata. Tem muita gente que diz que tentou, mas era só pra chamar atenção. Usar gás? E sabendo que esperava pessoas chegarem na sua casa logo depois?", disse, a boca torcida em um esgar de descrença. Era incisiva, de modo muito diferente do que tinha sido até ali: "Aquilo lá foi teatro. Muito triste, claro. Não digo que ela não se machucou. Ficamos todos apavorados na época. Mas um teatrinho. Quando passou o susto, todo mundo sabia que tinha sido por causa do Gabriel".

Outra referência importante: o escritor Gabriel Nunes Alves, figura inevitável em qualquer revisão da poesia brasileira das últimas décadas. Eu sabia, claro, que ele era amigo de Flora. Não só: nos anos após sua morte, sempre foi um dos nomes mais procurados para falar a respeito dela, escrevendo textos de homenagem e poemas diversos a suas memórias. Agora, que pudesse inspirar sua tentativa de suicídio, isso era novidade, talvez a maior daquele encontro. Saberia Lúcia de algo mais? Falava de Gabriel com certa especulação maldosa ou como intuição? Se havia alguma coisa difícil de desacreditar nos registros oficiais era justo a morte de Flora e suas circunstâncias. Haveria coisa mais concreta que o ponto final?

Claro, eu sabia dos rumores em torno daquele 12 de setembro de 1989, daquela madrugada e daquela praia. Mas eles nunca foram levados mais a sério do que uma teoria da conspiração, um delírio especulativo. Aquilo que Lúcia dizia, enquanto coadjuvante proeminente da tragédia, era de outra ordem, porém. Mesmo que fosse uma fofoca maldosa, eu, como a atenta biógrafa que devia me tornar, tinha como dever indagar e explorar aquele lapso ou confissão.

Só não houve tempo. Ao menor sinal meu, no esboço de qualquer questão, Lúcia sacou seu celular e me informou o atraso da hora. Falou de outra reunião, mencionou o marido, atirou desculpas à mesa enquanto saía às pressas, sem me dar chances de pressionar por mais respostas. Parecia arrependida. Enquanto me dava as costas, oferecendo um convite protocolar para sua *vernissage*, eu começava a consolidar a certeza de que nada seria dado na história de Flora. Mesmo o elemento mais óbvio acabaria sob suspeição, seja pela malícia, seja pelos fraquejos da memória. E quem seria eu, recém-iniciada naquela vida, para distinguir o que pertencia à verdade daquilo que era boato, retórica ou mesmo ficção pervertida? Em meio a xícaras sujas e pratos vazios, remoía o desafio. E ainda havia Gianetti.

Duas da tarde. Prédio na Glória, uma via agradável e arborizada próxima a uma praça. Uma construção dos anos 1970, sem marcas distintivas, coberta em uma tintura texturizada bege. Tomei o elevador de porta pantográfica, um charme ao qual me acostumava, até o sexto andar e bati em uma porta de madeira pesada. Fui recebida por Oscar Gianetti, autor da biografia de Flora Láz.

Ou – e a diferença era crucial, sobretudo para mim – *quase* autor. Gianetti gastou duas décadas preparando um texto sobre Flora: deu várias entrevistas a respeito e chegou a publicar trechos na imprensa em duas ocasiões. A primeira, no jornal O Globo, em 15 abril de 2001, trazia um recorte bastante breve, uma narrativa da participação de Flora na tentativa fracassada de ocupação da reitoria da UFRJ, em 1977. O segundo excerto saiu na Revista Bravo, em janeiro de 2009, e dessa vez trazia boas oito páginas, cobrindo o período imediatamente posterior ao lançamento de *As sapatilhas*, em 1985, cujo fracasso crítico e comercial pareceu demover Flora de outras empreitadas literárias. Aos poucos,

Gianetti começou a dar sinais de cansaço. Estourava prazos com editoras, recusava pedidos de entrevista, comentava publicamente sobre as dificuldades de seguir adiante com o livro. Desistiu de forma plácida, gradual. Deixaram de perguntar a respeito, ele deixou de falar sobre. A partir do silêncio, as tantas páginas que cercaram o projeto parecem arrancadas de um centro vazio, um livro fantasma que não fez por materializar mais que alguns causos, histórias menores.

Ainda assim – ou talvez mesmo por isso – falar com Gianetti deveria ser uma das minhas primeiras missões. Martina intermediou o contato e frisou a importância daquela entrevista. Pelo que ela me adiantou a contrabando, sua biografia havia passado pela editora em algum momento desses seus anos de travessia pelo deserto, mas não deixando por lá qualquer resultado. Não era apenas o caso de uma fonte importante: a visita era também uma deferência, como um pedido de permissão simbólica de Gianetti para a minha própria biografia. Poderia negá-lo?

Gianetti me convidou para entrar e me ofereceu um cumprimento breve, o mínimo necessário para reconhecer e aceitar minha presença. "Boa tarde, boa tarde. Pode entrar. Martina pediu para lhe receber", disse. Me encaminhou para dentro da sala e fez um gesto vago na direção do sofá. Não era um apartamento grande, ainda que antigo. A idade era visível no piso de tacos, dispostos em um padrão de zigue-zague, e também no teto com entalhes em gesso. A decoração reforçava certo ar decadentista, com seus pesados móveis de madeira escura e suas estantes de parede inteira, apinhadas de livros e papéis. Não só as estantes: todo cômodo era soterrado por cadernos, folhas, pastas, blocos de notas e outros materiais, feito uma papelaria subitamente atacada por algum desastre natural. Sem ar-condicionado à vista e com os ventiladores de teto desligados, as janelas estavam abertas, mas a brisa que deixavam passar não era suficiente para amenizar o calor, apenas fazia dançarem os papéis. Talvez percebendo meu suor, Gianetti me ofereceu uma água e sem esperar resposta entrou pela porta da cozinha. Enquanto não voltava, pensei ser curioso me receber na sua sala e ter esta conversa no sofá. Imaginaria que um professor teria um escritório em sua casa, ao menos algum espaço um pouco mais profissional e organizado. Mas eu também fazia um imenso esforço de controlar essas impressões. Já me bastava o papel de usurpadora que era obrigada a interpretar naquela casa.

Gianetti retornou com um copo de água morna, que me ofereceu. Se sentou na longa mesa de jantar e tomou em mãos uma daquelas pastas largadas. Era a maior que eu havia visto por ali, em um grosso plástico azul, como aquelas de lojas de cópias universitárias. Apontou com o volume em minha direção.

"Aqui está o material. Martina já havia falado comigo, como eu disse. A maior parte está em um *pendrive* aí dentro, mas há algumas coisas mais antigas que batia à máquina e acabei nunca digitalizando. Tem também alguns volumes de folhas escritas à mão. Não está em nenhuma ordem específica. Nunca cheguei a construir um sumário. Mas acho que dá para você entender. Os arquivos digitais estão nomeados pelas datas dos fatos", disse ele e me ofereceu novamente a pasta ao perceber minha paralisia. Demorei a entender tanto o gesto quanto aquilo que dizia, sem saber que já se desenrolava, sem rituais ou meios-termos, a transação que eu vinha realizar. Gianetti atalhou os caminhos, e não podia deixar de agradecê-lo: não teria de realizar ali o excruciante trabalho de arrancar à força as informações que por tanto tempo guardou, talvez até de si próprio.

Enquanto eu agradecia e colocava aquele volume dentro da bolsa, Gianetti sentou em uma poltrona, tendo de retirar dali mais uma pilha de papéis. Como o móvel ficava a um canto da sala, abaixo das janelas, Gianetti ficou em um ângulo oblíquo a mim, um pouco de perfil. Podia falar sem olhar de frente meu rosto.

"Como eu disse para a Martina...", começou, evocando mais uma vez Martina como uma mediação necessária entre nós. Seu nome disfarçava a violência da desapropriação que tinha lugar naquele encontro, dava um verniz de profissionalismo ao roubo.

"Como eu disse, não vejo problema nesse projeto. Tanto que concordei em ceder os originais. Não pude avançar", confessou. "Quando comecei, ainda não era professor titular. Não tive mais tempo. Acho que é uma história muito maior do que quem a conta. É pela Flora. Gostaria de ter tido mais apoio? Com certeza. Mas não posso exigir que alguém tenha interesse pelo meu interesse. O caso é que deveria ser um interesse muito maior, de mais gente. Da literatura nacional".

Eu acreditava nele. Apesar dessa entrega ser menos um ato generoso do que um acordo para resolver dívidas, retribuição aos adiantamentos recebidos pela editora por um trabalho nunca entregue. Apesar de Gianetti ter publicado dois outros livros, volumes críticos acadêmicos, desde que havia começado a escrever a biografia. Apesar de seu projeto ter tido a confiança de várias casas editoriais ao longo dos anos, nunca retribuída pelo seu desprezo aos prazos. Apesar de Flora ser, sim, um interesse da literatura nacional. Apesar da recusa de Gianetti em terminar de escrever sobre a poeta ter ajudado a contribuir na mitologia de vazio e destruição em torno dela. Eu acreditava nele. Ou me esforçava para acreditar nele, apesar dessa sua tentativa de projetar as condições do próprio fracasso sobre o meu trabalho, traçando em arame farpado o caminho que deveria seguir.

"As entrevistas tomavam muito tempo e eram desgastantes. Passam por temas ruins e as pessoas se fecham. Mesmo que eu as conhecesse há anos. Tenha em mente que talvez não queiram falar com você. As consultas aos arquivos são difíceis também, há muitos caminhos para poucos registros. Soube que a editora está dando prazos curtos para o trabalho agora. Talvez seja minha culpa. Mas não sei como é possível em tão pouco tempo", disse.

Nesse momento quase se virou, enfim, na minha direção. "Você espreme toda uma vida e uma obra em semanas, alguns cafés, uma pesquisa na internet?"

A voz era baixa, mas firme. Para fugir daquele tom afrontoso e não cair na tentação de registrar Gianetti nesta história como uma caricatura do fracasso relutante, me desprendi do conteúdo de sua fala para prestar atenção um pouco mais detidamente em sua figura. Gianetti era magro, mas dono de um rosto redondo, com algo de infantil. A impressão era estranhamente intensificada pelo cabelo ralo, ainda escuro, mais uma penugem de bebê do que uma careca envelhecida. O que cortava esse efeito era sua expressão de cansaço, um vinco profundo dobrando a testa ao meio. A luz da janela incidia sobre as grossas lentes de seus óculos ovalados: seus olhos eram inescrutáveis. Vestia uma camisa de mangas curtas, em um amarelo puído, calça jeans largas e sandálias de couro. O desprendimento reforçava a impressão de um despreparo para o nosso encontro, que eu já sentia nas costas pelo duro encosto do sofá. Mas é injusto falar de despreparo. Quem poderia se preparar para desistir?

Percebendo as contrações em seu rosto, seus pigarros, voltei a prestar atenção em sua fala. Descobri que suas explicações circunstanciais davam lugar a uma digressão mais lenta, mais dispersa. Evaporava no espaço daquela sala abafada e no espaço do tempo enquanto ia buscar na memória alguns rastros, algumas guias de leitura a seus arquivos. Ou seriam apenas apontamentos extemporâneos, parênteses e apartes que aquele gesto de entrega dos papéis punha em curso.

"Flora é três anos mais velha que eu. Isso não quer dizer nada, mas naquele tempo e dentro da universidade bastava para que pertencêssemos a universos diferentes. Eu a conhecia, e ela também sabia quem eu era, mesmo que só circunstancialmente. Eu conhecia o pessoal em torno da *Barato total*, mas não participava de seus encontros. Naquela época, não escrevia ou pensava em escrever. Não que escreva hoje, é verdade. Mas era muito mais um leitor e era assim que mantinha contato com Alice e Sueli, com Margot. E depois Gabriel, também. Mas sobretudo Flora. A achava a melhor de todos", disse.

"Logo sua turma se formou. Flora foi morar no exterior e quando voltou, ingressou no mestrado, um ano antes de mim. Eu estava mais próximo, chegamos a dividir a mesma disciplina, mas interagimos pouco fora disso. Assisti sua banca de defesa, trocamos algumas palavras de corredor. Dei os parabéns, ela agradeceu, sorrindo, mesmo sem prestar muita atenção. Eram muitos os parabéns, muitos estímulos naquela tarde. E eu não estudava poesia, não sentia ter contribuições a seu trabalho, não procurei aproximar o contato. Também não eram os melhores dos tempos para ela. Era fácil encontrá-la amuada pelo campus ou por alguns bares da Zona Sul, fumando sozinha. Mas não se abalava de todo. Falava e escrevia com firmeza, insistia e acreditava nas suas ideias, com uma ferocidade que fazia todos lembrarem de seu sangue bárbaro, eslavo", disse. "Isso já desde o começo, quando bancou com uma pequena herança recebida do pai uma primeira edição artesanal de *O giz e o pó*. Você vai ver isso aí nos materiais. Falou-se muito dessa publicação na faculdade. Parecia um gesto arriscado, ainda mais naqueles tempos. Mas foi o que chamou a atenção e a levou para a Brasiliense. Os problemas com sua confiança e suas certezas parecem ter começado depois. Ou talvez a crença, as tomadas de decisão inabaláveis, é que tenham sido a questão...".

Como se essa fosse também uma entrevista (não sei dizer, mesmo agora), eu anotava algumas coisas, marcava frases, circulava algumas informações. Gianetti parecia não notar, e, se notava, não se importava. Falava para dentro, a sua voz grave se tornando ainda mais baixa e opaca. Havia jogado a cabeça para trás, o rosto voltado um pouco para a parede, um pouco para o teto, um muito para o nada. Os braços sobre o colo, com as palmas voltadas para o alto, pareciam sinais de um desligamento. Seu corpo concentrava toda energia na operação dessa dispendiosa máquina do tempo de sua memória.

"Lembro de uma ação que o grupo do Centro Acadêmico fez. Isso também está nos textos aí. A Diretoria havia pintado as paredes da sala após uma reforma, cobrindo algumas das pichações e cartazes que estavam lá. O grupo logo juntou seus poetas para reinscrever as frases, aquelas que haviam sido apagadas, mas com leves alterações. Aqueles ditos de banheiros, brincadeiras e citações voltavam distorcidos, como se um pouco mal lembrados. Uma noite, saindo da biblioteca, entrei na sala, talvez para encontrar algum amigo, não lembro, mas já era tarde e por lá dei apenas com Flora escrevendo, concentrada, alongando sozinha o trabalho de cobrir de palavras o cal. Lembro que escolheu retomar uma citação boba qualquer: 'A SECRETARIA SE RESPONSABILIZA POR TODOS OS BENS PERDIDOS'". Sorriu, pela primeira vez até ali, e deixou escapar um riso mudo pelos cantos dos dentes. "Não sei por que lembro disso de modo tão claro. Vejo essa parede aqui, agora. Era uma brincadeira qualquer, mas a frase me tocou de algum modo. Acho que aquilo era um símbolo do que eu via nela. Escrevia bem, não podia evitar, mesmo na despretensão. E era corajosa, também. Tinha um ímpeto que nunca tive e que nunca mais vi".

Contou mais algumas histórias, miudezas da vida universitária, encontros fortuitos e palavras trocadas. Mesmo contadas por ele, com detalhes vivos e uma comoção que eletrizava a narrativa, essas conversas pareciam banais, entulhos do cotidiano. Um elogio de Flora ao livro que ele lia na cantina. O pedido por um cigarro às portas de uma casa de shows e a conversa que seguiu, breve, até a abertura do lugar. Aquela vez em que se sentaram lado a lado no jantar de despedida de Margot Voss: ele, como acessório de um convidado de fato, ela, quase como anfitriã, em igual medida excitada pela aventura e triste pela perda da amiga. Ou ainda, lembrava quando, na dispersão de uma das passeatas pelas Diretas Já, em meio à multidão que se dispersava pela Cinelândia e ia aos poucos transformando o protesto em noite, acabaram por se encontrar. Flora, erguendo um cartaz no qual se lia "Não ria de mim, Argentina", o reconheceu e o chamou com um sorriso. Abraçou-o sem palavras e sem pressa, e, naquele momento, a vida que dividiam naquela época, naquela cidade, naquele país parecia fazer mais sentido. Pareciam bonitos, de uma beleza embrutecida, como é a beleza dos gritos de ordem e cantos de guerra que os envolviam.

Percebi logo que estava apaixonado por Flora. Não que tivesse sido apaixonado, mas que estava apaixonado agora, no momento em que desfiava essas lembranças. No passado também havia sido, me parecia claro. Lá, naquele tempo, era apaixonado pela ideia de estar apaixonado, talvez mais até do que fosse apaixonado por ela de fato. Mas era apaixonado, de algum modo, e isso explicaria por que tantas dessas interações estavam gravadas a fogo na pele da lembrança. Agora, porém, era diferente: parecia mais enamorado, pois resgatava a ideia da paixão, e esta atravessa o tempo com mais força e resistência que qualquer sujeito concreto. Seguia apaixonado pela paixão, ainda que da paixão por Flora estivesse envergonhado, cada vez mais, à medida que retomava sua figura, evidenciava como tinha sido um amor menos que perdido, sequer encarnado. Não passara de um esboço de relação. Esboços, planos, rascunhos: tudo que Gianetti tinha a oferecer.

O rompante de memória de Gianetti terminou do mesmo modo que começou: sem aviso, como um corte através das décadas. Baixou a cabeça, finalmente voltou o rosto na minha direção. O sol havia se posto e finalmente pude ver seus olhos, de um castanho muito escuro, quase negro, olhos bonitos e surpreendentemente jovens, sem rugas ou olheiras, o brilho amplificado pelo pesado grau de seus óculos. Diante daqueles olhos enormes e agora mudos, senti compaixão por suas paixões, mas sobretudo vergonha. Primeiro, vergonha daquele caderno rabiscado no meu colo, que guardei com pressa, prova da minha sórdida intromissão em seu mundo. Intromissão que era a vergonha maior, aquela sentida desde antes do encontro, mas que só fazia inchar a cada minuto dessa interação. Sentia abrir a porta de um quarto, pegar no flagra uma cena íntima, alheia. E havia também uma vergonha menor, cotidiana, mas mesmo assim muito aguda, a vergonha social, do peso do silêncio entre sujeitos. Eu não tinha o que dizer e Gianetti dava sinais de que havia esgotado sua própria fala. Sem conseguir sustentar o vácuo, resolvi apostar no que tinha por seguro, assumi o momento como uma entrevista. Nelas, não se espera que o repórter diga algo à fonte, que tenha comentários pessoais sobre o assunto em pauta: esperam-se perguntas. Comecei a dispará-las, questões que viessem à cabeça, algumas dúvidas sobre datas e locais que surgiram durante as primeiras pesquisas, confirmações de pessoas citadas em reportagens e entrevistas. Nada que eu não fosse descobrir por mim mesma na continuidade do trabalho, em conversas mais objetivas com outras fontes, em documentos, ou mesmo naquela pasta azul. Era o que ele parecia indicar também, respondendo um pouco desinteressado, aquiescendo quieto, com a cabeça, quando confirmava algo, ou corrigindo laconicamente aquilo que precisava. Indicava, por vezes, que a informação estava nos meus materiais – e o uso daquele possessivo direcionado a mim parecia encerrar nossa interação. Aquilo completava a desistência de Gianetti, o sacrifício do seu esforço. Se aquilo que eu vinha lhe tomar já tinha sido de todo transferido, permanecer por ali explorando a situação poderia soar como zombaria. Fiz menção de encerrar a conversa, mencionei sua duração, e Gianetti aproveitou a oportunidade para se levantar e me encaminhar à porta. Queria agradecê-lo, mas não sabia como; saí em silêncio.

Já estava fora do apartamento quando ouvi sua voz às minhas costas. "Espera", ele chamou em um tom firme, despido do torpor que marcou sua fala por todo o nosso encontro. Pega de surpresa por essa mudança, me virei rápido demais e perdi o equilíbrio, tendo de me apoiar no marco da porta. Meu rosto ficou muito próximo do seu, mas Gianetti não percebeu ou não se importou com meu desajeito. Tinha o olhar baixo e uma mão pousada sobre os lábios, abafando a confiança recém-conquistada de sua voz. Respirou fundo e disse: "Não escreva uma história triste. É a única coisa que posso pedir. Essa imagem da Flora... não é a verdadeira. Não faça um livro triste. Por favor".

terça-feira, 29 de março de 2016

Passei a noite revirando os materiais de Gianetti, não tanto pelo volume, mas por sua falta de organização. Mais ainda dado o interesse febril que despertaram em mim, o gosto pelo jogo de abrir caminho em meio a uma selva de histórias. Se fazia necessário pesar e medir falas e boatos, dividir entre o que se repetia e o que era inédito, casar fragmentos e encaixá-los em uma linha. Era chocante o quanto de material havia ali; o que explicava o atraso infinito de Gianetti. Apenas uma parcela seria material para uma primeira versão da biografia. Além dos dois trechos publicados na imprensa, quase não havia seções completas, narrativas construídas, qualquer história organizada. O que eu mais podia ler eram planos-pilotos, linhas acabadas abruptamente, descrições de cenas que se viam atravessadas por dados brutos, inseridos como lembretes ou substitutos provisórios. Muitas listas: de datas, fatos e, sobretudo, de pessoas, como a primeira página de uma peça, catalogando as personagens do drama, dos distintos dramas de Flora. Outros nomes surgiam marcando o cabeçalho das páginas digitalizadas, ou escritas nas bordas das folhas datilografadas. Às vezes, um único nome; por vezes, mais de cinco. Só fui entender a lógica dessas inscrições quando li que algumas se faziam acompanhar de parênteses como (telefone) ou (carta): eram as fontes das informações que constavam nas páginas em questão, um modo de Gianetti rastrear as origens daquelas informações e poder checá-las, confrontá-las. Ou apenas ter a certeza, para si, de que seu trabalho se embasava em algo.

Tinha cada vez mais a sensação de adentrar seu mecanismo interno de composição daquele pretenso livro, e isso despertava certa solidariedade: eu sabia reconhecer o trabalho daquelas meias-frases e reconstruções de cenas apreendidas aos poucos de diferentes fontes. Podia me sentir assim mais sua colega, enfim, do que sua substituta. Também há certo prazer em observar as entranhas do processo. Prazer lascivo, mas também didático; afinal, era a um objetivo parecido (compor um livro) a que eu deveria proceder com esse material. Como um teste a isso, brincando com os textos, resolvi remontar alguns desses fragmentos, tentar escrever parte dessa história dispersa em anedotas e dados. Tomar de onde Gianetti parou, reconstituir alguma das faces de Flora. Me dediquei a essa tarefa o dia todo.

Comecei pelo começo. Busquei remontar as referências à família de Flora, e o fiz não apenas pelo clichê biográfico, mas porque me chamou atenção, em meio às lembranças moídas de Gianetti, a menção ao pai de Flora. À sua morte e o impacto desta sobre Flora. Eu não sabia nada sobre sua família, apenas que eram imigrantes. Não era comum perguntarem à poeta sobre isso nas entrevistas que li, e ela não trazia o tema em qualquer texto que fosse. Sabia que eram imigrantes, húngaros, fugidos do pós-Guerra. Sabia que migraram também por dentro do Brasil, já que era o máximo que Flora comentava publicamente, refletindo sobre seu desterro contínuo. Busquei qualquer menção que fosse ao pai ou à mãe entre os escritos de Gianetti. Não havia tanto, mas era algo novo, instigante, que poderia começar a me aproximar de Flora. Quase todas as folhas separadas para esta história eram marcadas pelas rubricas "Dora", que logo entendi ser prima de Flora, sua única parente viva na época em que Gianetti começou sua investigação. Algumas outras, poucas, eram marcadas por "Alice" e "Gabriel", os amigos já recorrentes nestas primeiras incursões à memória de Flora. Havia também um "Pedro", nome que ainda não conhecia. Percebi a falta de Sueli, também, mesmo sendo um nome mencionado por Gianetti. Não entendi ao certo, pelos escritos, se essas testemunhas apenas ouviram histórias relatadas por Flora, ou se de fato conheceram pessoalmente János e Erzsébet. Ou "Seu João" e "Dona Elizabete", como apareciam nos papéis de Gianetti, mudança de nome sugerida pela voz de "Dora".

Ainda como János e Erzsébet haviam chegado ao Brasil em 1955, fugidos de uma Hungria em frangalhos. Resistiram à imediata devastação da Segunda Guerra, mas não à perseguição política posterior. János era militante comunista dissidente e sentiu no ar os ventos do conflito que iriam culminar na Revolução Húngara de 1956. Antes que a violência explodisse, Erzsébet o convenceu da necessidade da fuga, acionando parte da família dela que vivia no Brasil desde os anos 1920. O irmão havia rumado para lá em 1950 e se dispôs a receber os Lázár. É o que contam as linhas de "Dora", filha desse irmão: é ela quem remonta a trajetória daqueles dois refugiados de seus vinte e poucos anos, recém-casados, desembarcando em Santos e indo se juntar à comunidade húngara nos cafezais de Ribeirão Preto.

Ali, pouco a pouco, Erzsébet fazia seu melhor para montar um lar nesta terra alheia. Como costumeiro nessa comunidade de exilados, aculturada à força já durante a Guerra, dado que Brasil e Hungria eram inimigos no campo de batalha, adotou um nome brasileiro, e impôs outro sobre János. Não sem resistência: intelectual ligado à política húngara, jovem de vinte e poucos anos cheio de aspirações e planos, János se viu trabalhando em uma fazenda no interior da América Latina, vivendo com uma mulher que, na verdade, pouco conhecia, tendo por casa um cômodo emprestado. Como se pouco fosse, se via convidado a perder o próprio nome.

Em meio a isso, em 1957, nascia Flora Anna Németh Lázár. Também uma questão de nome: a escolha ambígua por "Flora", alcunha que funcionava tanto em português quanto em húngaro, denuncia as disputas familiares da época. De súbito chefe de família, János, nunca de todo João, desenvolvia talento com os números, tornando-se contador da cooperativa cafeeira e logo chamando a atenção de uma rede de mercados com sede na capital do estado, sendo por ela contratado para seu setor financeiro. Foi a primeira mudança conhecida por Flora, com pouco mais de um ano, rumo a uma tentativa de János de recuperar certa normalidade da sua rotina. Era um homem inteligente, e ainda que nunca tivesse sido rico, nem mesmo na Europa, tinha gostos refinados e apreço pela cultura, coisas que São Paulo poderia lhe restituir. Nos registros de Gianetti encontramos depoimentos de "Gabriel" e de "Alice" a respeito: mencionam como Flora estava sempre um passo adiante dos amigos nas conversas sobre referências literárias, pois já havia lido tudo na imensa biblioteca dos Lázár.

Em uma casa na Mooca, pouco descrita por esses papéis, Flora cresceu, János ascendeu socialmente e Elizabete foi completando seu processo de migração. Buscava ao máximo ser assimilada, tornar-se uma brasileira sem mais adjetivos: fossem os traumas da terra passada (a guerra, a morte de um dos irmãos, a pobreza), fosse o gosto pela terra encontrada, o desejo de constituir uma vida nova, cuidar da família recém--composta em contexto de maior segurança, era levada cada vez mais a reprimir todo e qualquer costume ou memória que remetesse à pátria perdida. Flora lembrava, e o comentou com amigos, da interdição ao húngaro na sua casa. Elizabete havia proibido a János que conversassem na sua língua natal, para melhorarem seu português. Era uma decisão de necessidade prática, já que agora que viviam na cidade grande, longe da comunidade de expatriados. Mas parece haver algo mais nessa repressão, nessa reinvenção das origens; algo que parece dizer de certa ruptura que já começava a se apresentar entre os Lázár.

Desse período, não há muito mais. Não há mais referências nas memórias de terceira mão, talvez nem na lembrança de Flora. Antes que completasse seis anos, ela se mudaria mais uma vez, agora para Curitiba, levada pela abertura de uma nova filial da empresa na qual János havia se tornado executivo. Lá iam mais uma vez a um território novo, agora uma cidade fria que remetia um pouco mais à terra antiga. "Dora" indicou não saber muito desses anos sulistas, já que sua família havia permanecido na colônia de Ribeirão. O contato com Elizabete, pelo que contava, havia se tornado mais esporádico, entre a distância territorial e a emocional. Flora, nas palavras de "Alice", "Gabriel" e "Pedro", sempre lembrava da mãe dentro da moldura do espaço doméstico. Elizabete era uma dona de casa esforçada em constituir lar, em tornar a sempre tão provisória moradia dos Lázár em um espaço em que pudessem se reconhecer. Apesar desse afeto, são lembranças de um acento amargo, legível na inflexão irônica dos apelidos pelos quais Flora resgata a mãe, como "mãezinha" ou "Dona Bete". Legível nas menções a seus gostos simples e tidos por provincianos, como as tardes de tricô ou os clubes de leitura que mantinha com as amigas, focado em romances de banca de revista. János, por sua vez, é sempre retomado à luz da admiração: seu pai era um homem lindo, contava aos amigos, um homem inteligente e afetuoso, ainda que bastante sério, um paradigma de existência tão inspirador quanto sufocante, pois inatingível. Já dos pais como casal, as lembranças eram inequivocavelmente ruins. É fácil entender, mesmo nas cifras, que não era um casamento feliz. Elizabete e János pouco são citados na mesma memória, parecendo personagens de histórias e origens distintas, fadados a nunca se cruzarem na página. Talvez esse desarranjo familiar fosse semente para um dos temas favoritos dos textos de Flora, sobretudo de sua prosa: o desmonte ácido da felicidade doméstica, a erosão do amor conjugal. Flora nunca chegara a se casar ela própria, vedada da maturidade por sua própria mão. Esse cotidiano pequeno-burguês que descrevia com tanto veneno só podia ser inspirado em outras vidas. Se fossem a de Elizabete e János, porém, também eram um pouco a sua, aprendida entre gritos a portas fechadas e ironias na mesa de jantar.

Há poucas fotos nos materiais de Gianetti, talvez sintoma de seu interesse mais pessoal que profissional na tarefa biográfica. Uma das únicas que pude achar em meio à desordem é do período paranaense e consta como copiada do acervo de Dora. É um retrato da família Lázár tirado em um estúdio, para ser enviado a parentes como cartão de Natal. Sobre o fundo neutro, esmaecido, da locação, vemos Elizabete e János lado a lado, ele com o braço direito sobre o ombro dela, ela com as mãos sobre o colo. Flora está entre seus pais. Ainda criança, seu cabelo era loiro e trazia um corte infantil, com uma pequena franja enfeitada por um laço. Seu vestido de mangas abobadadas, como o de uma princesa, era de alguma cor pastel, a depreender pelo matiz do preto e branco. Abraça uma boneca de pano junto ao peito. Sorri um sorriso miúdo, em que uma alegria sincera se deixa trair por certo constrangimento. Tem a mesma boca e a mesma expressão de János, cujo rosto é o ponto de impacto principal da imagem. Difícil discordar dos relatos, era mesmo um homem muito bonito, de feições angulosas e esculpidas, e olhos de órbitas proeminentes, acentuadas por olheiras, que projetavam seu olhar firme para além do papel. Parecia com algum antepassado provável, um guerreiro eslavo de vida embrutecida, mas também lembrava um torturado escritor romântico movido a ópio. Era anacrônico, como se expatriado não só no espaço, mas também no tempo: trazia um bigode fino e os cabelos bem aparados, firmados com brilhantina. Vestia um terno cinza-claro de seis botões, camisa branca e gravata, todas as peças um pouco grandes demais para ele. Elizabete parecia mais à vontade, metida em um bonito vestido branco sem mangas, um pequeno broche brilhante preso ao peito. Sorria sem meias-medidas e iluminava a cena. Não era muito parecida com Flora (esta tinha o rosto de linhas retas do pai), mas possuía os mesmos olhos amendoados, de uma cor âmbar que nem a ausência de cor do retrato deixava de demonstrar. Tinha compromisso com o retrato: arrumada, ostentando o volume do laquê nos cabelos, emanava uma alegria descansada, confortável.

Porém, isso que eu lia da imagem, aprendia da foto ou projetava sobre ela a partir daquilo que já havia lido das memórias de Flora? E estas, ou aquilo que eu tomava por estas, o quanto não eram apenas uma coleção de lembranças de outras pessoas, ideias e emoções de segunda mão? Como atravessar essa névoa? Como ver nos materiais aquilo que eles foram, não o que se tornava passados os anos, vividos e remoídos por aqueles que tocaram? Aquele período da infância, sobretudo, era uma história apócrifa, perdida, só conhecida pelas versões e interpretações futuras. Apesar de ter morado em Curitiba até os 13 anos, Flora contava pouco da vida paranaense. "Alice" lembra, nos meios dos papéis de Gianetti, que o primeiro poema de Flora foi sobre uma capivara. Dizia ser possível morrer de frio lá, comentou "Gabriel", no que me pareceu um tom de troça, brincando com outro estereótipo da cidade ou ecoando as brincadeiras feitas por Flora. Que ela pouco dividisse de sua infância talvez fosse sinal de sua ordinariedade; as famílias felizes, afinal, não são todas felizes da mesma maneira? À parte questões entre János e Elizabete, parecem ter sido bons anos, especialmente no que diz respeito à criação de uma filha. Fazia-se dinheiro, vivia-se de forma tranquila. Talvez aquele período fosse regido apenas pelo tédio da tranquilidade: há em *O giz e o pó* passagens sobre marasmo, linhas muito bonitas sobre um sentimento de paralisia, em geral eclipsadas pelos discursos de eclosão e paixão pelo qual o livro é conhecido. E é um tédio distinto daquele que aparece na sua prosa, paródia da desesperança doméstica, talvez mais próximo à sua opinião de Elizabete do que um olhar sobre si própria.

Poderia-se pensar, por outro lado, que essa omissão da criancice fosse um mecanismo de defesa, apagamento de anos a serem esquecidos. Há tanto de mal que pode ocorrer a uma criança, sobretudo a uma mulher, sobretudo naqueles anos. As mudanças constantes teriam vindo a calhar, permitindo que se reconstruísse e apagasse Curitiba e suas chagas da própria história. Há algo disso quando "Dora" comenta, de modo muito passageiro, como a menina Flora era sempre lembrada na família por ser tímida e retraída. Pelo que já se sabe, a adulta Flora era de um humor volátil, propenso ao recolhimento, especialmente no deteriorar contínuo de sua saúde mental. Mas timidez era um termo contraditório ao assombro que provocava na noite do Rio de Janeiro. Se aceitarmos essa ideia de algum trauma infantil, porque essa perturbação não teria sido contada a amigos que pareciam tão próximos, como Alice e Gabriel? Poderia ter se confessado a outras pessoas? Essa imprecisão, a sensação de uma liquidez incontrolável dos relatos me levava a pensar se Gianetti não poderia ter deixado passar alguma coisa, alguém a quem devesse perguntar ou alguma frase que pudesse explorar mais, pressionar durante uma conversa. A maioria de suas entrevistas havia sido colhida aqui mesmo no Rio, o que me parecia dizer algo de sua visão e de seus interesses limitados pela da história de Flora como sua história.

De um modo ou de outro, como produto da delícia ou da dor, era difícil não tomar a ausência de relatos sobre a infância enquanto sintomas de alguma outra coisa. Sintoma sem doença conhecida, disparador de uma obsessão pelo diagnóstico, pelas hipóteses. Teriam esses eventos reprimidos, fossem bons ou ruins, desaparecido quando chegou ao Rio, em 1970? Ou apenas se transformado, mas marcando ainda a nova carioca, a vida à qual mais pareceu se adequar, a vida pela qual se tornaria conhecida – mas podendo, a qualquer momento, emergir da consciência feito uma erupção?

(Martina aprovaria esses voos rasos de interpretação no texto da biografia?)

ÚLTIMA HORA
20 de setembro de 1989

<u>TRAGÉDIA NA URCA</u>
O caso da escritora que desapareceu sem deixar rastros

quarta-feira, 29 de março de 2016

Comecei a tropeçar em mortos. Curiosa com alguns nomes menos frequentes nessa primeira revisão do trabalho de Gianetti, comecei a pesquisar sobre outros amigos de Flora. Acabei por encontrar mais vazios. Havia mais amigos falecidos que o esperado – e não falecidos hoje, como se poderia imaginar de uma geração envelhecida, como é a desses escritores, mas morto já na época em que Flora ainda estava viva. O mais trágico dos casos é o de Margot Voss. Ela, em verdade, eu já conhecia, figura constante nas lembranças sobre a *Barato Total*, menção recorrente nos papéis de Martina e nos esboços de Gianetti, apontada por tantas fontes apócrifas, no registro dos "ouvi dizer" e "todo mundo sabia que", como a melhor amiga de Flora. A depender da malícia da fonte dos boatos, era considerada até mais do que mera amiga. Sabia onde Margot estava, com quem andava e que havia morrido jovem, ainda mais jovem do que Flora; mas não sabia bem quem era, e essa foi uma deixa para tentar me acercar dos meus objetivos pelas beiradas. Uma busca inicial pela internet logo me levou a uma matéria da Folha de S. Paulo, em 2012, quando do lançamento de *Cadernos azuis*, um livro muito póstumo, uma coletânea extensa de poemas, escritos e desenhos deixados nas brochuras que dão título à reunião. A reportagem, que me chateava pela falta de assinatura, usava a publicação como gancho a uma retomada de quem havia sido Margot, figura ainda mais marginal que Flora, uma luz trêmula em meio aos holofotes das gentes de Letras no Rio de Janeiro daqueles tempos. Filha de um casal de artistas visuais holandeses, Margot nasceu na Europa e chegou ao Brasil com os pais em 1961, atraídos por uma proposta de exposição no Museu de Arte Moderna do Rio. Nunca a fizeram, mas acabaram por fixar residência na cidade, sua paixão. Margot cursou Letras na UFRJ, entrando na mesma turma de Flora, e logo constituindo uma forte ligação com a outra filha de expatriados – "as gringas", como ambas eram conhecidas, o apelido em dupla como testemunho de sua união, e carregado de certa jocosidade para com as duas meninas desajustadas de nomes esquisitos. Mas nem só o nome entregava o estrangeirismo: pela reportagem via fotos de Margot pela primeira vez, não deixando dúvida de suas origens. Era alta e muito loira, de cabelos lisos repartidos ao meio, dona de um rosto suave, marcado pela força de dois olhos de um azul muito claro, gélido. É uma figura solar, que contrasta com as imagens que possuía de Flora. Era distinta também na intensidade, atestaram os entrevistados, e tinha afetos suaves e uma presença etérea, como se nunca de todo presente. Se envolveu menos que as amigas na tal cena poética da época, publicou apenas alguns textos aqui e ali, durante a faculdade, e trabalhou como revisora para algumas editoras. (Dois pequenos poemas acompanhavam a reportagem e os achei simplórios, mas bonitos em sua inocência juvenil; era uma poesia marcadamente narrativa, de observação, muito distante da compulsiva composição de imagens de Flora ou da verborragia lisérgica de Alice, para comparar com as colegas mais próximas que eu vinha lendo, num esforço de penetração naquele universo. Busquei *Cadernos azuis* para comprá-lo, mas estava há muito esgotado; a edição, na verdade, fora praticamente artesanal. Margot insistia em desaparecer de novo). Formada, foi à Europa rever as terras de infância, passar uma temporada, escrever, quem sabe.

Jamais voltou: no verão de 1981, morre em um acidente de carro, em Berlim, junto a um namorado alemão conhecido pouco antes. Era madrugada e foram abalroados por um motorista bêbado. Afora a menção da surpresa que a notícia havia causado ao chegar ao Brasil – choque natural, diante da morte súbita de uma jovem de 24 anos –, o texto não se alongava sobre esse fim, apresentado mais como um rodapé triste à história completa, mantendo a curiosidade sobre o vácuo que sua figura deixou entre os amigos. Suscitava, em mim, especulações. A viagem de Flora à Inglaterra teria algo a ver com a partida de Margot? Teriam combinado de se encontrar por lá? Ou foi um processo de luto e homenagem à amiga perdida? (A outra viagem que faria, em 1989, a uma noite na Praia Vermelha, teria sido outra tentativa de encontrar Margot no seu destino?) Não há como resgatar qualquer resposta a isso, mas são ecos rumorosos, que não poderia deixar de notar.

(Comecei a pensar, também, motivada por essa leitura, sobre as origens das informações. Havia algumas citações e referências a pessoas próximas a Margot, como Antônio Carlos Britto Mello e Alice Maltz, com quem eu também conversaria para escrever meu próprio resgate. Mas parecia ser a mãe de Margot, ela própria organizadora da coletânea e, era de se imaginar, sua financiadora, a principal fonte daquela história. Suas falas pontuavam a narrativa, e os documentos que também a entrecortavam só poderiam vir de seus arquivos. Perceber isto consolidou uma inquietação que vinha me invadindo nos últimos dias, na reconstituição da família de Flora: o que teria acontecido com Elizabete? Nas anotações de Gianetti, consta que faleceu apenas em 2002. Essa é a única informação registrada, sem nenhuma entrevista nem nada. Nos materiais de Martina, não é mencionada uma vez sequer. Sobrevivendo à filha por mais de uma década, não teria tido nesse meio-tempo muita coisa a dizer sobre ela? Guardaria, por certo, espólios de Flora, memorialísticos, mas também, talvez, materiais. Comovida com o esforço da Sra. Voss, acabava por me ressentir de Elizabete, por não fazer o mesmo e sumir junto a Flora; mas me ressentia também junto a ela, que foi apagada da própria história.)

Menos relevante que Margot nos relatos, mas de uma presença estridente por sua estranheza, era o "Pedro" registrado por Gianetti. Ele foi mais difícil de descobrir quem era, demandando o cruzamento de entrevistas antigas de Flora, as fichas catalográficas de seus livros, dedicatórias de seus textos, e então entrevistas e os próprios agradecimentos em obras de Gabriel Nunes Alves. Foi, assim, um momento de excitação chegar à figura de Pedro Câmara, como se abrisse à chave o primeiro mistério da minha aventura – e que fosse um enigma menor não diminuía a confiança que acabou por me infundir.

Pedro Câmara parece ter entrado na órbita de Flora a partir de 1982, junto a Gabriel. Afinal, era dele que era amigo próximo, e dele deve ter ouvido, por tabela, as confissões e ideias da poeta. Parece ter conquistado, com o tempo, a confiança e o afeto de Flora por si mesmo; afinal, é citado como "Pedrinho" nas dedicatórias da segunda parte de *As sapatilhas*.

Pedro não era uma figura do meio literário, como as outras com que lidei até aqui. De posse de seu nome completo e algumas referências extras, descobri menções a ele em reportagens e memórias de nostalgia sobre a noite carioca. Era produtor cultural, vindo de Minas Gerais, junto a Gabriel, no começo dos anos 1980; se tornou conhecido em certo círculo da noite LGBT da cidade por organizar festas em boates e casas diversas, aglutinando distintos grupos, como um catalisador do que havia de mais interessante — e também de marginal, o que muitas vezes quer dizer o mesmo — na cidade. É sempre bem referido por esses textos como um dos pioneiros dessa cena, profissional em criar um espaço de acolhida e alegria em meio ao deserto de ignorância e violência que era a vida à luz do dia. Por isso também o tom penoso ao mencionarem sua morte em 1988, e o impacto de detonação explosiva que foi sua notícia. Não apenas pela tristeza, mas por ter sido uma vítima precoce do HIV; e a descoberta daquele mal indizível tão próximo parece ter envenenado a cena. Suas festas acabaram, a noite recedeu.

Não sem a vergonha de transformá-la em metáfora, não conseguia deixar de ler a agonia de Pedro e a implosão que causou na cultura que ele próprio ajudou a constituir como algo afim a um sinal ou um sintoma — que eclodiria em ferida no fim da própria Flora, fechando a década. Começava a perceber os contornos de um clima de fim de feira que parecia tomar conta no final dos anos 1980, em contraste com a esperança que as lições e as memórias daqueles tempos nos legavam, com a fé em uma nova democracia e a abertura dos costumes. É, talvez, o acento que as histórias individuais introduzem na língua da História, iluminando ou deturpando aquilo que sua gramática esconde ao apresentar suas lições. E, assim, justificativa renovada para o esforço de um livro como esse que preciso escrever. Talvez por aí encontre uma perspectiva, um olhar único, que honre Flora e ao mesmo tempo tenha algo a dizer para além da frivolidade de devassar uma intimidade alheia, estranha (algo que, percebia cada vez mais, podia ser uma atividade compulsiva, na qual eu parecia ter potencial para exceder, como uma artista do vício).

Há ainda outra observação da operação biográfica a tirar daí, e que me diz mais a respeito da confiança nesses dados de que vinha me valendo. Se Pedro morreu em 1988, como Gianetti poderia tê-lo interrogado para sua biografia sobre Flora, ainda viva então? Só poderia ter coletado essas informações depois, muito depois (há um esqueleto de prefácio em seus arquivos, e nele um resgate da história do próprio esforço biográfico, que teria começado em 1999 como um texto curto de memórias, tanto homenagem de efeméride quanto subproduto de uma melancolia dos balanços de final de milênio). Que fossem citações retiradas de cartas ou afins, não me parecia um bom sinal isso não constar e esses documentos não terem cópias entre suas pastas. Seria necessário entrar em contato com ele mais uma vez, confirmar ou desfazer essas suposições; fazê-lo questionando a integridade de seus métodos.

quinta-feira, 30 de março de 2016

Ontem pelo começo da madrugada, duas ou três da manhã, relia anotações quando o toque do telefone cortou o apartamento silencioso. Levantei de um salto, assustada, temendo as más notícias que as ligações noturnas carregam. Só a editora teria aquele número, o que Martina poderia querer falar comigo uma hora daquelas? Atendi, e ao meu alô ansioso não tive resposta. Insisti, imaginando alguma interferência, mas o outro lado da linha permanecia mudo – ou quase. Logo percebi no fundo daquele vazio um leve rumor, como um ruído de estática ou uma respiração distante. O som era minúsculo, mas parecia aumentar sua proporção na medida em que ressoava na calma daquela madrugada e daquele apartamento alheio e vazio. Me agarrei ao fone, ansiosa por um sinal, até o ruído se dissipar como se nunca tivesse existido, o vazio na linha me desafiando a pensar se o telefone teria mesmo tocado.

Também tento há dias Alice Maltz, mas o silêncio é o mesmo dessa ligação noturna. Ela não atende nos números de telefone supostamente seus, e meus e-mails batem e voltam, recusados por um endereço que já não existe. Já com Maga Gugliani, as coisas eram piores pois mais definitivas: respondeu minha mensagem com um e-mail sucinto, em que nega qualquer possibilidade de conceder entrevistas, legando uma lição de moral: "Sinto, mas não posso atender ao pedido. O que Flora poderia dizer, só ela diria, e isso está já nos livros. O que eu posso dizer está nas pinturas. Entendo seu trabalho, mas ajudá-lo seria trair minhas próprias crenças. Boa sorte". (Isso explicaria, também, não ter qualquer citação entre os materiais de Gianetti, mesmo sendo mencionada com frequência.) Quanto a Sueli Pereira, resguardo ainda a aproximação; os ruídos de conflito instaurados entre ela e esta história – uma briga mencionada por Gianetti e, sobretudo, os artigos escritos por Sueli ao longo dos anos, afastando-se daquela cena literária e diminuindo os méritos de Flora & cia. –, e a linguagem dura em que ela própria os ecoa, me levaram a ser mais estratégica, marcar a conversa apenas quando de posse de mais compreensão da narrativa geral.

Registro agora neste diário esses desenvolvimentos enquanto escuto Flora. Descobri na internet, soterradas nas últimas páginas dos buscadores, mal indexadas, com erros crassos de grafia ("Flora Luz"), duas gravações de sua voz: são leituras de poemas no que presumo ser uma rádio universitária. Os áudios estão em dois vídeos de tela escura (escrito apenas "Leitura de poemas – Flora Luz – UFF – 1984"), em um player de vídeo que desconhecia. O som é granulado e abafado, o isolamento do estúdio é ruim e deixa vazar cochichos externos (terá mesmo sido gravado em estúdio? Ou seria a captação de uma mesa, de uma palestra?). Por sorte, Flora está perto do microfone, o que aumenta os chiados, mas a torna mais próxima, como que presente. Tem uma voz grave, grossa, imponente, lê três poemas de *Aquarela em technicolor* de uma só tacada, sem pausas nem mesmo para anunciar os títulos, dando a impressão de um texto único. Lê com calma, porém, tem um ritmo marcado, que vai arrastando silêncio para dentro dos versos, tecendo as quebras de linhas em tantas outras mais. Chama atenção seu sotaque, de todo indecifrável: puxa e chia os esses e xises com gosto, denunciando os tantos anos de Rio de Janeiro, mas os erres são marcados de modo diferente do carioquês, não os típicos ronronares, mas uma marcação mais dramática, rasgada, batucando as frases junto aos *stacattos* dos ês muito graves. Parece ser de muitos lugares e traz na carne da língua essa experiência de desterro: fala seu Rio, seu interior paulista, seu Paraná. Assim, não parece de lugar nenhum. Aquela voz sem corpo, descolada da experiência, gerada no fundo da tela negra, lê e lê, e como a deixo rodando várias vezes não só o acento se torna alienígena, mas também as próprias palavras, que vão desgastando o sentido a cada nova enunciação. Uma voz sem suporte e sem registro entoa sons complexos, esvaziados de qualquer semântica imediatamente inteligível; ouço como o som de algum ritual.

    Misturado a esses registros de estranha antropologia, como trilha deste mundo perdido, há a chuva da rua, que escuto através da janela, uma chuva agressiva explodindo e ressoando sobre os telhados vizinhos, desmotivando ainda mais minha saída à rua, mesmo que necessária. Metida em papéis desde o começo da semana, não abandonei o apartamento por um momento sequer, e já vejo faltar comida e café, a bebida que atravessa as noites comigo, vez ou outra manchando os papéis.

quinta-feira, 31 de março de 2016

Sinto que este trabalho não tem funcionado por acumulação, como teria de ser, cada fragmento e cada ponto de vista sobre a história se assomando; e o esforço seria tão somente (ainda que não fosse, de modo algum, simples) o de coletar a maior quantidade possível de peças e encadeá-las. Mas parece que a cada nova interação Flora aumenta, seu edifício cresce não apenas para acima mas sobretudo para os lados, vejo se construírem anexos e, ainda, se aprofundarem os alçapões, um porão de boca negra que não estava ali no começo – ou talvez estivesse só encoberto, uma fina capa que o menor esforço de movimento já fez por fazer sumir no vácuo. Que outras portas abririam Gabriel Nunes Alves?

O encontro estava marcado para a manhã, cedo, em um café nas Laranjeiras. Ainda sem confiança sobre a extensão do trajeto e um tanto intimidada pela travessia dos túneis, mas desejando percorrer as ruas do bairro a pé para melhor conhecê-lo, peguei um táxi e desci no Aterro do Flamengo, que já conhecia. Segui caminhando o restante do percurso, avançando por vias estreitas e iluminadas, em uma atmosfera que, de algum modo, parecia mais oxigenada do que a de Copacabana, menos recoberta de reconhecimento. Ia me distraindo, repassando na cabeça algumas questões a serem feitas e, ao final de um caminho percorrido com a pressa das reflexões (e das subidas e descidas das ladeiras), cheguei ao café alguns minutos antes do combinado. Mesmo assim, me deparei com Gabriel sentado em uma mesa à frente do salão pequeno e aberto, em uma curva da Rua das Laranjeiras. No calor que já ameaçava subir, ele se refugiava sob a sombra de uma árvore nodosa, imensa, cobertura à toda quadra. Logo o reconheci de fotos pesquisadas na internet, mas, ao mesmo tempo, estranhei a imagem, dissonante com o retrato que vinha se formando pelas minhas leituras. Era mais velho que o esperado. Porém, seriam todos assim, não? Apesar da vivacidade daquelas histórias de geração, elas haviam se passado há mais de trinta anos. Gabriel, ainda por cima, era mais velho do que seus colegas. Cinco anos mais velho que Flora à época de suas aventuras compartilhadas; 32 anos mais velho que ela agora, congelada no tempo. Como meu reconhecimento era unilateral, aproveitei sua presença para observá-lo mais detidamente, ainda da calçada, como uma pedestre qualquer, para poder registrar melhor sua imagem. Estava sentado muito reto, em postura atenta, lendo um jornal sobre a mesa. Vestia uma calça em sarja, bege, e as pernas cruzadas revelavam suas sandálias. Usava também uma camisa branca em linho, com gola padre. Mesmo sob o calor, optava por mangas longas que cobriam os braços, mas que deixavam entrever muitas pulseiras coloridas (depois percebi como o conjunto escondia marcas esbranquiçadas em seus pulsos). Trazia um ar de qualquer coisa de passageiro, um ar, mesmo, como se fosse brisa prestes a dissipar; mas não sei agora se percebia já essa volatilidade ali, naquela imagem parada alguns metros diante de mim, ou se foi uma reflexão colateral, brotada já de nossa conversa. Havia algo nesses primeiros encontros – com Martina, Paulo, Gianetti e Lúcia – de tensão, da vontade de um reconhecimento futuro: ao conhecer essas figuras, tentar antever o quanto ficarão comigo e de que maneira, que traços ou gestos agora inocentes permanecerão como sombras de seus portadores.

Cheguei perto, me apresentei, sentei. Gabriel sabia ser muito afável, desde o primeiro momento me recebendo com simpatia. Tinha o tom de voz de quem faz um comentário dentro de uma biblioteca, e nem suas palavras nem seus gestos se permitiam ultrapassar esse volume. Entendendo o espaço, comecei a entrevista tateante, com algumas questões mais gerais e então aquelas direcionadas a ele; era uma estratégia comum, atrair o entrevistado para dentro da conversa por seus interesses, fazê-lo simpático à pauta, sondar suas disposições de partilha. Mas não era mera maquinação técnico-jornalística: eu estava interessada nele, curiosa pelo que viveu aquele poeta, nascido em Patos de Minas, criado em Minas Gerais e chegado ao Rio um pouco torto, em meio ao olho do furacão daqueles 1980 que viam tudo mudar. Perguntava sobre essa vida pregressa, sobre o que fazia em Belo Horizonte ainda, sobre o que levou a sua mudança, sobre o que escrevia; não obtive muito mais do que asserções monossilábicas, dares de ombros, a postura de um desinteresse educado que deixava claro sua recusa em se abrir, embora permanecesse ali, solícito. Implodia em uma velocidade alarmante as páginas de meu caderno dedicadas a essa parte da entrevista, desarmando cada pergunta em segundos.

Minha desordem se agravava pelos lapsos de concentração: enquanto seu retrato ganhava vida diante de mim, eu era tragada por sua figura. Seu rosto, de forma quadrada, de maçãs marcadas e um nariz romano, era uma impressão poderosa, assim como o cabelo, de todo branco e muito cheio, trazendo e traindo a idade em simultâneo, um cabelo topete volumoso, jogado para trás com uma despretensão cuidadosa. Os olhos rasgados, com algo de indígena, me fitavam com atenção. Era lindo, ainda, e entendi melhor as tintas de obsessão com que as histórias da época o pintavam. "Mas isso é sobre Flora, não?", perguntou, me resgatando de si próprio. Tinha consciência da natureza de nosso encontro e me chamava de volta à razão. Como havia conhecido Flora?, era a questão central, aquela sobre a qual nada sabia, e ele começava por respondê-la, mesmo que não fosse perguntado.

Foi um encontro fortuito durante um evento na Casa de Rui Barbosa, um circuito de palestras envolvendo autores dos quais Gabriel não conseguia recordar. Lembrava apenas da mulher de cabelos revoltosos a fazer uma pergunta irada, mas composta em ironia, sobre o conservadorismo reprimido do conferencista; lembrava de ter feito ele próprio outra questão, mais inofensiva, de fundo teórico. Lembrava que, findo o evento, aquela jovem veio conversar com ele, perguntar sobre sua indagação – a conversa durou sete anos. "Foi um pouco como se precisássemos nos encontrar. Era como sentia", disse. Flora havia acabado de retornar da Inglaterra, e Gabriel estava no Rio há pouco mais de um ano; de um modo ou de outro, ambos estavam desterrados. Ela voltando a seu lugar, mas sem perspectivas, preparando-se a reconstruir a vida: na bagagem, um livro bem recebido, mas de circulação modesta, e outro sendo escrito. Ele, ainda flutuando em uma realidade nova, na qual havia embarcado de última hora (a depreender da morna primeira parte de nossa conversa, junto às informações que já havia lido, sabia que foi ao Rio sem muito planos, apenas porque podia – sem família e com dinheiro, virando o cabo da juventude). Não era do circuito acadêmico e nem estava na cena literária, sendo, naquele momento, tão somente um servidor de gabinete no Tribunal Regional Federal. Nas costas, um livro autopublicado ainda em Belo Horizonte, e nas gavetas, uma centena de poemas.

Gabriel falava muito devagar, não por arrastar as palavras, mas por tanto demorar a escolhê-las, suas frases eram entrecortadas pelo silêncio da reflexão, pela busca da precisão a cada termo de cada coisa; falava como quem escrevia poesia, e seu dizer deixava imaginar uma mancha gráfica esquelética. Ia contando de Flora e a língua, mesmo que ainda vacilante, se sentia mais à vontade, alongava as histórias. Ela era a chave de uma porta para outro mundo, aquele em que só se podia pular de cabeça, sem concessões. Tornaram-se inseparáveis. Lembrou anedotas enquanto eu ia perguntando de outros personagens ou outras cenas. Quando conheceu o resto do círculo de amigos de Flora? (Logo após terem se encontrado; mesmo que a *Barato total* já se assumisse como fracasso, foi convidado a escrever resenhas para outro projeto, também natimorto.) Lembrava do processo de escrita de *Aquarela em technicolor*? (O livro estava quase pronto quando se conheceram; em verdade, mais que pronto, e o auxílio de Gabriel se deu nos cortes e na reorganização da forma.) É verdade que tinham conhecido Caetano Veloso em um encontro fortuito, na praia? (Sim, e ele já havia lido alguns de seus poemas; mas de Flora, nada.)

Como era Flora?, perguntei, então, para que Gabriel me olhasse com certo espanto. Que queria dizer com isso, o que perguntava? Não era justamente isso, como era Flora, que ele me contava? Sim e não, adiantei; o que me interessava, não sem certa ingenuidade, era que passasse das historietas para sua impressão própria, pessoal, não dos anos de amizade, mas da amiga mesma. Atacava, sem pudores, percebendo como ele já se abria e parecia levado por ventos de memória, indefeso contra as presas da biógrafa. Que se despisse dos causos, me entregasse Flora. Não haveria senão essas histórias, é claro, mas algo me levava a tentar ouvir outra coisa, o que se esconderia sob elas, o que Gabriel deixava ainda guardado.

"Ela dizia que eu era muito chato. Falava demais de livros, filmes, filosofia. Me chamava para sair, ir a festas, encontrar outros amigos. Me apresentava e pedia que eu falasse de livros, filme, filosofia. Dizia que era o que mais gostava em mim. Que eu sabia coisas", riu, entregando a si, ainda, e uma história a mais – mas entregando também a Flora. Esse riso, o primeiro daquela manhã, foi uma risada miúda que fez perceber como Gabriel era frágil, a despeito da impressão de impacto que sua figura e seu discurso causavam de início. Quase não se movia ao falar, e quando um braço resolvia pontuar uma frase, percebia-se um certo tremor nas mãos.

"Sabia ser difícil. Nem sempre era esse ânimo. Podia se trancar no quarto por dias, não saindo nem para comer. Rompia com amigos por pouco, às vezes sem nem dizer o porquê. Sempre voltava, mas o ódio que destilava durante seus rompimentos era ácido", lembrava. "Exigia muito. Eu sempre tive a impressão de estar devendo, estar em falta. Mas não podia fazer mais do que já fazia", completou, balançando a cabeça.

"Você já deve ter ouvido sobre a noite do forno", comentou com uma curiosa escolha de palavras, em referência à tentativa de suicídio de 1987. Sabia dela, claro, ponto nebuloso, mas sempre presente nas narrativas sobre Flora, caso muito usado como imagem do desequilíbrio que se instalava sobre ela e que, pouco depois, a possuiria de todo. Certa noite, fechou todas as janelas de seu apartamento em Botafogo, ligou o gás do forno e deitou-se no chão da cozinha. Foi salva por amigos (Alice, Maga e outros nem tão nomeados) com quem havia combinado de jantar; ao não obterem resposta à campainha, entraram à força na casa, que descobriram tomada de veneno. "No dia anterior tínhamos brigado. Uma discussão bastante feia. Sobre alguma besteira, nem lembro o quê. É estranho não lembrar. Era importante na época, foi importante. Por causa da briga, não fui ao apartamento, não ajudei nessa noite. Sentia vergonha de ir ao hospital depois do que aconteceu. Ia, claro, estava lá todos os dias da internação, poucos, no fim das contas. Mas algo já parecia partido. Nela e também entre nós. Algo de confiança, perdida de ambos os lados. Na superfície, as coisas voltaram a ser como sempre foram. Só que havia essa rachadura afetando a transparência".

Falava mais rápido, deixava à mostra as mãos trêmulas – enquanto o rosto seguia impassível, não desviando jamais os olhos dos meus. Havia sido tomado de todo pelos ritmos da conversa e pela emoção que a transportava. Como Gianetti, percebi que eu lidava com uma erupção; mas agora, distante do desconforto daquele encontro, mais ansiosa por informações, conseguia aproveitar e mordia mais forte. Já que havia mencionado a tentativa de suicídio, o que sabia sobre a morte de Flora, a noite que consumou, enfim, a noite do forno?

Cerrou mais os olhos apertados, e vi passar por eles um vulto – pensei distinguir nele algum reconhecimento, mas também resignação, como se aguardasse aquela pergunta, soubesse de antemão que era o centro de nosso encontro, e aguardasse o golpe, entregue ao sacrifício. Já havia falado da morte de Flora incontáveis vezes; podia ler em entrevistas outras, nas notas de Gianetti, nas referências cifradas de alguns poemas, imaginava que falasse a outros amigos, ao terapeuta. Pedia que dissesse mais, na esperança talvez vã de que falasse outra coisa, que aquelas lembranças levassem a mais que o reconhecimento plácido da infinita tristeza das coisas. Antes que começasse a responder, adicionei outra pergunta, mais direta, disfarçando uma indireta, envelopando uma suposição, talvez contaminada pelos boatos e fofocas, mas que precisava fazer, jogar ao mundo para teste. Jogar a Gabriel. Imaginava o que poderia ter levado àquele gesto?

Entregue, Gabriel passou em revista as últimas semanas de Flora, lembrando em fragmentos como aqueles tempos difíceis pareciam prenunciar algo, mesmo que todos já estivessem acostumados com suas turbulências. Foram semanas de isolamento físico, e, como vírgulas neste, as ligações na madrugada, já célebres, telefonemas sem aviso a amigos tantos, que ouviam reclames e lamentos pouco articulados, que nada diziam; às vezes dizia que só queria conversar, sem choro nem vela, e falava por horas sobre qualquer coisa, comentava alguma notícia, discorria sobre a situação astral, qualquer coisa que a mantivesse distraída de si, naquele autoexílio. Os amigos trocavam eles próprios seus telefonemas, contatos curtos com a senha "Flora não está legal", que iniciavam as procissões ao apartamento, as conversas através da porta cerrada, a feitura de chás, o colo quando ela enfim emergia. Não era nada distinto de outras vezes, ainda que soasse mais grave, o tom mais soturno, ainda que isso pudesse ter sido uma projeção póstuma, admitia Gabriel. Em verdade, nos dias imediatamente anteriores àquele 12 de setembro, Flora havia dado a volta por cima das quedas e estava totalmente recarregada. Planejava começar outro livro, voltar à poesia, partilhando ideias. Convidava ao teatro. Falava com fervor, Gabriel ria, do segundo *De volta para o futuro*, que já anunciavam as revistas, a ser lançado nos Estados Unidos dali a pouco. Vivia e fazia viver. E então o mar e o fim.

Mas por quê? Insistia na questão. Haveria algo a disparar tal decisão? Gabriel não sabia dizer, pois partilhava da mesma dúvida. Que não seja um único problema a culminar em um gesto de tal grandeza, é de se imaginar; mas mesmo sendo acúmulo, sempre se espera nesta narrativa que haja um ponto de virada mais ou menos claro, mais ou menos explícito, a última gota que bate contra a pedra erodida e faz estourar o represamento. Gabriel pensava nisso também, sem entender. Havia hipóteses, claro: a repercussão de *Destinatário ausente*, com suas cartas falsas e diários forjados, havia rendido algumas brigas mais feias com aqueles que se imaginaram retratados ali, sem concessões de simpatia (imaginaram erroneamente, assegura Gabriel, garantindo a ficção daquele texto); o afastamento progressivo da mãe; os problemas amorosos, as relações cada vez mais fugidias. Mas são, ainda, fragmentos mínimos, que não explicam a cena completa.

"Não sei o que pode ter acontecido. Me ressinto de não saber. Teria sido mais fácil", disse, e não entendi a que se referia quando falava dessa facilidade. Pensava em uma última tentiva de resgate, facilitada pela consciência de que ela se dirigia àquele ato? Ou pensava no próprio luto, ainda mais embrutecido pela incompreensão?

"Sabe... Eu vi muitas pessoas morrerem", disse, a voz vibrando, um tremor análogo ao das mãos, que até então não havia escutado. Estaria falando de Flora, por suposto, e isso sabia que eu sabia; mas falaria também de Pedro, sem saber que eu dele soubesse? E de outros mais, que eu não sabia, mas imaginava, fantasmas daquela época em que a doença se alastrou como um rastilho de pólvora incendiando de modo repetido; ou fantasmas mais recentes, talvez. Embora não fosse tão velho, não era mais jovem, em absoluto, e estariam em idade perigosa também seus colegas, de vida ou de trabalho.

"Eu vi muitas pessoas morrerem. Acontece, aconteceu. Mas isso não é algo que se espera ouvir de um escritor. Ou talvez é o que se deveria ouvir. Tenho pensado nisso. Se esse jogo com o fim não está já codificado na decisão de escrever, de ser escritor. Como se o escrever fosse entrar em uma aposta. A favor do texto, contra si mesmo. Ou se escreve porque sabe que vai morrer. O que parece tanto uma tentativa de fazer fugir o fim quanto ajudá-lo a se consumar", desenhava o ar com as mãos, buscando alguma concretude à fala que se evaporava, de novo muito lenta e, pior, agora quase sussurrada.

"Não sei. Não sei o que estou falando. Me desculpe", inclinou o corpo, movendo-se da pose de totem que mantinha até o momento, pendendo a cabeça sobre o peito. Logo a levantou e pude ver que estava lavado em lágrimas, grossas lágrimas que escapavam de seus olhos miúdos como um vazamento incontrolável mas silencioso. Olhava para mim e chorava. Tomei suas mãos, jogadas inertes sobre a mesa, com as palmas voltadas ao alto, e pousei nelas as minhas.

sexta-feira, 1º de abril de 2016

Sob o signo desta data, parece convidativo – quase divertido, diria – registrar aqui que me volto agora, motivada por algumas pistas deixadas por Gabriel, a *Destinatário ausente*. Livro mais estranho da breve obra de Flora, sabia ter ali um desafio à biografia: afinal, consistia em um esforço deliberado de borrar a confissão de si com a sua escrita, produzindo documentos falsos de intimidade, tornando mais insolúvel o desvendamento de Flora Anna.

Há uma entrevista de Flora L., logo após a publicação do volume, recusando a interpretação do livro como uma autobiografia adiantada ou coisa do tipo: quem o quisesse ler assim faria melhor em buscar qualquer outro de seus livros, menos aquele. Mas não seria essa outra ilusão, um truque sobre o truque – como quem conta uma verdade chamando de mentira, para que dela se duvide? (E que Gabriel também negasse qualquer traço de documento àqueles textos só adensava o clima de conspiração.) Penso nisso com o livro aberto diante de mim, tomado cada vez mais de rasuras, círculos, setas, notas coladas às margens. Cotejava nomes, testaria chaves daquilo que poderia ser um *roman à clef*; se não o fosse, arrombaria à força a porta sem tranca. Mas aquilo que encontraria do outro corresponderia às memórias de quem?

domingo, 3 de abril de 2016

Martina me escreveu um e-mail avisando ter localizado Alice Maltz; me passou seu contato, um telefone fixo, mas não sem antes descrever com detalhes o processo dessa descoberta, comentando, também, da incredulidade com as circunstâncias que a envolvem. Ciente da minha dificuldade em encontrá-la, passou a fazer ligações, algumas que eu própria já havia feito, até quase desistir. Diziam-lhe que já não viam Alice, não sabiam dela. Em uma última tentativa, um agente, vagamente conhecido, contou tê-la visto pela última vez em uma feira. A Bienal do Livro? Daqui ou de São Paulo? A de Frankfurt?, Martina me contou ter perguntado, ao que soube que não: uma feira de orgânicos mesmo.

O caso é que Alice morava em uma fazenda perto de Teresópolis; Martina descobriu isso após outra série de ligações, estas mais inesperadas, a mercados e feiras de produtores. Vivia sem internet ou nada do tipo, afastada do circuito literário já há anos, e só poderia ser encontrada, sobretudo por aqueles ainda em cena, por meio desses acasos. Mas havia um telefone, agora, e eu insisti em ligar até ser atendida. Não passou de uma conversa rápida, curiosa; se eu mal continha a excitação por finalmente conseguir alcançá-la, Alice não pareceu em nada surpresa com meu telefonema. Não perguntou como havia conseguido seu número, não perguntou sobre o projeto da biografia; mas aceitou falar. Me passou o endereço da fazenda e avisou que poderia ir para lá qualquer dia que quisesse da próxima semana. Não disse mais nada, e achei por bem também não continuar; quando percebi, ela havia desligado.

Saí, procurei um bar. Levada pelos ritmos da noite e pela brisa, que amenizava o calor dos dias, acabei por dar na rua Aires Saldanha, mas seus lugares eram movimentados demais, cheios de luz e ruído. Andei um pouco mais, até dobrar em uma rua transversal, sem prestar atenção ao nome, e encontrar um botequim entre o aberto e o fechado, de todo deserto, um estreito corredor com meia dúzia de lugares e um dono que cochilava sobre a estufa de frituras.

Pedi uma mesa na calçada e uma cerveja. Levava dois livros para ler: *Trinta noites este ano*, a coletânea de Gabriel que vinha abrindo e fechando intermitentemente desde quarta; e *A coleção dos cacos*, de Alice. Três livros, em verdade, pois trazia este caderno também, para escrever o que escrevo agora.

segunda-feira, 4 de abril de 2016

Logo pela manhã recebi uma mensagem de Antônio Carlos Britto Mello, que havia desmarcado nosso encontro de sábado. Avisava poder falar agora, me passava seu endereço no Flamengo. A região que eu havia explorado a pé capturava agora de cima, vista em cheio pelas imensas janelas por trás de Britto Mello, a porta aberta para que entrasse no apartamento, um espaço enorme, impossível, cheirando à herança. Dentro, fui recebida por uma galeria particular, com uma disposição farta de objetos de arte, esculturas, quadros e livros, signos de afeição e cultura, adensados na biblioteca anexa à sala de estar, onde sentamos para conversar. O cômodo era maior do que todo o apartamento emprestado em que eu vivia nos últimos dias (e este já era muito maior do que o lar de São Paulo), e sentar em uma de suas poltronas, contra a larga janela em que se podia ver a paisagem dos jardins, era agradável, como era também ver as lombadas nas estantes e tentar ler os nomes, perceber de Proust a Costa Lima, brincar de tomar os livros e sua organização como sinais para entender Britto Mello, essa figura recorrente na constelação das fontes de Flora, mas de quem pouco sabia até ali. Era outro livro cerrado na prateleira, por assim dizer.

"Como você já deve saber, foi por meio de meu trabalho no jornal que tomei contato com a poesia da época. Assim também que conheci as meninas", me disse, o tom distante e professoral que marcaria nossa interação. Britto Mello, seus cabelos brancos muito ralos e sua barba cheia, passava dos 70 anos, e era essa disjunção temporal que marcou seu papel nessa história. Jornalista já estabelecido, crítico responsável pelas pautas de literatura d'O Globo, foi um dos primeiros a perceber o lançamento de *O giz e o pó*, um dos primeiros a chancelar a poesia de Flora. A partir daí, parece ter adentrado o círculo daquelas amizades, sendo referência constante nas lembranças da época. Era mais próximo de Margot, porém, e foi por aí que puxou o fio de seu relato, retomando como havia a conhecido (ela estagiou como revisora do jornal e logo se tornaram companheiros de café) e como se frequentaram por aqueles anos, até o fatídico retorno europeu (ela lhe apresentaria seus amigos e a efervescente cena cultural de que participavam; ele atuava como uma espécie de mecenas do grupo, cedendo livros, notas nos cadernos culturais e até seu apartamento – à época, na Gávea). Eu já havia lido algo dessas memórias na reportagem sobre o lançamento póstumo de Margot, atravessada por citações de Britto Mello, bem como trechos de um emocionante texto de homenagem escrito por ele em 1981.

Agora não se percebia mais aquela comoção: Britto Mello falava muito, retomava episódios e sua interpretação sobre eles, mas era um relato de superfície brilhante, porém tênue, recobrindo um centro oco. Parecia mais encantado pela própria capacidade de narração e rememoração do que com os fatos em si: ele se tinha em alta conta, e pensava sua presença naqueles anos como o centro de alguma revolução, de letras ou de costumes. Não estava de todo errado, mas eram tantas as revoluções daquela época, cada qual com quantos centros fossem possíveis: era precisamente disso que se tratavam. A mim cabia situar Flora nesse ponto de irradiação, mas Britto Mello só sabia ver os outros como sua periferia. Conhecia todo mundo, imprimiu direções, foi figura decisiva em tantos feitos.

Eu ouvia e estudava, pesando as razões não apenas daquela postura, mas de tê-la ofertada a mim. Britto Mello era um jornalista de décadas, muito mais experiente no ofício que eu própria, então deveria entender bem os ritos destes encontros, como eles são, no fundo, jogos de interesse entre repórter e entrevistado – que precisam de algum motivo para se submeter ao processo, de todo antinatural, de esgarçar o véu da própria intimidade, de recompô-la em uma história mais ou menos lógica, a ser habitada por alguém completamente alheio. Imaginei, no sábado, que fosse esse o motivo para o cancelamento de nossa conversa; talvez tivesse se arrependido ao pesar melhor as consequências. Estava ali, porém, diante de mim, ofertando a si, sem medida. As razões, eu só podia imaginar; e o fazia, enquanto o ruído branco de sua fala zunia. Como Gabriel, talvez quisesse falar por um dever da memória, a sensação de estar ligado a essa história por um nó tenso, de difícil desamarração; como Lúcia, poderia apenas gostar de falar, elaborar hipóteses, reviver uma vida passada já desresponsabilizado sobre ela, com a língua solta. Como a si próprio, dar entrevistas seria um modo de garantir a perspectiva correta dos fatos (a sua, supostamente).

Talvez fosse uma oportunidade de acertar as contas com alguma coisa; afinal, se escrevemos em nome dos mortos, é natural que as mágoas e as paixões que estes tenham deixado em vida venham ter conosco, procuradores daquele ofensor que, de tão desleal, não ofereceu nem o próprio tempo à reparação do ofendido. Me inclinava cada vez mais a essa ideia quando Britto Mello adensou a trama de sua relação com Margot e isso trouxe de arrasto o pior que via em Flora. Nutria ciúmes da relação entre elas, sentindo-se desprezado (ainda que não admitisse). Falou de tensão sexual e repressão, lembrou noites em claro, maldisse a atenção que Flora demandava de todos, sem que a retribuísse jamais, a quem quer que fosse. "Desde que a conheci, percebi que Flora não sabia lidar bem com a própria inteligência, com o brilho que inegavelmente tinha. Como a criança mais brilhante da classe, cresceu acostumada a isso, e parecia furiosa quando não era reconhecida enquanto tal. Lembro de um episódio em que estávamos no apartamento de Flora, lendo textos. Margot apresentou alguns poemas, belíssimos, de uma capacidade de observação poética notável. Aplaudimos, elogiamos sua leitura. Eu mesmo disse que deveria começar a publicar. Foi o bastante para que Flora se chateasse. Logo, sem aviso, desligou a luz da sala e foi para seu quarto, batendo a porta, como se nos expulsasse", lembrou, entre outras cenas. As palavras que reservava a ela eram assim, ásperas, mal lixadas mesmo pelo tempo, sempre em busca de uma anedota pouco lisonjeira, uma interpretação sarcástica. Havia certo ressentimento ali, também, da acidez fermentada do ressentimento, tanto pessoal quanto estético, um alimentando o outro. "Flora começou muito bem, muitíssimo bem. É uma lástima que tenha abandonado a poesia. Sobretudo por aquela prosa comum", me disse. "O que fazer, se odiava críticas? Nunca me ouviu, mesmo que eu tenha sido o primeiro a perceber suas possibilidades".

Mas, de novo, até que ponto isso não revelava mais de Britto Mello que de Flora?

Voltei da entrevista exausta e com um incômodo rangendo, um incômodo que não sabia bem explicar, a sensação de ter estado à mesa de negociações com um adversário pouco confiável. Essas conversas de ultraje ou de desgosto exigiam maior cuidado, maior atenção, cada palavra viesse cifrada, encerrando em si sentidos e motivos outros. Aqueles que me falavam em termos mais agradáveis não costuravam no avesso dessas memórias suas próprias intenções, singulares, mas talvez até mais traiçoeiras, escondidas sob a cortesia? Repassava o que de útil acreditava ter extraído dessa disputa (lendo minhas notas e ouvindo trechos das gravações, já com certa distância, entendi como Britto Mello ajudava a situar os marcos das publicações de Flora, bem como ilustrava, talvez até com o excesso de uma ficção barata, a relação conflituosa da poeta com a crítica, sempre mencionada nos estudos a respeito), quando recebi a ligação de Ana Malcolm. Ela, que também havia cancelado nosso compromisso anterior, pedia desculpas, teve de se ausentar do Rio às pressas. Podia falar por telefone, me dizia, se eu tivesse tempo. Tinha, e então desenvolvi a questão que havia adiantado por e-mail, falei de meu interesse por sua dissertação e sua descoberta, queria saber mais daquele original, de onde havia saído e se de fato era um achado órfão. Ana me contou a história de seu mestrado, da inesperada entrada em cena de Flora e seus espólios (ou, mais precisamente, a ausência destes); seu projeto de pesquisa inicial nada tinha a ver com *As sapatilhas*, interessado que era por revistas literárias, sua constituição, sobre como poderiam estrear novos autores, sobre sua capacidade de influência nos movimentos estéticos, sobre suas esquálidas circulações, sempre aos mesmos leitores. Significa que não tinha focado em algo, isto é, buscava um foco no contato com as revistas e acabou por encontrar um, inesperado, ao se deparar com aquelas cópias dos originais de Flora, descobertos postumamente em meio aos arquivos da *Inimigo Rumor*, gentilmente compartilhadas pelos editores. Ana conhecia os textos de Flora, tinha lido-os na faculdade e gostava deles, mas não passava de um interesse passageiro (não muito distinto do conhecimento de Flora que eu mesma tinha antes de março). Aquelas 132 páginas, porém, eletrificaram Flora no pensamento de Ana, mais ainda ao conferir com os editores e descobrir que eles não sabiam o que aquelas folhas faziam ali, nunca as haviam publicado, talvez tivessem vindo junto, por engano, aos livros e manuscritos que de fato recebiam. Mas como ninguém havia percebido antes aquela intrusão? "Não tinha como não fazer disso a pesquisa, entende?", e eu entendia bem. "E se outras cópias como aquela estivessem por aí? Esse era um achado importante, relevante não só para mim, mas para o Departamento. Para a área mesmo". (Para Flora também?, pensei se seria possível acrescentar.)

"Acontece que não havia outros originais. Ou não consegui encontrá-los. Mas tentei, tentei de tudo", me explicava, contando como buscou primeiro nos arquivos oficiais possíveis, as bibliotecas universitárias e então a Nacional, a Casa de Rui Barbosa, o Instituto Moreira Salles, coleções privadas que descobriu via colegas. Nada. "Até encontrei muita coisa interessante. Originais de outros autores, várias cartas, desenhos, fotografias. A cada momento descobria algo poderoso – só que nada disso era de Flora. Mas eu sabia que não podia abandonar mais *As sapatilhas*". Ana tentou amigos, amigos de amigos e amigos de Flora. Alguns foram solícitos, tentaram empreender a busca em conjunto; outros riam da mera menção à possibilidade de um espólio. Flora não se deixou, não deixou nada, muitos repetiam. Ninguém soube explicar aqueles originais; alguns ficaram surpresos, outros faziam pouco caso, como quem ignora uma aparição, como se não tivesse um sistema cognitivo apto a reconhecê-la. Nessa saga, Ana chegou mesmo a tentar Elizabete. Como havia chegado a ela? "Sabe, é engraçado, não lembro quem me passou o contato. Não consigo. Acho que foi alguém da faculdade. De qualquer forma, ela não me recebeu. Foi muito simpática ao telefone, mas disse que não poderia ajudar. Disse que não tinha nada do tipo, nenhum caderno, nada mesmo". Teria ainda esse número, perguntei, ansiosa, sentindo estar chegando mais perto do que nunca dos personagens principais daquela história. "É difícil, mas posso procurar, claro. Mas acredito que ela já tenha falecido. Lembro de ouvir alguma coisa assim há uns anos".

Sem conseguir disfarçar a decepção, perguntei como foi a decisão de seguir em diante com o trabalho naquelas condições. "É uma dissertação muito fraca, sem dúvidas", Ana admitia, ecoando minhas primeiras impressões de sua leitura.

"Apenas um original não era o bastante para o que acabei me propondo a fazer. Como trabalho científico, valeu muito pouco, ou mesmo nada. Vendo agora, era outra coisa. Talvez tenha sido essa insuficiência que me levou a insistir. Não tinha como não escrever sobre aquele texto, sobre Flora. De certo modo, um modo um pouco birrento, imaturo, eu admito, escrever com aquela deficiência era escrever sobre ela, chamar atenção a isso.

"Você entende?", e sim, era tudo que entendia.

quarta-feira, 6 de abril de 2016

Como havia chovido muito ontem, dia de passar em casa trabalhando; ao acordar e perceber o sol, deixei todas as janelas do apartamento abertas, persianas escancaradas para trocar o ar roto. Lia na sala quando ouvi um barulho vindo do quarto, um som estranho não explicado por qualquer razão doméstica. O que daria sentido àquele farfalhar muito rápido: levado pelo vento ou por um erro de percurso, um pássaro havia entrado no cômodo e, confuso com a súbita mudança de seu cenário, voava sem rumo, próximo ao teto. Olhei por um tempo, pensando no que fazer, quando ele pousou em uma das pás do ventilador, cansado do esforço de fuga. Resolvi deixá-lo por ali; as janelas eram grandes e em algum momento, nem que fosse pela sorte, ele encontraria a saída. Li e escrevi mais (notas, lembretes, quadro de referências, amarrando o que tenho até aqui), fui à cozinha esquentar o almoço. Já não ouvia mais nada e imaginei a libertação do visitante inesperado. A tarde já avançava quando, para garantir, resolvi ir ao quarto de novo; minha surpresa foi encontrar o pequeno pássaro caído no chão em uma pose trágica, asas entreabertas e algumas penas salpicadas ao redor. Pela marca no espelho do guarda-roupa, logo adiante de onde havia caido, entendi que, em meio ao frenesi do cativeiro, ele arremeteu contra o vidro, atraído, quem sabe, pela sua ilusão, quebrando assim o pescoço. Enquanto eu pensava no que fazer com o corpo torto (jogá-lo no lixo pareceu uma assinatura cruel à fatalidade, e logo decidi esvaziar uma caixa de macarrão e ir enterrá-lo em algum lugar), pensava também na morte. No morrer dos outros. Era tema compulsório destes dias, ao tentar cruzar os relatos, descobrindo que aquilo que os amarra e acaba por lhes dar nós cegos é esta linha de morte, da morte de Flora, pouco compreendida por quem quer que fosse. Caminhei as quadras necessárias para alcançar a praça da estação de metrô do Cantagalo, na frente do Corpo de Bombeiros, pela qual já havia passado e era o único lugar que me ocorria enquanto opção para aquele sepultamento, caminhei para lá com uma sacola, e dentro dela a caixa coberta em papel alumínio (a embalagem tinha uma janela em plástico filme, transparente, e achei por bem disfarçar a vista do falecido) e uma colher, melhor ferramenta de enterro à mão; caminhei para lá com algumas ideias na cabeça, mas sobretudo dúvidas. Flora morreu. Flora se matou. Esse detalhe, de modo algum um detalhe, alterava tudo; não havia como não chegar a isso, não deixar essa informação envenenar todo conhecimento prévio de sua existência. Como se a vida não fosse senão um colecionismo dos sintomas da própria morte. Mas o que, daquilo que sabia até ali, me permitia construir a narrativa desse modo? Não havia sido uma existência especialmente trágica, mesmo que apanhada em meio à convulsão da História, dos tempos mudando aceleradamente, da incerteza que se seguia ao prazer; temas da ciência de Flora, temas que a interessavam e moldaram sua escrita. Teriam moldado também os humores, certamente, mas seria o bastante para aquela decisão drástica? Seu suicídio nunca foi bem explicado; quem sabe por isso, ou por algum outro pudor, se lia muito pouco sobre ele. Eu descobria aos poucos os detalhes. No dia 12 de setembro de 1989, uma terça-feira, Flora foi à Praia Vermelha, na Urca, à noite, e desapareceu. Isso só se descobriu no dia 13: pela manhã, os primeiros frequentadores da praia – corredores, ambulantes, garis – deram com uma canga estendida sobre a areia, sobre ela, um par de chinelos e, evidência essencial, uma carteira com os documentos de Flora Anna Németh Lázár. Sabia-se, portanto, que eram suas coisas. Sabia-se que havia ido à noite, pois tinha ligado para Alice pouco após as nove da noite, e disse que iria dar uma volta (Alice lembraria da ligação anos depois, eu havia lido nos rascunho de Gianetti; lembrava com pesar, mas recusava no contato qualquer premonição). Sabia-se que havia desaparecido pois já não estava lá, como nunca tornou a estar. Seu corpo nunca apareceu e, por menos provável que fosse o afogamento – as águas daquele trecho não eram particularmente agitadas e Flora sabia nadar muito bem, chegando a escrever a respeito em um punhado de crônicas –, sua morte parecia certa. Pela baixa chance de um acidente, chegou-se à hipótese do suicídio, logo abafada: na imprensa, por um verniz de civilidade; entre amigos, por vergonha por terem deixado aquilo acontecer. Flora devia ter dado mostras do que estava prestes a cometer; eles haviam esquecido "a noite do forno"? Mas mesmo lá não parecia haver sinais. O que marca o cotidiano de tal modo a torná-lo insuportável? Amores perdidos ou malditos, a frustração com uma leitura ou a falta dela, o constante equilíbrio em uma corda bamba financeira? A perda de amigos?, pensei, lembrando da procissão de fins experimentada por Gabriel, mais tensa ainda por ter perdido também Flora; e sabia como tais perdas se imprimiram, de algum modo, sobre sua pele. Havia, além dessas causas, a família, mas desta era difícil extrair os detalhes, a possibilidade de algum trauma originário. Havia Elizabete e sua camuflagem; havia János e seu exílio. O pai me parecia uma figura mais próxima da tragédia, seja pela história convoluta do abandono de sua terra natal, seja pela postura distante que pareceu sustentar durante o que restou de sua existência. Talvez ele também tenha padecido com a violência de sua própria personalidade; sei que morreu jovem, também, aos 42 anos. Não se matou, é certo, vítima de um enfarte fulminante. Mas isso, também, era morrer traído por si; morrer do coração. Seria essa angústia, que comprime o peito, a herança que deixou a Flora. A depressão tem algo de genético. Talvez fosse essa a explicação para Flora, tão somente a doença mental, sem que se resolvesse ou mesmo se explicasse por uma história, danada ou redentora; meramente um erro de contabilidade no balanço do cérebro. O cérebro, o corpo da consciência, como um irmão burro desta. Ao chegar à praça da estação do Cantagalo, ensaiei me arrepender da escolha de local ao ver o movimento de pessoas no entra e sai do metrô, mas logo avistei algumas árvores num canto distante da entrada da estação e de clima calmo neste meio da tarde e neste sol estalado. Depois de procurar um pouco, descobri que uma das árvores tinha um oco entre as raízes aparentes, um ponto em que a terra cedia ao vazio interior deixado pelo crescimento da planta; não foi difícil cavar com aquela colher de cozinha, aumentar o buraco para que fizesse caber o embrulho prateado; com a mesma colher, recolher a areia ao redor para fechar a cova, manter aquela surpresa protegida de cães ou de crianças. Era boba a melancolia que sentia, mas havia também um certo alívio em ter sido testemunha daquilo, alívio de tornar menos tola aquela morte, ter tido a chance de lhe infundir um pouco de sentido, mesmo sem saber bem qual. Seu fim seria nosso segredo, pensei.

Preciso falar com Alice, pensei.

sexta-feira, 8 de abril de 2016

Aluguei um carro para estes dias. Não foi a mais razoável nem a mais econômica das decisões; mas o retorno de Martina aos últimos materiais que enviei me encheu de confiança. Posso pagar a diferença, se for o caso. É que tive um desejo abrupto por dirigir. Há anos que eu não dirigia, já que em São Paulo seria um capricho inexplicável. No fim, se revelou uma escolha acertada, mesmo com seus contratempos: a fazenda de Alice era distante, mais do que imaginava, Teresópolis como ponto de referência pouco me dizia. Ao pesquisar sobre o endereço, descobri não ser bem naquela cidade, mas sim em algum ponto de Guapimirim, ao pé da Serra do Órgãos, lugar de muito mato e difícil acesso.

Era coisa de uma hora e meia de viagem, o que logo descobri ser uma estimativa otimista. Saí pouco depois do almoço e o caminho por dentro da cidade foi tranquilo, até que o GPS me indicou um grande engarrafamento na BR-116, avisando a possibilidade de tomar um desvio à direita, pela ponte Rio-Niterói, e seguir pela 493, um trajeto mais longo, mas de pouco trânsito. Não que tivesse pressa, mas circular por uma via mais vazia ofereceria certo encanto, a graça de tomar meu tempo e poder prestar atenção à paisagem que variava ao meu redor. O mar, imenso, sob o concreto, e atravessá-lo para ganhar a cidade, e a partir daí seguir para a rodovia, nisso igual a qualquer outra, no que era guardada por um misto entre natureza, pobreza e industrialização. Na saída daquilo que o celular me indicou ser Itambi, o cenário se tornava quase desértico: metros e metros de chão batido e areia, o horizonte dividido infinitesimalmente pelas pontas das torres de eletricidade. Fala-se muito da paisagem do Rio, e aquilo que se presenciava na cidade fazia jus a isso, na sua indecisão entre o asfalto e o morro, a praia guardando por todos. Mas ali, como se entrasse nas entranhas do estado – e isso que eu nem viajava tão longe –, a impressão era mais radical. Como se qualquer coisa fosse possível por aqui; era só encontrar o lugar certo.

O lugar onde se escondia Alice, a fazenda que eu alcançava mais de duas horas de estrada depois, não facilitava o encontro. Era preciso desviar da rodovia para uma estrada marginal e aí então para um caminho de ruas de terra e túneis verdes. O mato adensava e com ele o calor úmido, mal tropical, que sentia ao abrir a janela e pedir informações a senhoras sentadas nas varandas de suas casas, a um homem que passava de bicicleta. Após idas e vindas, encontrei o portão branco de número 55 alguns metros distantes da via e parcialmente coberto por arbustos. Não havia qualquer campainha, bati palmas. Logo, a porta se abriu e Alice me mandou entrar.

Vestia um macacão bege, esverdeado, e botas cobertas de lama. Eu a via de costas, pois caminhava em direção à casa sem prestar cerimônias comigo. Segui seu caminho junto a quatro cachorros, vira-latas grandes, brancos, pretos e caramelo, que prestavam tanta atenção em mim quanto sua tutora. A casa por onde entraríamos era uma construção muito antiga, mas não de uma imponência colonial, como outra daquela região, mas de uma antiguidade humilde, uma casa simples de portas e janelas arredondadas e sem marco, paredes caiadas e de textura áspera, e aquela imensa cozinha, de fogão à lenha e móveis de madeira maciça, com abertura a uma varanda, onde decidimos nos sentar. Enquanto Alice enrolava um cigarro, pude observá-la: trazia o rosto muito marcado, rugas e vincos, e na agrura da pele sentiam-se os efeitos do sol. Era ainda bonita, porém; mais que isso, era marcante. Os cabelos, grisalhos, eram crespos e compridos, domados em um coque alto que não diluía sua força. O nariz, pontiagudo, de narinas altas, com algo de uma nobreza ancestral; e dois olhos verdes, enormes e velozes por trás dos óculos que retirava do rosto para iniciar nossa conversa, armação simples e presa ao pescoço por uma corda.

"Você não veio perguntar 'por que eu desapareci', certo?", me perguntou, as aspas audíveis na ironia da voz. Respondi em negativa, apenas queria falar sobre Flora, como já havia adiantado pelo telefone.

"Muito bem. É isso. Só precisava ter certeza", disse. "Há uns dois anos apareceu um repórter aqui, queria escrever uma matéria sobre meu sumiço. Sumiço... Ora, parece que eu me escapei, fui para o Tibete, sei lá. Lancei dois livros, há mais de trinta anos, e hoje faço outra coisa. O que há de estranho nisso? Se eu estivesse enfurnada em um apartamento no Leblon, tomando champagne e sem ver ninguém, me considerariam 'desaparecida'?". Percebia o que ela fazia ao de antemão dar respostas a uma pergunta que não fiz, mas que era, de todo modo, inevitável. Ela guiava já nossa conversa, deixando claro qual o foco: não ela, Alice, de modo algum. Gostei da postura, me dava segurança no traçar das perguntas.

Então: como havia conhecido Flora, como começaram a trabalhar juntas, como surgiu a *Barato Total*, como eram aqueles tempos? Alice tomava seu tempo para responder, falava com firmeza e era exaustiva nos detalhes. Aqueles anos eram vívidos nela: tinha boa memória ou repassava aqueles acontecimentos com frequência. Teria ensaiado para nosso encontro? Talvez nem precisasse: por muito tempo, antes de desaparecer sem ter ido a lugar algum, foi a principal fonte sobre Flora, guardiã extraoficial de sua história. Isso se devia à força da relação entre elas, amigas de primeira hora na faculdade, leitoras contínuas uma da outra, confidentes (até a última hora, lembrei). Alice descrevia como aquela menina de sotaque esquisito, insondável, fazia questões inteligentes em sala de aula. Como falava de uma revigoração do verso à luz de um certo cansaço do formalismo, da necessidade de adequar a linguagem literária à convulsão cotidiana que viviam. E como viviam; Alice lembrava também as festas, as tardes de baseado no Centro Acadêmico, as paixões tantas, tão violentas quanto fugazes. Parecia se divertir com aquela história, como se seu reflexo no retrovisor emprestasse certo tom de farsa, de inconsequência.

"Claro que tudo ficou sério depois. Acabamos adultos muito sérios. As coisas eram graves, as conversas tinham um tom de fim de mundo", disse, percebendo o que eu pensava de sua narração. "Os livros saíram, parecia que aquela vida que imaginávamos quase de brincadeira tinha chegado e demandava importância, dedicação. Se pode falar muita coisa de Flora, como sempre se falou, mas ela é profissional. Respeita a literatura, respeita seu trabalho". Contou da criação de *O giz e o pó*, trabalho que envolveu a reescrita incessante de uma série de textos de adolescência, legíveis apenas como escombros nos poemas finais, após sua reescrita efervescente em meio às discussões do grupo. Talvez por isso aqueles textos tenham chamado tanta atenção, pelo diálogo que instauravam entre uma vanguarda estética, sempre um pouco esnobe, e um sentimentalismo bruto, quase piegas, mas imediatamente acessível, imediatamente identificável. Alice retomava essa produção não apenas com a propriedade da companheira de escrita, mas com uma fineza analítica e um conhecimento poético impressionantes. Não estranhava: Alice era, daquela turma, a escritora mais respeitada pela crítica, mais que Gabriel e muito mais que Flora, apenas há pouco resgatada (meu trabalho era auxiliar esse resgate, justamente). Seus textos, difíceis, composições lisérgicas em derramamento verborrágico, eram como "poesia para poetas", experiências de limite da linguagem. Seu *A coleção de cacos*, de 1981, seguia até hoje com prestígio, livro de vasta fortuna crítica e interesse acadêmico constante. Eu havia lido esse texto: mesmo sem entender muito de poesia antes dessa aventura-Lázár, sabia reconhecer uma força na obra, naqueles versos sem tradição, mas que sabiam transcender a mera provocação geracional, criação de uma escola de só um mestre e nenhum aluno. Por isso mesmo espantava que Alice houvesse lançado apenas outro livro, tantos anos depois: *Polônia*, em 1992, uma experiência breve de poemas em prosa, textos soturnos, descrições de violência e desenho de imagens desconexas, dobrando a aposta na abstração. Uma despedida de quem salga o terreno atrás de si.

Mas a Flora de novo, como queria Alice, que falássemos dela, que tivéssemos – que eu tivesse – foco. Retomava fatos já sabidos, coisas que já havia contado a Gianetti ou questões já expostas em entrevistas, reiteração que eu ouvia atenta mesmo assim, curiosa com os reenquadramentos de perspectiva que cada contação aplica às histórias. Aproveitava para pedir detalhes, tudo que pudesse ajudar na minha recontação: como foi o cotidiano de Flora no Rio, onde e quem frequentava, como foi a viagem à Inglaterra, como foi seu retorno? Era sucinta e redundante, pareceu não dar muito valor a essa recuperação da infância; chamava atenção o fato de se referir a Flora, por vezes, no tempo verbal do presente. Desvio de atenção, ato falho: invocação?

Desse presente pretérito sabia extrair novidades, também. Novidades para mim, ao menos. Soube como Flora subsistia; não de poesia, isso eu já imaginava. Trabalhou por anos para a imprensa: revisão de jornais, no começo da faculdade, como Margot, mas logo redação dos próprios textos, trabalhos de encomenda aqui e ali, uma ou outra reportagem de caráter mais noticioso, mas sobretudo matérias mais rápidas e recreativas, pautas de "costumes", comentários sobre modas & afins, a maioria produzida de modo anônimo, a voz atendendo ao copidesque do considerado *cool* à época. Alice me contou, entre sorrisos, que Flora se divertia com essas tarefas e, por um conjunto de circunstâncias, acabou sendo chamada a produzir textos para revistas femininas da editora. Logo adotou um pseudônimo para essas colunas em que seus comentários se camuflavam sob reflexões domésticas, conselhos e dicas de compras; escrevia como Sílvia Palmer, sempre, persona de uma suave ironia, que aplicava voltas já feministas àqueles temas que pareciam tão distantes, tom que foi bem-vindo pelas revistas e suas leitoras, talvez mesmo sem perceberem, necessitadas de se ajustarem às correntes de emancipação dos novos tempos, correntes em que Flora nadava de braçada. "Eu dizia que ela devia escrever um livro como Sílvia Palmer, a sério. Ela respondia brincando, exagerando na entonação de sua figura conselheira 'Onde se ganha o pão, não se come a carne'", me contou, rindo da frase como devia tê-lo feito há trinta anos.

Seu conforto na própria memória e a disposição da conversa me indicavam o momento de esticar a corda. Dos amores de Flora? Que poderia dizer? Me parecia ser essa uma pista importante para seguir, uma pista crucial nessa sondagem das relações, uma que era essencial à própria Flora.

"Ela sempre foi a mais romântica entre nós. Faz parte do drama, claro, desse grande drama que é a sua personalidade.

Mas é uma preocupação genuína também, amar, se envolver até o osso com as pessoas", refletiu. Eu queria nomes, porém, saber pessoas; quem seriam esses sujeitos a que Flora se fundiu, mesmo que brevemente? "Era tudo muito fugaz. Ela se ressentia disso, inclusive, falava a respeito, reclamava das decepções, da solidão. Houve maiores paixões, claro. Tiveram namorados, teve um inglês de que ela não falava muito, teve Margot", disse. Logo pulei sobre a deixa: Margot? Então os boatos sobre ela e a Flora tinham um fundo de verdade, eram mais do que amigas. Isso explicaria algo mais?, pensei comigo, e perguntei a Alice, querendo detalhes. Elas, por assim dizer, ficavam?

"Por assim dizer? Por assim dizer, trepavam, sim", riu, um riso largo, fazendo troça do meu pudor, e riu ainda mais à medida em que eu me sentia corar. "Minha querida, todo mundo trepava. Fazia parte da experiência. Sem neura, sem tabu. Pelo menos no começo", completou, o sorriso cansando nos lábios. "Com Flora e Margot foi mais intenso, é verdade. No início fazia todo sentido. Duas mulheres bonitas, inteligentes pra cacete, que andavam juntas 24 horas por dia. Com o tempo, Margot parece ter desencanado um pouco, mas Flora se apegou. Continuaram amigas, claro, continuamos todas, mas dava para sentir aquela pontinha de ciúme, vez ou outra".

Percebeu que eu baixava a cabeça mais neste ponto das revelações, anotava com voracidade – era importante, precisava registrar para além das gravações, a caneta me permitia gravar outros humores, além de organizar a informação –, e se incomodou. Achou que eu dava demasiada atenção àquilo: "Talvez eu deva contextualizar melhor para você. Muita coisa escrita sobre aquela época, sobre essas relações, erra o tom. Não quero dizer que elas eram sapatas. Lésbicas. Nem que não o fossem, nem que não não o fossem. Era justamente isso, entende? Era como lidávamos com essas coisas. Paixão pelas pessoas, não pelos gêneros. Odiávamos, eu odiava, os rótulos. Não que eles não existissem, claro. Chegaram a galope, inclusive. Foi a ressaca das nossas alegrias, ressaca moralista, mesmo automoralista, as piras na psicanálise, a necessidade de precisar enfim se afirmar como alguém, em algum momento. Era difícil ficar naquele espaço de indefinição. Era gostoso, mas difícil. Acho que todo mundo começou a querer organizar seu desejo. Para alguns funcionou. Para outros, era uma paranoia. E tiveram ainda os movimentos, feminismo, movimento gay, tudo importante, mas também meio castrador. E a porra da AIDS; parecia que quem se recusava a ter lado era condenado a escolher. Se não, morrer. Ou então morrer de qualquer jeito". Senti pudores de anotar, ela me olhava fixamente, com uma sombra no olhar que não havia ali até então, um pesar profundo.

Tomaria isso como influência para o agravamento da depressão de Flora, uma das razões para ensaio e execução do seu último ato? Não chegaria a tanto, pensava, mas de certo havia um pouco disso. "Flora tem disso dentro dela. Não era uma pessoa triste", comentou, e anotei o eco que fazia à impressão de Gianetti, "mas sim uma pessoa com tristezas. Muito profundas, é verdade. Se decepciona com as coisas mais do que as outras pessoas. Cada revés bate mais forte. Ela lutou contra isso. Foram anos de alternativas: festas, meditação, tarô, terapia, transas, aulas, e os livros, sempre. Só que o vazio é muito vazio", disse. Perguntei sobre os últimos dias, da melhora do humor de que Gabriel havia me falado, o que isso poderia significar? "Sempre foi uma montanha-russa. Sempre. Ela ficou feliz e então triste. Talvez mais triste, por contraste".

Tem de haver mais aí, não? O suicídio deveria implicar coisa mais grave, ensaiei como comentário, resumo das minhas impressões até ali, antes que Alice me interrompesse com veemência.

"Sou uma defensora ferrenha do direito de desistir", me disse, o corpo apoiado sobre o braço esquerdo e este apoiado no braço da cadeira, reclinando-se na minha direção. "Não julgo, longe disso. Acho que não se deveria julgar".

Fiquei em silêncio por um tempo, ficamos. Ela não parecia incomodada ou brava, apenas remoía a própria contrariedade. "Houve um velório, você deve saber", e sim, eu sabia pelas notícias de jornais resgatadas, ainda que o achasse curioso, mesmo que soubesse de outros rituais em ausência. Alice parecia concordar com a estranheza. "Não entendi. Velar uma caixa vazia? Fui ao funeral, é óbvio, não podia não ir. Mas fui furiosa. Estava muito doída e ainda mais aquilo, aquele teatro. Centenas de pessoas entrando e saindo da capelinha, a maioria nem conhecia Flora. E estava ali por um caixão vazio. Acho que desde então que me ressinto de algumas coisas ditas sobre ela. Essa postura muito solene, o tratamento sério da 'memória', do 'legado'. Parece de novo aquilo. Um caixão inútil sobre o qual choram, sem que não haja nada ali. Se Flora interessa a alguém é porque existiu, não tanto porque sumiu".

Levantou em um salto, esticou as costas e me ofereceu um sorriso: "Por isso gosto de falar sobre ela para textos como o seu. Cortar a ladainha. É uma oportunidade, também, de lembrar de Flora pelo que é. Porque não penso nela com frequência". Eu via Alice ali, em frente a mim, mãos nos bolsos do macacão, o vigor na voz e nos gestos, parecia transportada direto de seus anos 1980, mas recusando ser confinada neles. Era uma figura fora do tempo; e também do espaço, vindo a ter de inventar o seu próprio, tão distinto de tudo que se esperaria. "Pode escrever isso, não me importo. Acho mesmo importante. Enxaguar o drama. Não é bem que não pense em Flora, embora isso também seja raro, no dia a dia. É que não penso no fim de Flora. Às vezes, quase nem lembro", completou, com um gesto em direção a meu caderno enquanto me dava as costas, sob o pretexto de ir passar um café para nós, enquanto entardecia.

De fato, o pedaço de céu visível para além da vegetação havia passado do azul a um rosado, o tom do pôr-do-sol de dias úmidos e bafentos. Um dos cachorros do sítio, um vira-lata felpudo, de pelo amarelado crespo como palha de aço, havia deitado em meus pés, enrodilhado, e dormia. Pude finalmente, no intervalo da conversa, observar o espaço fértil da fazenda: era enorme, maior do que podia supor, tomado de canteiros das mais diferentes plantas, pés de couve e arbustos de ervas, árvores frutíferas, mangueiras e abacateiros de braços largos, entre tantos outros cultivos que não sabia reconhecer. A vista do verde em seus mil tons, o cheiro do café sendo passado, o cacarejar das galinhas por detrás das cercas, o toque morno e áspero dos deques de madeira da varanda, que sentia tirada a sandália; todos os sentidos pareciam transportar a outra realidade, uma que não poderia supor antes de conhecer.

Alice voltou, trazendo duas canecas esmaltadas fumegantes à mão. Parada na soleira, acompanhava meu olhar sobre sua paisagem particular. Disse-lhe ser lindo; comentava de seu sítio, de sua obra, mas também do que havia me dito, tudo aquilo.

Assentiu, sentou de volta, com o café quente junto à boca me disse: "Há algo em você que me lembra Flora". E no que eu apresentasse espanto (meus cabelos curtos e negros, bem como os olhos igualmente escuros, em nada remetiam aos seus traços mais distintivos), completou: "Não é nada físico. Nem sei dizer o que é. Deve ser alguma coisa do jeito do sul. Uma lembrança de sotaque, talvez. Algo no jeito que você fica em silêncio. Bobagem, esqueça".

Um tempo depois, em meio a conversas mais prosaicas (me perguntou, pedindo desculpas por não ter feito antes, se eu havia feito boa viagem; onde estava no Rio; o que achava da cidade), acabei lembrando de uma dúvida importante, relativa a deslocamentos. Perguntei o que Flora achava, ela, do Rio; e mais, o que achava de ter escolhido aquele lugar para viver? "Ela não existiria em outro lugar, dizia", lembrou Alice. O que era a deixa para as questões sobre sua vida pregressa: havia falado de sua infância? O que viveu nessa vida impossível de antes? Alice reconstruiu algumas coisas que sabia por alto, Flora não era muito de falar da família e afins ("Sempre achei curioso, já que falava de tudo, não tinha tabu. Era uma coisa pessoal mesmo"), mas sabia de uma certa placidez, de um cotidiano de poucas emoções. Algo a ver com Elizabete, dizia, e Alice também sentia do que havia conhecido daqueles pais.

"Mas você deveria falar com a Dora".

A prima, de quem tinha referências, mas não o contato. Saberia onde encontrá-la?

"Claro. Ela mora aqui perto, inclusive. Tem uma pousada em Petrópolis. Só um momento", me pediu, enquanto levantava e ia buscar uma agenda telefônica, ferramenta que há muito tempo não via. Colocou os óculos e buscou por aquele número, cifrado naquela caderneta em couro vermelho. A conhecia? "Tivemos mais contato depois de Flora, na verdade. Ela morava no interior de São Paulo. Depois, veio ao Rio e nos encontramos algumas vezes. Acabei mantendo contato, justo por conta da pousada. Já forneci para ela, sempre indico a amigos, também", contou, enquanto o dedo seguia e marcava a linha daquele número de telefone. "Deixa que eu ligo para ela", anunciou, enquanto entrava na casa, me deixando ali fora por alguns minutos que se alongaram, se esticaram como um excesso ou ausência de tempo. "Pode encontrar ela amanhã de manhã, na pousada. Já deixei combinado", sentenciou, sem que eu pudesse dizer o que fosse a respeito. E seguiu: "Durma aqui hoje. É mais fácil do que voltar ao Rio. Vou preparar alguma coisa para o jantar logo, preciso me deitar cedo. Você se importa?". Mesmo que me importasse, não caberia qualquer protesto.

Tomei uma ducha rápida e logo comemos, sentadas em uma mesa enorme naquela cozinha. O prato que me aguardava era uma salada de tomates variados em tamanhos e cores, do vermelho ao verde, passando pelo dourado, e folhas que não reconhecia, folhas verdes e roxas diversas, de amargos e azedos que brincavam com a doçura tenro dos tomates. Azeite, sal e pimenta. Era uma refeição rápida, montada com o que havia à mão, do próprio sítio; mas era, talvez, a melhor salada que já havia comido, os sabores brutos balanceados pelo frescor dos ingredientes. Enquanto comia, maravilhada, Alice comentava sobre a lida da horta, sobre as dificuldades daquele ano com o calor, e dos últimos anos de modo geral, com as chuvas que se tornavam mais impetuosas, com o clima que desafiava cada vez mais as práticas tradicionais para com a terra; parecia animada, eletrificada, não sei o quão acostumada estava em receber visitas, e a oportunidade de me ter toda a ouvidos (o silêncio de Flora) disparava algo nela. Mantinha ainda, mesmo nessa nova vida, algo da vaidade dos escritores, vaidade que conhecia bem, vaidade às vezes sem maldade, de se ofertar e pesar as tintas dessa oferta.

Perguntei sobre a idade da casa, interessada por aquela arquitetura tão simples mas tão efetiva, enquanto tomávamos, à guisa de sobremesa, doses de uma cachaça que Alice abrira, comentando ser produzida por um amigo, colega agricultor.

"Não sei bem, mas acho que é do começo do século. Anos 1920, por aí. Meu pai comprou o sítio em 1993, e era só a casa e um pequeno pátio. Foi um negócio de ocasião. Pensou em reformar e revender, mas gostou daqui. Vinha em alguns finais de semana", contou, entornando o pequeno copo de cerâmica. "Em 1995, ele foi diagnosticado com câncer. Aí passou a vir cada vez mais. Perto do fim, insistiu para morar aqui, imagine. Tínhamos que contratar uma enfermeira para passar os dias".

Ela se abria, não sei se percebia que se abria, mais do que estava disposta naquele alerta que iniciou nossa conversa.

"Nos últimos anos, foi comprando as terras ao redor, mais hectares. Começou a plantar algumas coisas, aprendendo na marra. Quando ele morreu, em 1997, isso aqui já era quase como é hoje. A minha ideia era vender. Mas ia vindo recolher pertences, objetos, e ficava cada vez mais. Deu que um dia não voltei. De saco cheio da cidade, de dar aula, de escrever. Penso que dei sorte. Herdei alguma percepção, eu acho, essa percepção que o meu pai teve pela sensibilidade do fim, herdei antes da hora de poder tê-la por mim mesma", ela lembrava vendo as paredes daquela outra herança, ou talvez visualizasse a mesma, aquela de que falava, e se confundia com a fundação material daquela casa, daquela terra.

Pigarreou, levantou os olhos como se lembrasse de algo, preparava uma história: "Teve uma vez… Engraçado, acho que nunca cheguei a contar isso a alguém. Mas teve uma vez, há alguns anos, que eu estava indo para uma feira no centro de Teresópolis, era algum evento da prefeitura, não lembro bem. Ia junto com um colega da região, na kombi dele, levando muita coisa, a colheita tinha sido ótima. Chegando no largo onde seria a feira, as coisas não estavam bem organizadas, não havia espaço o bastante para estacionar. Enquanto meu colega resolvia, decidi já montar a banca, parando o carro na rua vizinha e levando algumas caixas na mão, uma a uma. Ali eu acabei passando por uma livraria. Na vitrine estavam expondo uma edição nova do *A coleção de cacos*, uma edição bonita, sobrecapa colorida, sabia dela pois havia dado algum dinheiro de adiantamento, inexplicável. E eu ali, naquela rua, os livros atrás de um vidro e eu com uma caixa de pimentões nas mãos. Lembro, com muita clareza, ter pensado: nem esta pilha inteira vale um pimentão".

Logo desanuviou, fez graça, contou alguma piada da qual já não lembro, anunciou precisar ir, teria de acordar pelas quatro da manhã, iria tratar com um distribuidor e, antes disso, lidar com as plantações. Me levou ao quarto, quase anexo à cozinha, uma peça muito simples, quase nua à exceção de uma cômoda de pátina avermelhada, uma cadeira com assento em palha, diversas caixas de vime vazias e empilhadas, e a cama de armar que Alice abria a um canto (percebia agora como eram fortes seus braços bronzeados). Indicou como abrir e fechar o portão para que saísse na manhã seguinte, me desejou boa noite e se foi pelo corredor, rumo a um cômodo desconhecido.

A garrafa da cachaça havia sobrado aberta sobre a mesa, sabia. Peguei-a e me sentei com um copo e meu caderno na varanda, entre os cães que dormiam; devia preparar algo para falar com Dora, essa entrevista tão súbita, mas era difícil de pensar, as coisas estavam cobertas por um véu de trama justa (excesso de informações, emoções e a bebida). Permaneci naquela calma, pensando nas madrugadas de tempos ancestrais, ainda que não fossem nem nove da noite.

9 de abril de 2016

Acordei antes das seis da manhã, o sol invadindo o quarto sem cortinas e o som dos animais lá fora. Alice já havia saído. Sobre a mesa da cozinha, uma térmica com café e um bilhete sucinto com o endereço da pousada de Dora e indicações vagas de como chegar lá. Tomando o café na varanda, como na tarde anterior, pensei em como a hospitalidade e a confiança de Alice, que me emocionaram de verdade, eram as principais provas de refutação da sua figura de eremita amarga, dessa imagem da escritora reclusa, além e acima dos homens. Fiquei entusiasmada para contá-lo a Martina.

Seguindo as instruções de fechamento da casa e do portão, entrei no carro e tomei rumo a Petrópolis. Era uma viagem rápida segundo o GPS (não teria segurança de me guiar por aquele papel), e como era ainda cedo, podia mais uma vez rodar suave, contemplando a paisagem e repassando mentalmente algumas necessidades da entrevista. Um contato direto com um familiar era a oportunidade de sanar algumas dúvidas, explorar pontos obscuros daquela trajetória. Não imaginei poder falar com Dora, não tinha ideia de onde vivia; Martina não tinha seu contato, e sua presença nos manuscritos de Gianetti era tímida, mesmo que decisiva. Não poderia imaginar que se escondia tão próxima, no ponto em que o verde intenso e os picos de serra da região vão se amansando pouco a pouco. Passava por casarões e hotéis imensos, a pompa e rusticidade calculadamente fundidas, estilos entre o verdadeiramente colonial, monumentos ao charme que a subjugação adquire quando passada, e o fictício, toques de arquitetura inventada, uma mistura de referências a qualquer europeidade que se pudesse imaginar migrante (ou conquistadora). Era preciso tomar um desvio mais para dentro do mato, porém, e as pousadas que surgiam pareciam novamente um tanto mais autênticas; entre elas, a entrada para a Casa Cambuci, estabelecimento de Dora. Era muito cedo, mas mesmo assim me acompanhavam na entrada outros carros, turistas e novos hóspedes indo aproveitar o final de semana desde seu princípio. Para além da casa principal, uma construção simples e suspensa sobre a vegetação, com dois andares em tijolos à vista, o terreno se estendia aos fundos, contando com meia dúzia de simpáticos chalés individuais. Entrei com calma, esperando que os colegas de chegada fizessem seus check-ins, tratassem das malas e das questões de estadia, para poder conversar sem pressa com a recepcionista; via que aquela menina não poderia ser Dora e pensei em sondá-la por um momento antes de me anunciar, gostaria de saber sobre o lugar, há quanto tempo existia, como era a rotina, quem era a dona... Ela me atendeu sem grandes animações, deixando claro o pouco espaço para conversa fiada. Nem teria tempo, de qualquer modo, pois quando anunciei meu nome, pude ouvir discretamente um "Bom dia" e um "Por aqui", vindo de Dora, que do corredor me dava passagem.

Não tinha nada da imagem que gravei de Flora, com seus cabelos lisos e curtos, muito negros de tintura, e um rosto suave, cujos traços, exceto pelo formato de gota invertida, eram pouco memoráveis. Era alta e muito magra, deslizava por aquele corredor me levando a seu escritório, nos fundos, uma peça ampla e muito bonita, sem afetações: estantes de livros, mapas antigos da cidade pelas paredes, uma escrivaninha pesada ao centro, onde fomos sentar. Quando Dora falou novamente, pude confiar na sua relação: falava com a voz de Flora, a mesma, aquele tom profundo e pesado, lento e lamurioso. Diferia tão somente no sotaque, mais claro em suas origens, marcadamente paulista, quase caipira. Anos de Ribeirão Preto, esses anos que me contava enquanto eu ia entendendo melhor aquela parte da história. Dora era filha de José (antigo József), o irmão mais velho de Elizabete que migrou ao Brasil no pós-guerra, sendo intermediário da vinda posterior dela e do marido. Nasceu cinco anos antes de Flora, em 1952, o que lhe concedia um ponto de vista singular sobre aquela história: não era próxima da prima, meia década como um abismo intransponível durante a infância, mas tinha idade o bastante para entender melhor a situação da colônia do que ela, da colônia e das famílias envolvidas. Tinha idade para perceber que o casal Lázár se engajava, como o país que abandonaram, em uma guerra fria, um com o outro. Dora lembrava de tensões e meias-palavras, a preocupação constante de seu pai para com a irmã. Falava com calor daqueles anos e da fazenda, com menções à Tia Elizabete e ao Tio João, manchas da história. "Não que brigassem, talvez fosse até melhor se brigassem", disse. E de Flora, nessa época, pouco lembrava para além das brincadeiras de teatro de que gostava, antes de ir embora, ainda muito menina. Nos próximos anos o contato foi intermitente. Saberia me contar dos anos perdidos de Curitiba? Sabia, mas baixava minhas expectativas: não havia nada de especial nesse ponto da narrativa. Era uma vida tranquila, sabia por tudo que ouvia, ou melhor, pelo que não ouvia; foram anos de calma a seu pai, livre da preocupação com aquele apêndice da família para se dedicar à sua própria, e à fazenda também, a produção de café que crescia exponencialmente e abarcaria ela também, Dora, tornada contadora assim como o tio ido. "Acho que a mudança foi boa para eles. Para todo mundo. Sobretudo para eles, podiam tentar construir um lugar próprio, diminuir a tensão da viagem, que sempre permaneceu em São Paulo, interior ou capital. João nunca aceitou muito bem, ligava aqueles lugares ao que eu acreditava ser um fracasso", contou, com um ar de tédio e certo desprezo, marcando a ironia no "fracasso". Insisti por aí, queria saber o que mais ela revelaria, mesmo que pelo avesso, daqueles personagens. "Sempre achei ele um pouco insensível. Egoísta mesmo. Nisso, Flora era igual", respondeu, com secura.

Era o tom que passava a adotar à medida que a narrativa avançava no tempo, em que falava dos encontros adolescentes ou já adultas, festas de família e de Natal, José fazia questão de tais reuniões periódicas, era um homem muito doce nas lembranças de Dora. As primas tinham pouco ou quase nada a dizer entre si, porém, e permaneciam uma na periferia da outra. "Eu sabia que ela tinha problemas. Desde cedo tinha questões, ficar trancada por dias, preocupar a Bete. Sempre me pareceu meio dramático, sabe? Coisa de adolescência, claro. Mas foi sempre", lembrava. Lembrou da vez em que pôs a família em pânico, mobilizando ligações e choros de Curitiba a Ribeirão, quando com dez ou onze anos Flora fugiu de casa. Disse aos pais que dormiria na casa de uma amiga, mas esqueceu o pijama, qualquer coisa dessas, denúncia de sua farsa. Foram horas rodando a cidade, acionando polícia, contatos, telefonando com desesperos a parentes para desabafar. Foi encontrada quase na manhã seguinte, em uma pracinha não muito distante do apartamento, onde não tinham dado de procurar antes (as hipóteses do sumiço de uma criança levam sempre a espaços mais sinistros, insuspeitos). Disse a todos que "queria ver como era de noite".

"Era assim. E funcionava, então nunca parou. Era um jogo de atenção, sempre achei", seguiu. Morreu João em 1980, e José foi ao Rio ajudar Elizabete, dar suporte nesse momento duro, de surpresa e desolação. "Ele ficou um mês com elas, pelo que lembro. Fui visitar em um final de semana, ajudar ele, ajudar Bete, ver o que podia fazer. Ajudar Flora também. Eu senti muita compaixão mesmo. Pensei se fosse eu... Nem podia imaginar. Ela ficou destruída, mal comia. Acho que nem dormia. Uma noite, acordei para ir ao banheiro e ela estava sentada no meio da sala, olhando fixo para o toca-discos. Não como se visse algo; como se quisesse ver algo. Uma coisa horrível. Só que logo fui percebendo que ela arrastava toda a casa para aquele lugar. Não queria melhorar, e nem queria que ninguém melhorasse. Meu pai insistia para saírem de casa, arranjava programas. Acho até que a Bete estava começando a querer ver as possibilidades daquilo. O que daria pra fazer com a tragédia, entende?", relembrou, no seu duro diagnóstico. Falava de Bete, reacendeu minha curiosidade, o que havia acontecido com a mãe, como vivia? "Logo depois disso, ficou bem. Ela se descobriu uma pessoa muito ativa. Tinha muitas amigas. Dava para viver com uma pensão que o João deixou". Mas e após a outra tragédia?, era o que queria saber; e mais: por onde andou, por que era personagem oculta nessa história em que era, ou deveria ser, se não protagonista, figura de destaque.

"Então... Esse é o motivo de eu estar aqui, também. Meu pai se mudou para o Rio quando Flora se matou. Não suportava a ideia da irmã estar sozinha. Largou tudo, vendeu o que podia, juntou o que tinha ganho na venda da cooperativa, anos antes. Sabe, eu sempre achei que ele se responsabilizava por qualquer coisa que acontecia com a Bete, com eles. Achava que tinha trazido eles ao Brasil e tudo que acontecia aqui era preocupação dele. Ele era muito supersticioso, também. No fim, achava que esta terra tinha algo de maldito para aquela família, para os Lázár. Talvez tivessem sido condenados ao chegar aqui. Exagerava, claro, como exagerava com as simpatias, os amuletos...", contou, antes de retomar o fio. "Bete ficou perdida por um tempo, era natural. Meu pai morou no apartamento com ela mais de um ano. Depois, acharam melhor vender. Ela comprou outro, na Tijuca. Queria tranquilidade, enfim. Acho que buscou se afastar da praia também...", disse, e resolvi explorar mais, saber o que era de Elizabete. Morou durante anos em uma rua tranquila, para lá do Maracanã, entre amigas, clubes de tricô e bridge, morrendo em 2002, uma passagem suave, natural, enquanto dormia. Desapareceu da história de Flora para ressurgir na sua, ao que parece a que sempre desejou.

Dora completou: "Cheguei a morar por ali. Quando a Bete se mudou, meu pai comprou um apartamento duas quadras depois. Eu acabei vindo, tive de vir. Tinha dinheiro, da cooperativa também, uma possibilidade de trabalho em outra empresa aqui, trouxe minha família. E achava uma sandice ele morar sozinho em um lugar que mal conhecia". Elizabete, claro, mas também José e Dora, e sua família: o gesto de Flora acabou alterando de modo radical também essas vidas, como se seu sumiço fosse isso, menos um vazio que uma irrupção, o epicentro de um maremoto a jogar suas ondas além, além da vista e da previsão, invadindo e deformando a geografia dos espaços mais insuspeitos. De certo modo, corroborava as acusações de egoísmo feitas, eu tinha de concordar. As cicatrizes de Gabriel, a melancolia de Gianetti, o segundo exílio de José (também a fuga de Alice?), subprodutos de uma mágoa inicial, de seu descabimento. Tumor, veneno, óleo, fuligem: das figuras pestilentas do derramamento, alguma, qual, caberia?

E daí para onde, se a disseminação não cessa? Haveria como transformar esse contágio involuntário em outra coisa? Como curiosidade, perguntei dela, Dora, como essas invasões invisíveis tinham acabado de dar aqui, com uma pousada em Petrópolis, um lugar lindo, assegurava, tentando melhorar o clima da sala. Havia comprado com o marido, contou, já há uns dez anos, sentia falta do clima de campo da colônia. Me contava disso enquanto levantava-se, ia até a larga janela do escritório, debruçava-se sobre o parapeito, apreciava a vista de seu terreno, como se precisasse confirmar a lembrança, ter certeza de estar ali o lar construído de que falava. "Às vezes é difícil. Somos uma casa bem mais simples que outras da região. Mas dá para vivermos com tranquilidade. Cláudio adora receber as pessoas, conhecer quem chega. Eu fico feliz em poder andar na natureza", me contou dali de sua janela, um momento de paz antes de voltar à carga.

"Fiquei um pouco brava com a Alice quando me ligou ontem. Não gosto de falar sobre Flora", me contou, formulando o já intuído descontentamento, que era, a seu modo, a razão de querer falar. Acertava contas; era o que tornava a conversa tão difícil para mim, a dificuldade de olhar aquele discurso enquanto ferida aberta. Era doída demais, ainda, mais do que se poderia supor ao saber superficialmente da relação entre elas. Onde parecia não haver nada, nenhum afeto que não o mínimo do sangue, era o espaço de depósito de sentimentos pegajosos. "Quando ela me contou dessa coisa da biografia, foi pior. Por que ainda tanta atenção? Parece que tudo se repete", disse, apoiada contra a janela, olhando distante. Apesar das palavras, e em contraponto àquela voz áspera, falava com muita calma. "Fiquei pensando sobre isso. No fim, acho melhor. Um livro poderia encerrar essa história. O problema é que tudo ficou aberto. Flora continuou por aí, e continuou como era, como sempre foi. Escreva sobre isso, se quiser. Mas só de escrever já vai melhorar, acredito. Não ter de falar disso com mais ninguém. Assim eu me livro dessa história também".

E então aconteceu. De súbito acesa por algum botão invisível, Dora se agitou. "É claro. Me livrar disso", falou, mais para si do que para mim. "Espera um pouco aqui", completou, enquanto saía do escritório, andava por aquele corredor uma vez mais. Logo voltou, trazendo nos braços uma caixa, um pequeno baú esverdeado, em madeira antiga, malcuidada, de bordas descascadas. Deixou a caixa sobre a mesa, enquanto seguia aquele monólogo: "Acho que vai ser melhor. Até esqueci que tinha isso aqui, depois de anos pensando em jogar fora. Pode ficar, é para você. Vai ser ainda melhor. Use isso, faça o livro". Me ofertou sem ofertar, deixando a caixa sobre a escrivaninha. Confusa ainda, sem entender o que poderia ser, me aproximei daquele presente, com cuidado, medo talvez, um vagar ao abrir a caixa e o choque com seu conteúdo, um impulso muito forte de fechá-la e me afastar, forte assim como o desejo de mergulhar ali, um vício. Entre as duas forças, parei. Abria não só uma caixa, mas as possibilidades, maravilhas e terrores que ela existia para encerrar, guardados ali há anos, com desleixo ou calculada despreocupação, esquecê-la era assegurar seu fechamento e este era sua sobrevivência. Abria, porém, e tudo mudava. Havia chegado à antessala no coração do segredo, de um segredo que não sabia existir até aí. E então era tudo que existia.

Uma pilha de papéis indistintos. No topo, um envelope de carta amarelado, no verso, as letras manuscritas: *De Flora L.*

FOLHA DE S. PAULO
23 de setembro de 1989

QUEM ERA FLORA L.?
Colegas e amigos lembram a poesia da escritora, falecida na última semana

terça

Dias de leitura em queda livre. Abria o baú para me encerrar nele; mas liberava também, lá de dentro, algo, sagrado ou maldito, etéreo mas pegajoso, a colar por tudo. Me impressionava, antes mesmo de saber seu conteúdo, apenas ao abrir esta caixa, cápsula do tempo ou máquina de teletransporte, que esse caso tivesse mesmo um mistério, que acompanhasse os meus anseios mais inconscientes. Havia o que descobrir, enfim. E era curioso ser um segredo a olhos vistos, como o bilhete privado que se esconde em meio às cartas do cotidiano, um mistério de muito pouco suspense, naquele gesto tão deliberado de Dora em me entregar o baú, sem cerimônias. Como ela havia conseguido ele?, foi o que me perguntei, logo passado o choque da recepção daquela caixa, e em seguida repassei a questão a ela. Me contou que Elizabete lhe havia dado a caixa quando da venda do apartamento de Botafogo, sem mais nem menos, sem aviso. Parecia, e isso Dora não dizia, mas eu intuía, completar um exorcismo. Ou ainda, ao inverso, agia como quem abandona uma religião, uma fé, descartando seus símbolos. Dora, como espaço do abandono, não via liberdade naquele gesto. Sabia o conteúdo do baú, o abriu ao recebê-lo, mas não viu nele muita importância. Lembranças de alguém que só queria ser esquecida, eram cacos de cacos, os restos de um problema que ela via por bem resolver. Mas não conseguia jogar a caixa fora. Apenas não conseguia. Tampouco sabia explicar o porquê, não se sentia no direito, balbuciou, também se perguntando das razões para Elizabete não ter feito esse descarte ela mesma.

Não queria mais aquilo, é certo, mas sentiu a necessidade de deixar os papéis sob alguma guarda. Para Dora, era receber uma responsabilidade; o que não deixava de ser, de algum modo, uma consideração, um gesto de afeto que a ligou à tia, e foi guardado junto ao baú. Assim o manteve por anos, levando-o em mudanças, pensando em lugares para guardá--lo, trazendo até a pousada, no início com confusão, depois com certa raiva. Por que não o havia dado a Gianetti, com quem havia conversado uma década atrás? Não lhe ocorreu, me contou, não entendia bem por que, talvez fosse um espasmo de apego, talvez não tivesse acreditado no trabalho daquela biografia. Tinha vergonha, também, de ter de explicar tudo, se credenciar como justa dona daquele material quando não queria se ligar a ele de modo algum. Agora era diferente, talvez fosse, pois tinha sido fácil pensar e pegar e me entregar, percebendo enfim que não, não tinha nada a ver com aquilo e nenhum laço – nenhuma corrente – a prenderia mais àquela caixa. Dada a mim, mas também era um pouco como se me desse a ela, no seu lugar.

 E o que havia lá dentro? De posse dela, não resisti a espalhar o conteúdo, apreender de modo mais rápido todos os elementos de sua existência. Logo percebi não haver qualquer lógica no acúmulo: materiais e datas se entremeavam em uma confusão qualquer. Nervosa, tentei remontar a ordem inicial: quem sabe aquilo guardasse uma lógica interna, um sistema particular que, compreendido, seria a chave para entender não apenas aqueles papéis, mas também, e sobretudo, a consciência de sua arquivista, a consciência de Flora. Reconstituí de memória, do jeito que pude, juntei os volumes com cuidado, fechei o baú e o carreguei com calma e atenção, como carregasse uma caixa de explosivos, de volta ao Rio. Agora desfazia o conjunto uma vez mais e encontrei, do topo ao fundo da caixa:

– Um envelope vazio, em cujo verso amarelado se lia *De Flora L.* Logo abaixo dele, a carta guardada a Maga Gugliani, de 12 de abril de 1989 (era uma mensagem breve, amarga, avisando que não iria mais telefonar e lhe pedindo que fizesse o mesmo, que não se preocupasse, que iria se ausentar. A carta não havia sido entregue, mas estar ali, guardada e restrita a si, era como se fosse a realização de seu conteúdo);
– Outras duas cartas a amigos, envelopadas mas não seladas, prontas a uma remessa que nunca se deu; a primeira era para Gabriel, em 15 de julho de 1988; a segunda, para um Roberto Sierra, em 11 de agosto de 1984 (Gabriel estava em São Paulo à época, informava o endereço, e Flora pedia notícias dos trabalhos e dos amores, confessava saudades, lembrava de uma aventura de ambos em algum lugar não expresso, cifrado pela memória, e a comparava a uma cena de *Vale tudo*; "Sierra" – um nome inédito até ali –, estava em Brighton, ou deveria estar, caso não tivesse partido para Londres ainda ou a Moçambique, a carta não tinha endereço, mas mencionava essas possibilidades, antes de se cindir em mil frases pontiagudas, comentários maldosos em suas minúcias, como são as discussões entre parceiros antigos e cansados, mesmo que não o fossem mais ou que logo o deixassem de sê-lo, era aquilo a se entender do texto, parecia que Flora encerrava alguma coisa com ele, ou digeria com muita bile o fato dele haver terminado com ela. Que a carta não tivesse sido enviada borrava ainda mais o estatuto daquele rompimento – ou mesmo do relacionamento anterior, tendo em vista que Flora havia voltado da Inglaterra já há dois anos, e em nenhum outro lugar se citava Sierra. E, também, a presença da mensagem não enviada: por que mantê-la em um acervo? A carta que não chega ao remetente ainda é uma carta? Falaria Flora para si, talvez sem nunca pretender, de

fato, depositar aquelas confissões? Mas aí por que guardar estas, apenas estas, e deste modo, neste formato?);

– Um cartão-postal de Bruxelas, enviado por Margot em 20 de dezembro de 1980 (no avesso da imagem, um desenho em preto e branco de uma praça agressivamente europeia, de igrejas e prédios góticos, se lia apenas "Da terra de Sophie Podolski. Beijos, M.");

– Um pequeno diário, nestes cadernos francamente juvenis, de capa com desenhos rosas e fechado por uma pequena trava, mais ornamento que dispositivo de segurança (ao folheá-lo, via-se não ser bem um diário, mas sim um livro dos sonhos, um bloco de anotações em que Flora escrevia após acordar. Os primeiros textos têm datas, iniciando em 23 de fevereiro de 1988, e são relatos mais completos, coerentes na medida permitida pela lógica onírica que registram, mas logo se distorcem, vão se tornando fragmentados e incompletos, interrompidos em escrita ou em sonhar. Próximo ao final do caderno, só há pesadelos);

– Canhotos de ingressos de cinema, dois para a mesma sessão, em 30 de novembro de 1987, e outro, solitário, para 21 de maio de 1989 (os primeiros são de uma sessão de *Antes só do que mal acompanhado*, no Cine Joia, e achei graça desse título, uma ironia diante dos ingressos em par; já o bilhete solitário era uma entrada ao Paissandu Nostalgia para uma exibição, que imaginei especial, de *A aventura*, de Antonioni);

– Uma fotografia de Flora, Margot, Alice e Sueli, sem data, em preto e branco (não era difícil de imaginar que fosse do início da faculdade, a ver pela juventude de suas personagens e, sobretudo, sua reunião, antes das brigas, das viagens, das idas sem retorno. Flora tem o cabelo muito mais comprido que nas fotos mais conhecidas, cachos armados à moda da época, e sorri, abraçada a Alice, que olha para a

câmera com certo deboche, por trás das redondas e imensas lentes de seus óculos; Margot, ao lado de ambas, tem as mãos na cintura, meneia a cabeça, afeta uma pose de cinema; Sueli, por fim, está um pouco mais distante do grupo, olha longe e tem os braços cruzados com firmeza, como se esperasse sem paciência o retrato ser feito. Estão na praia);
– Um conjunto extenso de cartas, amarradas por um barbante em uma pequena pilha particular. São 17 ao todo, algumas guardadas ainda dentro de seus envelopes, outras soltas. Todas de amigos: seis de Gabriel, quatro de Margot, três de Alice e duas de Maga, e únicas de Sueli e Pedro Câmara (essas, sim, remetidas e recebidas, para só então serem guardadas. O arquivamento ainda era curioso, porém, no que juntava cartas entre 1980 e 1989, mas que duvidava serem as únicas recebidas nesse largo período de tempo. Guardaria as mais significativas, as mais emocionadas? Talvez o fosse: há aquela que imaginei ser a última enviada por Margot, já de Berlim, em 1981, um resumo da viagem até ali, doce, saudoso; há duas de Gabriel, de 1984, também encharcadas de afeto, mesmo que seu tom seja de uma recusa, da carne ou do amor romântico, em favor da amizade, parecia responder com cuidado à outra parte do diálogo, à qual não tinha acesso agora e só podia restituir por aqueles ecos. A carta no início de ciclo, de 26 de novembro de 1980, é de Alice, escrevendo de uma viagem a Salvador, compartilhando planos de carreira, esboçando projetos, perguntando a Flora de seus próximos passos; a que encerra é também de Alice, esta já mais preocupada, compreensível em face da data, 28 de julho de 1989, se ressente de ter de passar aquela semana em São Paulo a trabalho, mas assente que logo retorna, logo volta e estará à disposição, mas precisa saber que ela está tentando, que Flora está tentando, está tomando seus remédios, está saindo

de casa, está saindo ou tentando sair do abismo puxento que é o interior de si mesma. "Ainda ouve as vozes?", pergunta);

– Duas fotos de Flora com Gabriel: a primeira traz a data de abril de 1985, rascunhada a um canto; a segunda, diz apenas "fevereiro" e "sítio do Zé", escritos à caneta em seu verso (a de 1985, em preto e branco, muito granulada, mostra Flora e Gabriel no que parece ser a calçada de um bar movimentado. Parece ser noite, mas ela usa óculos escuros e traz um cigarro na boca, volta-se para o fotógrafo, com a graça de uma pose séria, até misteriosa, única mesmo que na multidão da madrugada; já Gabriel parece não perceber o momento, está atrás de Flora, muito próximo, mas olha para algum outro horizonte. É muito diferente do Gabriel que conheci, embora fosse o mesmo, mas o viço restituído infla sua figura, a aumenta e a distorce. A impressão se agrava com a segunda foto, colorida, de um colorido explosivo, do negativo e das circunstâncias de um claro carnaval. Flora está sentada em um banco de madeira, veste um macacão amarelo vivo e uma máscara vermelha no rosto, com algo de veneziano, de um vermelho brocado e reluzente; olha para si enquanto ri, ri muito, olha para cima e agarra os braços de Gabriel, que está às suas costas. Ele veste uma camisa verde, que, aberta, deixa ver o peito, nele suor e um terço; agora encara a câmera de boca aberta, simulando um grito, um riso alto. Nesta, está com uma barba negra, fechada, e os cabelos mais compridos, na altura dos ombros. Tem um jeito de quem conseguiria o que quisesse, mesmo sem ter plena consciência disso. Um ar de quem desperta paixões sem o saber, de alvo insuspeito, de por quem valeria matar ou morrer);

– Quatro cartas de Gabriel, em envelopes distintos, com datas de 18 de abril, 2 e 20 de maio e 25 de junho de 1988 (sabia que eram de Gabriel pelo remetente, já que nas cartas ele e Flora travavam o diálogo por pseudônimos: ele escrevia a "Ms. Dubois", e, na carta de junho, ele copia trechos de uma resposta de Flora, que o trata por "Lady G."; em verdade, toda a conversa é codificada deste modo, atravessada por apelidos e alusões, distendendo as situações descritas através de piadas e comentários internos, um sistema de referências próprias. Comentam brigas com Dona Xêpa e Baby Jane, affaires com R., Lily Braun, O Jovem Werther e Baby Jane mais uma vez. Falam do Rio, mas também de Paris, Nova Orleans, Tibet e Disneylândia. É difícil delimitar a brincadeira, entender se é um distinto modo de codificação, ocultando os relatos mesmo na comunicação mais privada possível – e é verdade que alguns dos causos ali são agressivos, e suas interpretações, venenosas –, ou se é um esforço em si mesmo, uma brincadeira de invenção, pintando como melodrama suas relações. Inventando, quem sabe? Lembrei, nesse momento, de "Sílvia Palmer");

– Uma foto de János, impressa em formato grande, sem data, e um retrato de Elizabete, uma 3x4, também sem qualquer anotação (a imagem de János era flagrantemente antiga, pelos seus tons de sépia e pela figura jovem, tão mais jovem que o János que já havia conhecido pelo retrato de família; sustentava desde cedo, porém, aquele ar de deslocamento, o rosto ossudo e dramático voltado à câmera sem qualquer motivação, era uma figura de passividade, percebia agora, um corpo que parecia deixar-se à mercê. Já a pequena foto de Elizabete a trazia envelhecida, os cabelos curtos e grisalhos, os olhos invadidos por rugas. Mesmo sendo impressão mais atual, sua superfície estava um pouco gasta, havia colado levemente no verso de um caderno, descascando pontos da imagem. Não devia ser de antes dos anos 1980; poderia ser posterior? Sua presença ali e essa incompatibilidade com o retrato antigo de

János me despertou desconfiança, uma que não pude abandonar. Teria sido plantada ali pela própria Elizabete, um gesto de ciúme ao descobrir que o afeto da filha se esgotava no pai? Acreditar nisso seria fazer um triste juízo emocional que eu não estava preparada para registrar. Pior, acreditar nisso seria colocar em suspeita todo o restante do conjunto, a integridade do baú como um espaço de Flora. Passou de mão em mão, é verdade, mas eu me agarrava ainda ao princípio da sua integridade, talvez guardasse algo de essencial a ela. Teria sido reescrito através de seu percurso pelo tempo e o espaço?);

– Folhas soltas de uma cópia de provas de *As sapatilhas*, cerca de metade do livro, a sua última (os buracos nas margens das folhas garantem que já estiveram encadernadas, mas talvez tivessem sido desmembradas para facilitar a leitura. Não são aqueles originais encontrados por Ana Malcolm, mas um passo a mais na cadeia genética daquele livro, cuja multiplicação parecia cada vez mais estranha. O resultado é bastante próximo da versão publicada, no que Flora sublinhou e riscou muito pouco, alterando algumas vírgulas, abrindo ou fechando parágrafos, alterações cosméticas);

– Um caderno vermelho, grande, que por pouco caber no baú em que foi confinado por anos acabou ganhando uma leve curvatura, a forma patética de uma calçadeira. Na primeira das páginas pautadas, se identifica ao topo "Flora Lázár, Rio de Janeiro, 1989" (não li, não pude ou não quis ler esse volume ainda, se por ler entendo cruzar as linhas com cuidado, captando seu sentido, para além da revisão frenética a que me dediquei, virando folhas para ter uma noção geral da existência daquelas notas, alheia à sua semântica; vejo que algumas entradas são datadas com cuidado, outras são notas rascunhadas à força, vejo que acompanham Flora até quase o fim, e guardam – para quando eu possa ter a diligência e a coragem necessárias para atravessar o campo minado dessas manchas de tinta – muito do que precisaria saber – tudo, talvez);

– Uma folha de papel pardo, recortada nas dimensões do interior do baú, fazendo as vezes de forro ou fundo falso; um falso fundo falso, já que não guardava nada do outro lado.

(O tempo que não passei lendo e organizando, gastei escrevendo. Escrevendo e apagando. Compunha mensagens e e-mails a Martina, mas acabava sempre voltando atrás. Sabia ter em mãos uma descoberta muito importante, um achado que revolucionaria aquele projeto; de um livro pontual, pensado com interesses mais específicos e mercantis, tornava-se uma outra força, mesmo uma necessidade, a forçosa transformação do relato dessa descoberta em uma história, bem como o desvelar das histórias que essa descoberta traz em si mesma, ainda codificadas, inacessíveis, mas que clamam por serem traduzidas; senão, por que teriam insistido em reaparecer? "Não queremos um livro definitivo", eu me lembrava d'O Editor avisar para me confortar. Agora me aterrorizava; parecia impossível que não fossem querer compor um retrato definitivo a partir daquela intimidade escancarada. Não sabia como fazê-lo ainda, porém, não sabia bem as senhas para aquelas mensagens, e isso me detinha, me impedia de avisar Martina, avisar a editora. Tinha medo também, tenho, de que isso mude tudo, me retire do projeto ou coisa assim, me considere incapaz, por demais descolada dos objetivos; logo agora que me acostumei à estranheza destes dias, suas conversas e escritas, logo agora que caminhar em meio ao desconhecido trazia seus frutos, também estranhos.

Apaguei a última tentativa de e-mail. Queria ganhar tempo, entender melhor esse conjunto de papéis antes de alertar sobre sua existência. Que Martina esperasse um pouco).

quarta-feira, 13 de abril de 2016

Tinha de falar com Gabriel. Se já vinha pensando nisso desde a semana passada, ao perceber ter esquecido de falar sobre Pedro, sobre sua anacrônica presença no livro de Gianetti, essa urgência só se aprofundou depois do baú. O modo como se referia a Flora nas cartas, a cumplicidade estabelecida, o afeto, essa cena íntima que eu, de súbito, invadia, me afeiçoava; havia algo ali a prender o olhar, a exigir uma segunda impressão. Pois deveria – ou mesmo só se poderia – escrever essa vida, a de Flora, nos termos de tal intensidade, na tentativa, quem sabe impossível, de traçar as linhas que tal vida jogou sobre outras. Escrever a Flora narrada por Gabriel, bem como a Flora de Alice, a Flora de Gianetti, também a Flora de Maga, apenas lida, a Flora de Britto Mello, de Lúcia, de tantos outros que descubro e recebo em pedaços; e também a Flora de Flora, destes cadernos, a Flora Lázár que fala de Flora L. (ou seria o avesso?) – e me vejo encantada pela fantasia de um texto capaz de encarnar o ecossistema de tais relações, uma rede cerzida nos espaços entre esses personagens, construída nas cavidades que uma existência marca na outra após seus choques.

Em busca da Flora de Pedro, que devia começar em uma busca do Pedro de Flora, tinha de falar com Gabriel. Com esse pretexto claro e um punhado de subtextos, telefonei a ele várias vezes nestes dias. Me atendeu, foi simpático, mas reticente, não achava que pudesse contribuir mais. Insisti, contra minha própria vontade; forçar contra a sua fragilidade me doía também, mas era preciso seguir, era preciso avançar, precisava sondar Gabriel sobre a herança de Flora, se tinha ideia da sobrevivência daqueles materiais. Se podia me dizer alguma coisa sobre eles, sobre seu conteúdo ou sobre sua mera existência. Precisava, em um impulso menos lógico, vê-lo. Os papéis de Flora eram também, de algum modo, dele, e estes dias entre eles me levaram a sentir uma proximidade, como se eu o conhecesse para além daquele encontro solidário, como se dele pudesse sentir saudades.

Conseguindo com que Gabriel cedesse, fui encontrá-lo em sua casa, próxima ao café em que o havia conhecido. Um prédio antigo, de fachada branca e varandas curvas, com um ar mediterrâneo, em uma rua calma, onde me recebeu e me levou a seu apartamento. Usava suas camisas de mangas compridas e calças de linho, parecia muito cansado, mas não demonstrou qualquer embaraço com minha presença. Ao contrário, foi solícito, me encaminhou à sala, pediu que eu sentasse no sofá enquanto servia um chá. A decoração do lugar me chamou atenção imediatamente; sua falta de decoração. Amplo, o apartamento aumentava ainda mais na própria nudez, de paredes vazias e móveis esparsos; a sala não era senão um sofá antigo, uma mesa de centro, uma vitrola e uma *chaise longue* enigmática. Naquele retiro, Gabriel me aguardava, a imagem da resignação. Expliquei a ele sobre o livro de Gianetti, sobre a revisão feita e os ruídos encontrados. Perguntei de Pedro, em específico, da desconfiança que trazia da sua presença entre aqueles relatos, coletados tão tardiamente. Gabriel concordou com a surpresa, não havia como Gianetti ter conversado com Pedro, mas teve de pensar um tempo para supor qualquer solução. Percebi também, nesse instante de reflexão, a sombra que passava por seu rosto; se lembrar-se de Flora era já um requentar do luto, fazê-lo por meio de Pedro seria ferver a memória. Por fim pareceu lembrar-se de algo, me disse: "Devem ter sido as cartas".

Como? Alarmada pela conclusão, quase traí meu segredo. Não queria revelar ainda o que havia descoberto, assim como não havia dito a Martina; entendi que manter essa informação para mim é algum tipo de vantagem estratégica, de uma efetividade ainda a descobrir. Era um modo, também, de equilibrar o jogo. Todos pareciam saber coisas que não entregavam completamente, seja por esquecimento, incômodo ou, quem sabe, até malícia; era hora de ter eu mesma minha sorte de mistérios. Quem sabe, agora recoberta pelo ar confiante ou soturno de quem carrega enigmas, esse ar com que eu havia tido de me acostumar por encontrá-lo a cada dia, a cada conversa, eu não atraísse as curiosidades, fizesse falar com mais facilidade? Que Gabriel, até ele, tivesse ocultado até agora umas tais cartas era evidência o bastante para validar meu argumento. Mas então, que cartas?

"Quando Oscar conversou comigo sobre o projeto dele, concordei em ajudar. Como faço agora, com você. Dei a ele algumas coisas. Alguns textos, fotos. Coisas que já vinha pensando em me livrar, é verdade. No meio, se me lembro bem, havia algumas cartas que troquei com Pedro", me disse. Alguns desses materiais mencionados estavam no arquivo que recebi, alguns manuscritos de Gabriel e mesmo de Flora, anotações, comentários, trocas verbais. Nenhuma correspondência, porém. "Não sei dizer. Talvez tenham se extraviado. Seria o único jeito, não?" me respondeu Gabriel, quando contei dessa ausência, decepcionada. O que seria o "único jeito" a que ele se referia? Que os papéis tenham se perdido é a única maneira de explicar isso; ou que eles existiam, reafirmava, e essa era a única possibilidade das confissões de Flora terem chegado até mim pelas palavras de Pedro, incorporadas por Gianetti, em uma delicada psicografia, ele que não havia conhecido em vida aquele seu mensageiro. Gabriel não sabia dizer o que haveria acontecido com elas, e seu tom não parecia lamentar essa perda. Afinal, o que elas diziam estava registrado, gravado, era aquilo que eu havia lido. Mas seria só isso?, não podia deixar de imaginar – ou mesmo de perguntar. Por que Pedro contava de Flora a ele, confidente-maior daquela vida?

"Pedro e Flora se tornaram grandes amigos. Isso você já deve saber. Nunca foi uma amizade tão recíproca assim, é verdade. Pedro sempre pareceu fascinado por ela, uma admiração mais racional e intelectual do que emocional. Me escrevia recontando o que ela lhe contava. Ele tinha essa paixão infantil pelas coisas", me disse. "Acho que guardei essas cartas pela graça". Como outros não tivessem tido esse afeto ou cuidado, pedi para falar mais desse conteúdo, me contando o que trazia. As histórias de família de Flora e suas aspirações de vida, relatos da impressão que seu misto de seriedade com sentimentalismo causava no novo amigo, causos da noite carioca, patrocinada por ele e devassada por ela. "Não sei o que pode ter acontecido com as cartas. Eu teria de falar com Oscar. De qualquer modo, era isso. Nada demais. Só lembranças".

As anotava, contudo, reanotava; não sabia a que momento poderia surgir algum fato que contradissesse as transcrições de Gianetti. Seu trabalho se tornava cada vez menos confiável, sentia pensar isso, mas cada avanço na direção de Flora mostrava buracos no retrato que fazia dela; ou, pior que as falhas, as representações tortas. Erros de paralaxe por toda parte, à vista do observador em desarranjo com a imagem. Talvez – queria acreditar em seus esforços – seria impossível não ser assim: seus meios de acessar aquela história traziam já esse erro na angulação, condicionando o que se via, o que se poderia registrar. Até por isso tirar vírgula precisava jogar mais alto: mesmo sob risco, tinha de aproveitar a pauta das cartas para perguntar a Gabriel sobre as suas. Teria guardado, como um dia teve as de Pedro, aquelas que recebia de Flora, polo negativo do arquivo que eu tinha agora, e que me permitiram uma visão mais ampla, talvez menos oblíqua, entendendo as réplicas daquelas tramas e dramas. Gabriel, que cartas você guardava? Legou tudo a Oscar ou ainda teria algo? Algo de Flora, entendia-se... (nessa história, não há sujeito oculto; em cada sombra ou névoa se faz surgir um contorno – o mesmo contorno).

Fez-se algum silêncio, uma vez mais, sua memória operava em torções mudas. Ou talvez fosse minha impressão, a falta de som amplificada pela falta geral daquele apartamento, o silêncio em eco subindo o pé direito alto sem encontrar qualquer resistência. "Tudo que tinha, entreguei a Oscar. Não era muita coisa", começou, enfim. "Não tinha mais nada de Flora. Queimei tudo já havia algum tempo".

Não devo ter conseguido disfarçar meu choque (e teria desejado isso?), pois logo Gabriel, com uma expressão consternada, do corpo ao rosto, os braços cruzados sobre o colo e este comprimido, fez questão de se justificar; para mim ou para si, não parecia haver diferença. "Tive muita raiva em um momento. Não logo depois. Um tempo depois. Quando tudo se acumulou. Quase um clichê do luto. Anos de negação, e depois muita ira", disse, a voz andando sobre um fio muito tênue. De novo, sugada para dentro da sua fragilidade, mas essa já era outra coisa, apresentava-se noutras matizes, a lembrança da raiva incitando uma nova fagulha, uma nova chama (impossível evitar a imagem). "Devo ter pensado que era bobo, ingênuo, manter algum tipo de compromisso. Se Flora escolheu partir, com que razão eu ainda a prendia? Penso que é o que pensei. Mas não lembro. Foi uma época difícil. Foi bem quando voltei para Minas. Passei um tempo com a minha família, em Patos. Lá na casa, queimei as cartas". Assenti, com um meio sorriso, imagino. Imagino também que a minha decepção era palpável. Entendia Gabriel, ou ao menos pensava entender, tinha de entender. Era essencial para compreender o quadro todo. Não poder acessá-lo de modo mais direto, talvez fosse essa minha frustração; queria, de algum modo, me infiltrar na sua relação com Flora, tomar parte, ser talvez como Pedro. Havia começado a fazê-lo, afinal, e imaginava poder citar de cabeça trechos daquelas cartas, como o episódio da briga entre Flora e a cantora de um bar na Lapa, que Gabriel recontava a ela, de certo esquecida, com tons de um sadismo divertidíssimo, ou o relato que fazia a ela de seu "mês da abstinência" entre o voluntário e o compulsório, fonte de quase alucinações. De algum modo, estudar essas lembranças, retomá-las de cor, de coração, me jogava no meio delas, me dava um direito ou a ilusão de um direito de copropriedade. Ao falar da queima das suas cartas, era como se Gabriel montasse uma nova fogueira, destinada a incinerar memórias minhas também.

"Você já ouviu falar de Wittgenstein?", disse, de repente. O filósofo? Havia ouvido falar, mas apenas isso.

"Há uma ideia nele, nas suas investigações. Um experimento mental. Propõe pensarmos que cada pessoa tem uma caixa fechada ao mundo exterior. Cada um diz ao outro que há ali um besouro. O seu besouro. Agora, ninguém nunca viu outro besouro que não o seu, aquele na sua caixa", contou, meticuloso. Como?

"A provocação é: não se sabe o que é um besouro. Como ter certeza de que há a mesma coisa em cada caixa? Que aquilo que eu tomo pelo meu besouro seria a mesma coisa que você, a partir da sua caixa?".

Disse que não o entendi; quer dizer, que entendi o jogo da proposição, mas que não entendi bem por que ela se intrometia ali em nossa conversa. "Vinha lembrando dessa passagem. Achei que pudesse interessar".

O que ele queria ao me ofertar um enigma, outro, em troca das soluções que não possuía? Talvez fosse uma distração, para dissimular sua vergonha ou a minha desilusão; como um truque de mágica que chamasse atenção a uma mão, enquanto a outra incendeia o baralho. Se havia alguma coisa além na caixa de Gabriel, nos seus bolsos de piromaníaco, não saberia dizer. Nem ele, me parece, teria capacidade de revelar. Assenti, portanto, sem qualquer entusiasmo, e voltei a submergir nas minhas anotações. Gabriel falava algo ainda, mas eu não ouvia, captando apenas seu ritmo, cada vez mais desenredado da sua vacilação característica. Talvez seguisse falando de filósofos e caixas, mas já não me interessava. Pareceu recuperar a postura e a vitalidade, no esforço de acalmar a si por acalmar a mim. Ganhou enfim nitidez, quando percebi que pousava sua mão esquerda sobre o dorso da minha. "De qualquer modo, meus papéis não importam. Não adiantaria de nada. E eu já não guardo nada, nada. Quer dizer, adiantaria ao seu trabalho, me desculpe".

quinta-feira, 14 de abril de 2016

Adiantaria? Retomo o que escrevi e me pego pensando cada vez mais nessa concessão que Gabriel fez, por simpatia ou preocupação genuína, quem sabe um pouco de cada (mas qual interesse teria no sucesso do meu trabalho? Se há alguém que não precisa de um memorial a Flora são aqueles que já o trazem em si); quem sabe apenas uma curiosidade genuína, era um escritor, afinal, dos mais prolíficos, e também um crítico ocasional, alguém interessado em novos textos e atento às publicações. Me pergunto, de todo modo, adiantaria algo a este trabalho se aquelas cartas tivessem se salvado do fogo? Parece óbvio que sim: afinal, teria mais o que relatar, um demonstrativo mais completo daquela vida e daquelas relações. Soluções de conteúdo, e são as que busco desde o princípio, mas seriam soluções de forma, também; ter episódios, causos, contos, anedotas que guiassem a narrativa, esses detalhes que ajudariam a dar concretude ao meu relato. Como se escrever que, digamos, naquela tarde do retorno de Flora ao verão carioca, desistindo do exílio na umidade britânica, o engarrafamento em que seu táxi deu de se meter, no meio da Avenida Brasil, e a estranha alegria que aquilo lhe causou, foram a confirmação de um lar; como se ter os documentos que comprovem situações como essa, permitindo narrar situações como essa, as tornariam mais reais, mais palpáveis. Para o leitor, imaginava, mas para mim também.

Por outro lado, é distinta a fagulha que aquelas brasas de Gabriel acenderam aqui, décadas e quilômetros depois: e se eu precisasse, ao inverso, de menos papéis? Ao retomar aquilo que tenho anotado, entre as dúvidas e as promessas de mais dúvidas, a procura de material de escrita como um esforço contínuo de adiamento dessa escrita, penso que talvez o caso seja de abrir mão dessas amarras, amarras essas que desconfio autoimpostas, em algum nível. E a compaixão por Gianetti, pelas frustrações de Gianetti, a compaixão que me fazia evitar contatá-lo e questioná-lo sobre as cada vez mais visíveis falhas de seu projeto, adquiria um tom menos nobre, transformada aos poucos pela identificação com ele, como se a compreensão do fracasso, a comiseração estendida a ele fosse a tentativa de pré-datar uma mesma complacência, esta endereçada a mim, no ponto futuro em que meu trabalho falhará também. E talvez por isso anote, mas não bem escreva; por isso busque mais material, documentos que, com seu peso de verdade, virão redimir todas as dúvidas e as dificuldades nascidas destas; esquecendo, por um momento ou por vários, que Gianetti também não tinha seus documentos, no fim, inúteis. Traços em folhas, nada muito diferente deste diário.

Não que houvesse ganhado em determinação, mas o assombrar dessas questões me pôs em movimento; remoê-las era inevitável, mas podia ser feito em paralelo ao meu trabalho, na esperança que o ofício as amenizasse, matizasse. Eu devia ter o que relatar também a Martina, à editora, informações dos bastidores da pesquisa que adiasse as informações de resultado (para não falar da confissão daquele segredo, mantido ainda), como uma Sheherazade da procrastinação, fazendo valer cada migalha de história que fosse possível reunir.

Fui encontrar Ana Malcolm. Apesar do último contato truncado, acreditei que pudesse se interessar pelo surgimento daquela outra cópia de *As sapatilhas*. Telefonei para ela, adiantando essa informação, e fui convidada a encontrá-la em seu apartamento na Lapa. Ana marcou o encontro para a tarde, apenas, então almocei em um café na mesma quadra de seu endereço, um espaço pequeno que também funciona como venda de produtos orgânicos e afins, em tudo diferente do que imaginava encontrar, toda uma vida de distância daqueles bares em que Flora e Gabriel se deixavam fotografar. No horário, segui ao apartamento de Ana, que me recebeu com certa confusão, derramando desculpas enquanto me guiava por entre caixas de papelão, rolos de plástico e folhas soltas de jornal; não havia comentado, mas estava de mudança, ia assumir uma vaga como professora em São Paulo, era a necessidade imediata que havia impossibilitado nosso encontro presencial no último contato, iria viajar já na próxima semana e percebia, com urgência, ter mais a preparar do que o suposto. "Não sei o que me deu na cabeça de marcar a conversa aqui. Está uma zona, me desculpe. Se importa?", disse, abrindo espaço entre uma pilha de pratos e panelas, até um banco de madeira, que gentilmente me ofereceu como assento. "Mas não podia dar outro bolo em você. E admito que fiquei muito curiosa com essa história".

 Sem entrar em detalhes, obscurecendo sua origem e circunstância, adiantei a ela a descoberta daquela cópia de *As sapatilhas*. Na bolsa, carregava aquelas páginas agora presas por um clipe, entregando-as para que ela desse uma olhada e entendesse o que era aquilo. Queria que ela percebesse como aquilo se relacionava com sua própria descoberta, e as distâncias que mantinha em relação ao fac-símile de sua dissertação. Afinal, não se tratava do mesmo "original" de sua pesquisa. Havia comparado as folhas das caixas com as cópias da dissertação, confirmando a hipótese inicial: Ana havia analisado um manuscrito, uma forma primitiva de composição do livro, enquanto eu possuía algo muito próximo à edição conhecida daqueles contos, muito possivelmente uma prova impressa. Curvada sobre um aparador, já envelopado em plástico-bolha e fita adesiva, Ana examinava e ia emitindo suas impressões, muito próximas às minhas (que havia guardado para deixá-la falar sem influências), ora folheando com frenesi, ora se detendo por tempo demais numa só linha, murmurando coisas como "Curioso, aqui ela anota a necessidade de um verbo que já estava nos originais. Deve haver um corte em uma versão intermediária" ou "Ah! Então é aqui que surgiu esse adjetivo" (como guardava, com tanta precisão e ao alcance da memória, após tantos anos, esse tesauro das palavras de Flora? Era contaminada pelo conhecimento dela, parecia-me). Após um tempo, que imagino longo sem o saber por certo – naquela sala, em processo de hermético abandono, não havia qualquer relógio, e as janelas, semicerradas, não ofereciam referência do mundo –, se virou para mim, os dedos batendo um ritmo abafado sobre o plástico. "Que ódio", deu uma risada. "Não sei bem o que sinto. Isso aqui torna minha pesquisa ainda mais banal. Um erro. Mas, ao mesmo tempo, mostra uma importância lá. Me dá um pouco de raiva não ter chegado nisso". Pensei que ela fosse me perguntar de onde vieram essas provas, quase o arriscou, entre outros murmúrios, mas preferiu deixar o mistério; era mais uma aparição fantasmagórica do livro, como aquela nos arquivos da *Inimigo Rumor*. Imagino que a possibilidade de uma resposta óbvia (e quão óbvio seria "Dora" para ela? Se já havia chegado a Elizabete…) a frustraria ainda mais, colocaria em xeque o esforço feito. Não perguntou, e gostei de Ana, gostei mais ainda do que em nosso telefonema.

"Bom, agora não adianta muito. E nem trabalho mais com crítica genética", completou, me devolvendo as folhas, negando a proposta de cópias que eu a oferecia. Refletiu por um momento, antes de passar a se mover de novo, afastando papéis, empilhando objetos, girando sobre a própria ansiedade enquanto falava comigo, reiterava aquela história de sua dissertação, como, no final, acreditava na sua validade, mesmo que fosse apenas para sua própria formação. "Eu mal conhecia Flora. Entrei de cabeça, foi para minha tese de doutorado também. Gosto do fato de ter me aproximado dela por aquele fragmento, aquele achado tão esquisito. Agora, tenho que admitir que não leio mais ela. Faz muito tempo que não leio Flora. O trabalho veio, preparar aulas, a minha pesquisa hoje é sobre textos mais contemporâneos, tudo isso", contou.

Ana era miúda, baixa e muito magra, mas se movimentava com velocidade; a eletricidade estava também na sua voz, que alternava entre uma cadência tranquila e pequenos impulsos de aceleração, que aumentavam o tom e faziam correr todos os "ésses" do seu sotaque nativo, aceleração que não parecia ligada a uma mudança de humor, ao menos não uma aparente, sendo mera dinâmica própria, um traço idiossincrático de sua conversa. "Não aguento mais guardar coisas. Anima um café? Temos de sair dessa confusão aqui", disse, querendo continuar o assunto, que já não era bem Flora e seus originais. Propôs aquele mesmo café em que eu havia almoçado.

 Me perguntou sobre a biografia, como andava o trabalho, que dificuldades encontrava e que avanços fazia, mencionando mais destes do que daqueles (por certo, a descoberta daquela versão de *As sapatilhas* me tornava, a seus olhos, uma exímia arqueóloga; apenas não sabia que minhas coincidências não eram muito distantes das suas). Ainda calculando minhas revelações, me peguei falando sem parar sobre a pesquisa e o texto, parecia ler abertamente minhas notas – e assim não fossem mais apenas notas –, fazendo passar por essa mínima abertura toda uma torrente de impressões e suas inscrições. Falei das dificuldades práticas, da dinâmica de marcar entrevistas, dos números telefônicos mudos ou inexistentes; falei das questões mais metafísicas, das perspectivas mais neuróticas, falei de expectativa e de insegurança, como uma alimentava a outra sem que se permitissem jejuar por um momento sequer. Talvez fosse Ana, sua aberta simpatia e a ponta de identificação que despertava (era mais velha, mas não tanto assim, e podia perceber como tínhamos certo sistema de referências em comum; de mais imediato, também, partilhávamos os óculos e os cabelos curtos); talvez fosse o fato de ser, dentre todos aqueles com quem tive de falar em nome de Flora, a pessoa menos interessada nos resultados do meu trabalho, no sucesso ou no fracasso dele. Ela não esperava nada, não tinha implicação na história, apenas havia caminhado por certo trajeto comum ao meu, mas há muito tempo já virado por uma encruzilhada dele. Qualquer interesse que demonstrasse era sincero, na medida em que poderia ser sincera essa projeção entre completas estranhas – uma medida muito larga, passava a acreditar. A conversa foi um alívio, inesperado, mas bem-vindo. Até aqui, só me permitia compartilhar o processo com Martina; e adorava essas trocas, fascinada pelas observações e posturas, mas, ainda que valorizasse seus retornos, não poderia esquecer que estava em posição de obedecê-la. E talvez por avançar em bons termos que essa relação se tornava, cada vez mais, uma relação, e como tal, negociada não apenas entre os pares, mas também no interior de cada parte, com segredos a serem guardados para a manutenção dos laços, jogos de desvelamento gradual, acúmulos de familiaridade a ditarem ações ou reações, o surgimento de estratégias. Com Ana, não. Com Ana era como se fosse tudo novo. (Mesmo com ela, porém, eu mantinha algo de oculto; penso se essa tendência à mistificação não seria uma tendência minha, um gosto que não conhecia e se abriu nessas últimas semana.)

Ela ouvia, então, mais do que falava, até que esse ritmo escoasse para o coloquial, o corriqueiro; ao falar das navegações pela cidade, me deu dicas, comentou sobre sua topografia e os métodos de percorrê-la, o que em troca me deu espaço para perguntar de São Paulo, ofertar a mesma hospitalidade, ajudar a abrir o mapa em que habitaria. Trocamos cartografias, portanto, cada uma de seu lugar, na direção ao outro, ao que seria da outra. Certo momento, já quando escurecia, mesmo naquele café jovem, de paredes rosas e cardápio ousado, naquela quadra envidraçada, se fez sentir o cheiro de alho frito, o cheiro dourado, quase amargo, de alho frito, que Copacabana já me fazia acostumar, entendido como parte da paisagem. E o cheiro me lembrou de Copa, e foi como lembrar de casa, nesse pedaço da Lapa de hoje o cheiro também me lembrou da Lapa de ontem, a que não conhecia, mas supunha igualmente perfumada.

sexta-feira, 15 de abril de 2016

Ali pelas três da tarde, enquanto trabalhava, fui pega por uma ligação de Martina, tão inesperada quanto aquela de um mês atrás. Havíamos trocado e-mails há poucos dias e não havia nenhuma pendência mais urgente, a não ser a maior pendência que é o trabalho por um todo, de modo que me peguei quase gaguejando quando reconheci sua voz, esvaziada de toda calma que adquiri com Ana. Não era para tanto, descobri.

Acontece que Martina tinha de vir ao Rio na semana seguinte para tratar com uma autora da editora, organizar um lançamento ou algo do tipo, e gostaria de me encontrar, gostaria de me ver e ter uma conversa de verdade, ver como andam as coisas, trocar ideias sobre o livro, dar umas risadas, enfim. Não parecia estar me pressionando, apenas avisando de uma visita mais amiga que patronal; que ficasse tranquila, não ficaria no apartamento e não demoraria. De todo modo, estaria envolvida com o lançamento e poderia me ver em uma tarde, ainda a ser decidida. Aceitei, mas não deixei de tomar a vinda dela como um aviso, um lembrete de que o tempo corria.

No final do dia, resolvi caminhar pelo bairro. Após o contato de Martina foi difícil de seguir com as leituras e com os rascunhos; era preciso pausar e planejar, imaginar o que fazer com o segredo da caixa. Ao cruzar pela Nossa Senhora de Copacabana, passei em frente a uma loja de calçada tímida, com uma fachada alaranjada. Na vitrine, havia duas placas: "Vende-se o ponto" e "QUEIMA DE ESTOQUE". Motivada pela curiosidade e, talvez, uma ponta de compaixão, resolvi dar uma olhada, antes mesmo de entender o que vendiam. Calçados, logo descobri, ao entrar e dar de cara com as estantes abarrotadas e caóticas, remexidas pela promoção.

Comprei um par de tênis de corrida.

domingo, 17 de abril de 2016

Sinto uma necessidade de me mover com mais ímpeto, com mais força; talvez fosse o medo da visita de Martina, talvez fosse o incentivo de Ana, que encerrou nosso encontro frisando o quanto gostaria de ler meu livro. Podia ser ainda certa raiva de Gabriel, uma infantil, mas poderosa vontade de provar não precisar de sua ajuda (ajuda que, sendo justa, ele jamais recusou ofertar; dava o que tinha – eu é que queria ou precisava daquilo que ele já não podia oferecer). Redobrando os esforços, dei carga a uma nova bateria de pesquisa, marcando outras entrevistas e encontros. Precisava conhecer Sueli, sobretudo. E tinha de rever alguns pontos, checar informações, apesar das dificuldades. Ontem tentei ligar para a Alice, mas seu contato continuava mudo ou indisponível. Em uma única vez o telefone chamou, tocando por longos minutos sem resultado. Tentei retomar com Lúcia, também, mas ela estava fora do Rio de Janeiro (foi a Miami, onde, entre outras coisas, irá inaugurar uma exposição, fez questão de me contar). Quanto a Britto Melo, havia pouco a checar: algumas datas e lugares, pedir a confirmação de algumas impressões, o que fizemos por telefone. Foi direto e claro, respondendo apenas ao perguntado; à distância, seu orgulho se dissipava e isso tornava o contato menos abrasivo, embora também o desestimulasse a falar – o ego, posto em jejum, guardava esforços. Já Gianetti era assunto para outro momento, queria acreditar, embora fosse o mais urgente deles; me enervava a possibilidade do conflito, a escolha pela explosão da trégua entre o escritor caído e a sua usurpadora em vez da lenta erosão pela qual passava.

Eu sabia ser necessário, mais do que essas ligações marginais, repetitivas, o esforço de encarar aquele caderno vermelho. Lê-lo, enfim, investigar sua constituição. É o caderno de seu último ano, cobrindo de fevereiro a julho de 1989: a primeira entrada é, à guisa de um inimaginável prefácio em tão pessoal volume, uma reflexão sobre a própria existência daquela brochura, uma reflexão sobre a necessidade de tomar notas mais sistematizadas, organizar os pensamentos que já começavam a se emaranhar, atando um nó que logo se saberia fatal. A última seção, por sua vez, acompanhava o tom das entradas imediatamente anteriores no caderno, com datas variando pelo mês, uma espécie de esboço para alguma coisa chamada "Despachos da fronteira". Entre essas duas pontas, um pouco de tudo. Não era um diário, logo descobri, mas um bloco de notas de finalidade muito mais ampla, suplemento de todo um inconsciente. Havia, sim, páginas límpidas no propósito cotidiano, introduzidas por uma data, concentradas em descrever situações do dia, encontros, acontecimentos, por mais corriqueiros que fossem (o são, mesmo, muitas vezes, e talvez sejam os mais interessantes). Descobri ali uma paz, uma paz singular na observação da vida próxima ao chão, os relatos de passeios e visitas. Isso no começo, também aprendi, já que o virar das folhas rumo ao final de 1989 inoculava aquelas descrições de certa paranoia. Abundavam os olhares pegos em meio à sua vigia, as vozes que ouve quando não haveria bocas a suportá-las, mas isso era apenas parte das folhas, uma parte menor das 96 folhas contadas. Havia também relatos de leituras, ensaios para críticas, como algumas das quais já havia lido em recortes de jornal, ou mesmo impressões mais breves e particularidades: em março, por exemplo, dizia finalmente ter lido o *Tanto faz*, de Reinaldo Moraes, e havia odiado, mais a leitura que a obra; dizia querer saber escrever assim, mas, sobretudo, poder escrever assim. Antecipava críticas a Bukowski, adorava Ferlinghetti, a quem pensava traduzir. De seus contemporâneos, não lia muito; angústia da influência, quem sabe, apreço ao seu universo particular, talvez: em uma nota sobre alguma poesia lançada naquele ano, brincou preferir Maltz a Ruiz, entre as Alices.

Era também um caderno de esboços de escrita. Havia esqueletos de poemas e notas para textos de ficção, com esboços de personagens ou descrições de cenas esparsas, rascunhadas. Em três páginas seguidas, entre abril e maio, o mesmo relato de uma noite no Café Lamas se repete, mas sendo depurada, com detalhes adicionados (inventados?) e sentenças torcidas. A companhia de Gabriel se torna a presença de uma amiga não nomeada, com tons de interesse amoroso ali pela terceira versão; a entrada de um bêbado mais bêbado que o usual se transforma em ameaça; um carro deve arrancar na última página, extrapolando as descrições de buzinas até ali. Havia muita confusão, também. Seções e seções em que era impossível distinguir o escrito, não por dificuldades de caligrafia (a letra de Flora era curiosamente escolar, com caracteres simétricos, arredondados e agrupados com cuidado; em vez de transmitir graça, o arranjo acabava soando forçado, resultado de excruciantes exercícios), mas de semântica. Frases sem sujeito, por vezes nem mesmo verbos, apenas amontoados de advérbios e adjetivos, a percepção sensória, hiperativada, traduzindo de imediato as visões em sentimentos, como fosse um filtro contínuo, a modular cada coisa, vista, vivida ou refletida, a modular já em experiência apreendida, sopesada. Escrita, enfim. Era uma pessoa difícil, era visível, legível, confirmando aquilo que dela todos falavam, com maiores ou menores graus de afeição a tal dificuldade; mas era difícil sobretudo para si mesma. Rápida em produzir julgamentos e mais veloz ainda ao fixá-los em certeza e sentenças. Entre as suas locuções adverbiais, escondia-se uma autocomiseração prima da cobrança excessiva, que se sabia excessiva, mas não falhava em persistir. Eram páginas sufocantes, que eu vencia apenas à força da curiosidade. Quem sabe, lendo com cuidado, seria possível desvendar alguma situação específica ali, algo a ser captado para descrevê-la livre daquele murmúrio de afogamento.

Hoje pelo final do dia, resolvi prosseguir com o estudo do caderno fora do apartamento, desci e rumei a um bar na rua que fica atrás do apartamento, indo me juntar aos velhinhos que comentam as corridas de cavalo, aos jovens que esticam o final de semana em uma última cerveja. Escolhi uma mesa na rua e fiquei ali, concentrada na extração daquele diário. Dei por mim apenas um tempo depois, já quase noite, quando percebi os sons de uma discussão algumas mesas adiante; os homens sentados ali enxotavam um morador de rua, que respondia à altura da agressividade. Carregava dois grandes volumes consigo, que logo descobri serem seus quadros. Se aproximou de mim e instintivamente protegi o que entendia de precioso, puxando o caderno de cima da mesa e apertando-o contra o colo, mas ouvindo-o ou tentando ouvi-lo. Parecia bêbado, e, se não bastasse, seu sotaque pastoso dificultava ainda mais a compreensão. Logo entendi, entre reclamações, que era uruguaio e era artista, vivia da arte que veio vender no Rio; era jovem, visivelmente, por baixo da pele queimada de sol e a barba emaranhada de dias. Me ofereceu seus quadros, empurrando-os para cima de mim, reclamando da incompreensão, xingando ainda os meus colegas de bar. "Quadros" talvez fosse uma definição por demais gentil: eram placas de um MDF fino, dessas usadas como fundo para móveis, catadas do lixo, sem dúvida, apresentando ainda os buracos de prego em suas margens; as forrava com folhas de jornal e cola, criando uma superfície para seus desenhos, feitos em hidrocor e uma tinta barata, que imaginei ser guache, a que desse para encontrar. Falava com certa raiva e manipulava as telas com violência, como se quisesse se livrar delas a qualquer custo. Por vinte reais, arrematei uma, a menor, em que se via as formas gerais de duas pessoas caminhando sobre uma plataforma; as figuras não eram mais do que contornos ásperos, e seu cenário, uma profusão de cores e rabiscos geométricos. Era feio, sob quaisquer aspectos, mas, de algum modo, fascinante. O contraste entre os textos recortados e o desenho, de proporções ridículas, ampliava a impressão de um descompasso geral, a ideia de uma superfície de ruídos conflitantes. Se tornaria uma lembrança, pensei, que imaginaria um dia ser divertida, ao ser indagada de onde havia saído aquela tela que penduraria em um canto da sala ou em um futuro escritório. Mas, levada de volta ao apartamento, não era ainda nem uma memória nem uma peça de humor.

Terminei o caderno. Há muito o que extrair, transcrever, colocar em outras palavras (as minhas). Seções de memórias pontuam aqui e ali, e serão úteis: descubro um pouco mais das relações familiares, mesmo sem surpresas ao ler as constantes reclamações da presença plácida de Elizabete, as lembranças açucaradas de János. Das amizades, nada diferente do que já sabia.

O que me transfixava era o tom apocalíptico de suas últimas páginas. De novo, não uma surpresa, dado como sua história terminava; mas era violento acompanhar aos poucos a erosão da sua consciência, descrita não em uma riqueza de detalhes, mas justo na sua escassez, resultado de um cérebro tão detido nas próprias batalhas que perde de vista o contorno das coisas. Os tais "Despachos da fronteira" pareciam uma tentativa de elaborar isso, se, de fato, fossem estudos para uma possível ficção; não era claro seu estatuto, no que mantinham o mesmo tom dos desabafos anteriores, porém os dotando de certo esqueleto de narrativa, nas descrições de uma imaginada viagem de uma personagem fictícia. Havia uma mala a ser arrumada, planos de fuga desenhados, o embarque em um trem ou ônibus na madrugada. São descrições dessa fuga para um cenário alienígena, descrito mais nas impressões que causa do que nos seu relevo próprio, topografia emocional desse espaço, ora montanhoso, íngreme, ora quente e arenoso, arejado (uma terra onde os morros vão dar no mar: talvez não tão estrangeira assim), cartas escritas do outro lado e remetidas de volta ao lugar de onde se fugiu, um Rio que restou e ao qual não se voltará, mas que ainda existe e cuja permanência, inalterada, ao mesmo tempo entristece e dá esperanças à fugitiva: ela não importava, afinal. Essa percepção vai crescendo ao longo das pretensas cartas, infundindo o relato de um niilismo quase alegre no seu descompromisso. Não são textos muito bons se tomá-los por ficção, enclausurados demais em si mesmos, sufocados na incompreensão dos próprios problemas, apresentados por signos tortos e imagens opacas – talvez essa ideia de grande arte produzida pelas grandes mentes doentes, algo sempre em jogo na avaliação de Flora, talvez essa ideia fosse uma ilusão, uma história contada para tornar mais palatável o horror; o esforço de atravessar o sofrimento valeria, afinal, pois daria lugar a uma grande obra, alimentada à mágoa. Era uma das grandes decepções de Martina, como havia expressado, que

Flora parecesse importante mais por esse ângulo do que pela obra concreta que escreveu; era um problema para Gianetti, também, a fixação da tragédia da artista em detrimento de qualquer nuance. Que nem a própria Flora encontrasse maiores complexidades na própria autocomiseração, era caso de tomar ainda mais cuidado com seus registros. Diante destes "Despachos", como agir? Considerar que há um valor intrínseco na expressão, na escrita da dor? Entender que esta é apenas uma etapa no muito longo, no tempo e no espaço, trabalho da escrita, da ficção? Considerar que há textos e textos do mesmo modo que há Floras e Floras?

segunda, 18 de abril de 2016

Enfim, Sueli. A dissidente da *Barato total*, a quem Flora só se referia ironicamente a partir de dado momento, ali por volta de 1981, a quem mencionava de modo codificado e pouco lisonjeiro, como Aquela Empoeirada ou a Madame das Letras, em algumas resenhas e colunas, o nome tão mais gritante pois ausente no seguimento de sua biografia, na sua e nas de Margot, Alice e nas demais figuras daqueles tempos. Sueli, a seu modo, também havia se retirado de cena; não em silêncio, em uma madrugada, mas com um estrondo, deixando em seu lugar estilhaços e um rastro de fumaça.

Temendo ainda as consequências dessa violência, ecoadas e fermentadas ao longo de três décadas, eu a evitava; mas não seria tão mais fácil, ao contrário de Flora, encarar o dilema de frente? Afinal, não eram totalmente claros os motivos daquela discórdia, e entender sua perspectiva sobre Flora, sua figura e obra, perspectiva muda até então, talvez pudesse me oferecer outro ângulo, distinto daquele com o qual eu estava trabalhado, ligado às amizades próximas (ou talvez fosse apenas mais uma parada da amargura, como com Britto Melo). Para minha surpresa, de quem eu mais fugia era quem estava mais próximo: Sueli logo respondeu ao meu pedido de entrevista, me convidando a sua casa na Rua Tonelero, a célebre e trágica rua de Copacabana, localizada a poucas quadras do apartamento da editora. Lá me recebeu pela manhã, no quinto andar de um prédio antigo e imponente, de fachada com sacadas abobadadas. Casava com sua figura, blasé, mas ao mesmo tempo cativante: uma senhora composta e elegante, trajando um vestido branco e um xale vermelho esvoaçante, que me conduzia por aquele apartamento afogado na irrealidade da luz carioca, conversando amenidades enquanto apontava ao escritório. Era querida e parecia interessada, disposta, muito distante da figura de megera que a havia atribuído a priori. Essa percepção não era apenas por absorver a antipatia de Flora, mas também pela imagem que eu havia construído ao ler sobre Sueli; crítica cruel e contumaz, juíza estética implacável, responsável nos últimos anos por uma porção de artigos contra, justamente, o passar dos anos. Uma célebre devassa do Modernismo, ainda mais feroz e polêmica por ser escrita e publicada no seu berço, quando lecionava em São Paulo; artigos acadêmicos dedicados a um resgate do rigor formal e da clareza semântica como forma de conhecimento; uma porção de textos de imprensa recentes, nos quais ela lê o hermetismo e o autocentramento de certa (quase toda) poesia contemporânea como o trágico desenlace de um longo divórcio da literatura para com seus valores humanistas.

Sentada em sua biblioteca, um cômodo confortável aos fundos, com suas paredes forradas de prateleiras, Sueli me contava detalhes da aquisição do apartamento, há cerca de dois anos, quando se aposentou da universidade em São Paulo, após a morte do marido, e voltou a um Rio de memórias agridoces. Enquanto desenhava o ar com suas mãos coroadas por pesados anéis, Sueli lembrava de causos e revelava uma faceta inesperadamente afável. Logo perguntou sobre meu trabalho. Sabia que estava ali por Flora; talvez isso despertasse seus maus sentimentos.

"É uma pena tudo o que aconteceu, sem dúvidas", disse ela, sem arredar da simpatia. "Há muito tempo pensei ser estranho não haver algum livro do tipo sobre ela", completou, com todas as ressalvas que já pressentia. O rompimento entre elas, amigas de primeira hora na universidade, começou na cisão entre os interesses literários e a formação dos valores estéticos nascidos daqueles interesses. Sueli me contou, em linhas gerais: como, ainda próxima do grupo de experimentação de Flora, Margot e Alice, ia trocando o passo e percebendo uma mudança de ritmo. Se interessava cada vez mais pelas abordagens sócio-históricas aprendidas, pelos vieses que fazia ver a literatura como elemento de uma mais ampla tapeçaria a envolver o Homem, com letra maiúscula e interesses idealistas. Enquanto isso, as amigas se dedicavam a mosaicos mais miúdos, maravilhadas mais por suas cores do que pelas formas ou encaixes. Eu discordava de tudo isso, de tudo que a li afirmar e do que percebi em suas memórias; me incomodava sua intransigência e seu olhar enrijecido, mas, ao mesmo tempo, admirava a coerência e coragem envolvidas nessas análises. Havia um projeto de pensamento e uma visão de mundo, ambas claras (talvez até a ponto da ofuscação). Ela virava do avesso o chavão, extraído de um livro que certamente gostava: ao invés de tentar mudar as coisas para que permanecessem iguais, gostaria que tudo permanecesse o mesmo para só então poder ver nascer alguma, qualquer mudança, surgida da sedimentação.

"Também não me interessava em escrever. Literatura, digo. Contribuía nas revistas com artigos, críticas, claro, mas não aguentava a pressão para apresentar um poema, algo assim", lembrou. "Veja, escrever demanda muito cuidado. É sério. Talvez seja esse o centro da nossa discordância. Não acho que elas não fossem sérias, não é isso. Mas há a necessidade de um respeito, eu entendo essa necessidade. E tudo que elas faziam era contra isso". Contou ser esse o primeiro ruído no grupo; era constantemente cobrada, sobretudo por

Flora, capitã editorial, e a cada exigência a respostas, Sueli se tornava mais ríspida. "Foi bom, até. Acho que isso ajudou a afiar minha compreensão do literário. Acompanhar de perto a produção delas me deu a certeza de que jamais faria aquilo. Ou que entenderia o que ela faziam, como faziam, algo produtivo". Sabia ser esse um ponto de discordância contínuo entre Sueli e seu grupo, já bem registrado e notório; nunca chegou a escrever sobre a produção das ex-colegas, mas escrevia sobre suas vizinhanças com ardor e desaprovação. A cada experiência nova, evocava um exército de nomes, de Sterne a Machado, para recolocar a vanguarda na retaguarda, no espaço da reiteração banal.

Não ficava por aí, porém. Fazendo jus aos próprios julgamentos, à herança teórica que recebeu e a divorciou de seu tempo, amarrava tais preocupações estéticas em uma compreensão ética, não apenas da literatura, mas de suas relações. Isso quer dizer: ela tinha problemas pessoais com Flora e Alice, como eu já imaginava. "Eu não era rica, muito longe disso. Isso me fazia levar as coisas mais a sério, tudo muito mais a sério", retomou, subitamente grave, fixando em mim seu rosto magro e projetado. "Havia um sentido de batalha, de disputa em tudo que eu me propunha a fazer. Tinha de dar o dobro para conseguir chegar aos mesmos lugares. Para as meninas sempre foi mais fácil", analisou. "Flora e Margot não eram ricas, por assim dizer, mas tinham conforto. Viviam bem, sobretudo naqueles tempos, naquele Rio. Já a Alice... Alice nem devia saber o que é o dinheiro. Da mesma maneira que um peixe não sabe o que é a água". Fiz menção de discordar, com uma ousadia que sua sinceridade pareceu permitir, colocando que Flora era uma filha de migrantes, expatriados e que Alice já era outra pessoa, no cálculo entre as suas memórias e as minhas. "Minha querida", emendou em um tom sarcástico, levantando a cortina e permitindo que eu visse a Sueli de seus textos pela primeira vez em nossa conversa, "as pessoas não mudam. Isso é algo que aprendi. Ou até parecem mudar. Até tentam mudar. Mas há um quê de essencial em cada sujeito. É justo essa a nossa derrota". De que modo isso interferia naquelas relações perdidas? Teria sido esse fatalismo – que, muito além do que Sueli aceitaria admitir, era muito próximo do que pensavam e escreviam Flora e companhia – a arruinar aquelas amizades? Insistia, enfim, nesse ponto, núcleo de nossa entrevista: me interessava saber onde e quando e como as coisas azedaram. Por que azedaram, sobretudo.

Desviou, evitou uma resposta rápida ou fácil. "Eu discordo um pouco dessa leitura. Da ideia de rompimento. Dá a entender que houve alguma grande briga ou algo assim. Tão deselegante. Tivemos desentendimentos, claro. O afastamento foi natural, decorrente de visões de mundo distintas. Me diga, de quantos amigos da faculdade você ainda é próxima?", desviou a pergunta, refletindo-a para mim de modo retórico, antes de retomar a reflexão: "Já contei o mesmo ao Oscar Gianetti. Tanto é que não me recuso a dar entrevistas a essas biografias. Não fui inimiga de ninguém". (Era verdade, e isso estava registrado, com palavras muito parecidas, nos escombros do trabalho de Gianetti.) "Discordávamos, é tudo. E como eram tempos intensos, eram discordâncias intensas. E tenho que admitir que éramos intensas também, nós mesmas", deu uma risada. "Era para viver no tudo ou nada. Nisso sim concordávamos".

Era preciso insistir; mesmo se realista, tristemente realista, a narrativa de uma amizade que esgarça mudamente, se desfaz no ar, não era a melhor para o painel que eu construía, nem encaixava no rosário de paixões que eram as relações de Flora, como as aprendia e como as deveria contar. (Percebo perder pudores, soltar a mão e exigir que as histórias encaixem nos espaços que sobram vagos, mesmo que estes ainda sejam muitos e disformes – ou talvez mesmo por isso, gerando impaciência e uma busca por uma maior praticidade, maior racionalidade em minhas ações, entrevistas e escritas.) Talvez pudessem lembrar de forma mais concreta, de algum fato que fosse. Talvez guiando a memória: quando foi a última vez que se falaram? "Deve ter sido ali por volta de 1981. A partir da morte de Margot. Havia tido uma última vez antes, no ano anterior, quando já havíamos nos afastado. A morte de Margot acabou nos reunindo, o grupo todo, algumas vezes depois. Foi uma tragédia, um desespero. De certa forma, parecia que encerrava uma parte de nossas vidas, e nos reunimos para oficializar esse fechamento, mesmo que sem consciência disso. O clima era pesado o bastante, mas Flora deixava tudo mais sinistro. Uma noite, em uma reunião no apartamento de Alice, ela entrou em crise. Não parava de falar. Em algum momento, lembro de ela ter dito que preferia nem ter conhecido Margot, de modo a evitar aquele momento. Algo assim. Tomei como uma ofensa, um desrespeito. Foi uma enorme discussão. Não foi bem uma explosão, se é o que você pergunta, o que gostaria de saber. No máximo, a gota d'água, de anos", lembrou. "Foi a última vez em que estivemos juntas. Logo no ano seguinte, ela foi morar fora, e eu fui fazer o doutorado em São Paulo. Voltava pouco ao Rio. Nunca entrei em contato com ela, nem com ninguém do grupo".

"Espere", acenou com uma das mãos, como se agarrasse no ar um complemento à memória. "Não nos falamos mais, mas eu a vi anos depois. Talvez fosse mesmo em 1989. Acho que foi, lembro de ter me assustado com a notícia da sua morte, principalmente porque a havia visto meses antes. Depois de anos", disse, absorta, montando uma linha do tempo, ao que parecia, pela primeira vez. "Deve ter sido no começo do ano. Fui a um evento, um debate acadêmico sobre poesia, algo assim. Não lembro bem o tema, mas era corriqueiro da universidade, um debate pequeno. Um dos convidados da conversa foi Nunes Alves", contou, referindo-se a Gabriel. "Eu não o conhecia pessoalmente, mas sabia que era amigo das meninas. Lembro de ter pensado nisso. Até que vi, sentada na audiência, umas fileiras à minha frente, Flora. Demorei a reconhecê-la, depois de tanto tempo, mesmo que não tivesse mudado muito. Imagino que não me viu. Ao final do evento, quando todos já se levantavam, percebi que Nunes Alves desceu rápido do auditório para encontrá-la. Parecia surpreso. Fiquei por ali um tempo, pensando se deveria falar com ela, até que outro professor me encontrou e puxou assunto. Quando olhei de novo, eles já tinham ido embora".

Talvez houvesse alguma coisa aí. Nem esse encontro e nem a viagem onde nascia estavam registrados, fosse na intimidade do caderno vermelho, nos registros das entrevistas de Gianetti, na própria memória de Gabriel, ao menos não na memória desfiada diante de mim. Perguntei a Sueli se sabia mais a respeito, se não havia tentado contatar Flora. Nada. "Achei curioso, mas logo esqueci. Não era assim uma coincidência tão grande, vamos combinar. Só lembrei meses depois, ao ler sobre sua morte".

De volta ao apartamento, ali pelo horário do almoço, me vi sem fome, também sem concentração. Calcei os novos tênis e resolvi correr pelo calçadão, que tinha visto ao longe, de relance, ao retornar do encontro com Sueli. A promessa de brisa, o clima despreocupado, quase amistoso, da divisão da pista; parecia um espaço agradável para gastar uma tarde (não que eu tivesse tempo a perder). Da altura do apartamento até o Forte, no ritmo suave de uma caminhada de quem não se exercitava há anos, a partir desse trecho, estiquei o percurso, tomando um caminho que desvia por algumas quadras do mar antes de dar no Arpoador, o Arpoador das fotos fabulosas da cidade. Procurando um lugar para sentar no calçadão, segui pela esquerda até encontrar um pequeno recanto de areia escondido, identificado por uma placa como a Praia do Diabo. Entretida com o nome dramático, em contraste com a vista tranquila dos poucos metros de costa imprensados pela paisagem, uma quadra de vôlei, meia dúzia de banhistas preguiçosos e seus dois cachorros molhados, me sentei um instante para observar as pedras. O mar quebrava ali com vontade, mais do que nas outras orlas que conheci, amplificando seus ruídos ocos. A dada altura, uma menina se afastou de seu guarda-sol e resolveu entrar na água. Tão logo pôs os pés no mar, pude ouvir os gritos de alerta de um senhor de chapéu e óculos escuros que caminhava por ali. "Esse aí é bravo", avisou.

terça-feira, 19 de abril de 2016

Martina telefona novamente: chegará aqui na segunda-feira. Passará uns dois dias ocupadas com a autora e o evento. Ficará em um hotel razoavelmente próximo, em Ipanema, perto da livraria onde acontecerá o lançamento, e gostaria de me encontrar. Deixamos marcado um almoço para a quarta-feira, dia 27. Com esse prazo estabelecido, mergulho nos textos para ter na manga ao menos um esboço geral, um esqueleto, que valorize meus esforços aqui no terreno (me parece inevitável pedir para ficar mais tempo na cidade, adiando um prazo que era já indeterminado). Rascunho, diagramo as relações conhecidas, me atenho aos livros e aos textos, a obras, os poemas, tudo aquilo que é, no fundo, o que transforma nomes em personagens na narrativa. Mesmo as vidas mais dramáticas, no geral, não se diferenciam do ruído branco das tragédias cotidianas, não se destacam senão pelo que fizeram com o tempo que tiveram: escrever. Da história de Flora, não há muito de especial, apesar de alguns pontos de adrenalina e emoção (e que pessoas não os tiveram de todas as que viveram naqueles anos perigosos?): filha de imigrantes, de uma família que cruzou o país e ascendeu socialmente, menina-moça da sociedade letrada, acadêmica, vivendo uma vida confortável, ainda que não livre de sustos, como profissional liberal. Retire seus poemas e é este esqueleto que resta: é que os poemas são tudo. (Claro, há o drama do seu final, e este não é corriqueiro, em absoluto. Mas pertenceria ele à vida ou à obra?)

Me voltei aos livros, portanto. Enfileirei em cima desta mesa, de jantar mas de trabalho, os volumes recolhidos até aqui. Todos os de Flora, nas bonitas edições atuais, todas da editora, edições cuidadosas em suas capas coloridas e papel em boa gramatura. Também livros acessórios e periféricos, alguns que pedi a Martina e outros que busquei por conta: a suma *post-mortem* de Margot, os dois filhos deserdados de Alice, e um punhado de escritos de Gabriel, tão prolífico.

Enquanto organizava aqueles livros, reunindo informações, mapeando seus lançamentos, editores, críticas, retomando algumas entrevistas – traçando aquele painel da literatura de Flora & cia., enfim, a que deveria me dedicar –, resolvi bater aquela lista com informações bibliográficas na internet. Descobri que havia uma obra de Gabriel que eu não possuía e sobre a qual há poucas referências, não tendo sido reeditada há anos. É um livreto muito curto (48 páginas, descubro na catalogação, no site de uma biblioteca universitária; 52, contesta o anúncio desativado de uma livraria), chamado *Sussurro*. O que me chama a atenção é não estar incluso na coletânea da obra de Gabriel, publicada há pouco tempo. Há também o ano de lançamento, 1987 (será talvez em torno desse texto que se deu aquele debate com Gabriel em São Paulo, assistido por Sueli?). Sabia pouco sobre o livro, e as minhas pesquisas a respeito não trouxeram grandes resultados: parecia ter sido um esforço menor, imprensado entre lançamentos mais relevantes (há *Quebra-cabeças*, em 1985, livro que o coloca no cenário; e *O indo-europeu*, de 1988, outra empreitada breve, mas de destacada fortuna crítica, sempre referendado). Atrás desse expurgo, a pesquisa me leva à sua presença em sebos; não é exatamente uma oferta ampla, o que eleva os preços, mas consigo localizar um exemplar em uma livraria do Rio, no Centro, por aceitáveis sessenta reais.

Peguei o metrô, na Tonelero de Sueli, e logo desci na estação da Carioca, seu largo e seus camelôs, bandeiras e camisetas vendidas nas grades dos prédios, a larga avenida com filas de ônibus inquietos; no passeio da Rua Uruguaina me encantavam os prédios oitocentistas, margeando o cotidiano de gritos e anúncios sonoros ali embaixo. Em busca de mais disso, me perco um pouco, me deixando recorrer às vias apertadas, envernizadas por um tipo de decadência só possível àquilo que um dia foi grande, bonito até demais para durar, a queda já codificada na ascensão. Gonçalves Dias, Luís de Camões, o Rosário e o Ouvidor, enfim encontrei o endereço que buscava na Sete de Setembro, onde a entrada de um sobrado português anunciava, sem muita pompa, "Livraria". Ao atendente, um homem de meia idade de ar entediado, perguntei sobre o livro descoberto na internet. Com um suspiro e um resmungo sobre a necessidade de uma ligação prévia, desapareceu por uma porta aos fundos do sebo, de onde alguns bons minutos depois emergiu segurando o fino volume acinzentado. "Engraçado, não temos muita poesia", me disse após ler a contracapa, curioso, antes de tirar de trás do balcão um pano úmido, com que limpou a grossa camada de poeira sobre o livro. Observando as estantes, com seus volumes didáticos, biografias antigas e revistas científicas, concordei. Com o *Sussurro* em mãos, segui alguns metros até topar com uma lanchonete, parei no balcão e pedi um café, enquanto ia abrindo o livro e conhecendo este pedaço de Gabriel; antes, porém, tive de me deter na folha de rosto do livro, em que os pontilhados das manchas do tempo no papel amarelado emolduravam uma pequena nota escrita à mão, na tinta de uma caneta que um dia tinhado azul, em uma caligrafia feminina: "*Para Iara, versos para os dias em que poderemos estar juntas. 04/97*".

Talvez esses dias nunca tenham chegado; talvez sim, mas não corresponderam às expectativas. Algo aconteceu, de qualquer modo, para fazer quebrar o encanto daquela dedicatória, para que ela tenha se tornado apenas um enfeite neste livro extraviado, que passou adiante, que caiu nas minhas mãos anônimas vinte anos depois daquele instante de afeição. Quanto ao encanto de Gabriel, permanecia o mesmo: não havia nesta obra nada de muito diferente do já lido na sua coletânea. Poemas curtos, autorreflexivos, quase imperceptíveis em sua ausência de dramas ou emoções. Era legível o porquê não ter tido o sucesso popular de Flora, nem o interesse crítico de Alice; há algo ali de menor, da delicadeza de uma ourivesaria, interessada menos nas joias que nas pequenas torções nos metais. Como ele próprio escreveu, em um poema de *Quebra-cabeças*: "Dizer de meus lábios sobre tua pele/ e não da/ língua sobre a carne". Há isso em *Sussurro* também, e nenhuma de suas páginas (56 neste exemplar) trazia qualquer marcação singular, algo que explicasse seu sumiço bibliográfico, nem que justificasse minha esperança nele como uma chave. Se fosse, era uma qualquer, a abrir uma porta já escancarada.

Oprimida pelo calor dentro do bar, saí novamente às ruas, e neste Centro afunilado percebia que, nesta cidade recém-conhecida, eu sentia falta daquela familiar e sua principal característica: o horizonte. Mesmo um pouco cansada, lembrei de uma das tantas dicas de Ana em nossa conversa e, aproveitando a relativa proximidade, resolvi subir a Santa Teresa para recuperar a vista. Tomei um táxi parado na esquina, com os necessários apelos após informar o destino; meu sotaque de turista somado à oferta de uma gorjeta ajudou o convencimento, mas não aplacou sua contrariedade, domando as curvas fechadas do caminho, maldizendo o chão de pedras e seus trilhos que agitavam o carro. Me deixou alguns metros aquém. Terminei de subir em declive até alcançar o Parque das Ruínas. O sugestivo Parque das Ruínas, de que Ana havia falado com entusiasmo e que fazia jus à recomendação. Ao próprio nome, também, com o prédio principal do museu, se assim pudesse ser chamado, desnudado, descascando-se à força do tempo até o osso, expostas as paredes de tijolos, fragilidade descoberta e não perdoada pela vegetação e nem pela mão do homem, recuperando ou acentuando seu fracasso, ao reparar a ruína, retocá-la, coroá-la com um teto em ferro e vidro. Sem fôlego, pela caminhada e pela visão, me sento a um canto, tomo um folheto que me informa como a casa foi o epicentro cultural da cidade no começo do século passado, como sediou bailes históricos e abrigou a efervescência de intelectuais e artistas, fornecendo a eles a experiência distante do dinheiro. Circularam pelas ruínas, antes que as fossem (mas, talvez, condenando o prédio à tal condição futura), Villa-Lobos, Tarsila e outros nomes maiúsculos; ancestrais, poderia dizer, de outros nomes e atores desta cidade, alguns mais esquecidos que outros, entre os quais poderia incluir Flora, Gabriel e os demais (mesmo que suas ruínas fossem outras). Recuperada, segui ao destino, atravessei o interior do esqueleto do casarão e subi até o último andar, onde havia uma sacada a fazer as vezes de mirante, permitindo uma vista ampla e aberta da cidade lá embaixo. Escolhi um ponto em linha reta com a pedra do Arpoador, erguida em desafio à paisagem; entre mim e ela, toda a cidade visível de modo claro, quase planificado, desenhado. Era possível distinguir tudo abaixo da colina de Santa Teresa, como se fosse um posto de controle ou de admiração; via a Lapa, o Aterro, a extensão de toda Baía de Guanabara e suas margens. Botafogo, todo Botafogo até sua fatídica praia. Poderia aplicar, sobre a vista, uma imaginária caneta hidrográfica marcando o contorno dos bairros descobertos em mapas, fiéis, mas pálidos diante daquela visão, contornos enfim entendidos em todos seus limites, incompreensíveis a quem os percorre confinada ao chão. Pensei se poderia voltar a ver a cidade do mesmo modo que antes, ou se aquela experiência contaminaria a compreensão, pela força da memória e seu choque. O Rio de antes se transformava ele todo em um ruína, a seu modo. Já não seria desde o início? Afinal, aquele que eu perseguia até ali não era o existente, mas um anterior, soterrado por algumas décadas. Que precioso seria se, dali de cima, a vista pudesse vasculhar não apenas em extensão, mas em profundidade, vendo não apenas a cidade que se espalha, mas aquela que se sobrepõe; talvez, em algum golpe de sorte da vista, eu olhasse a uma rua ou ladeira e pudesse ver Flora, ao mesmo tempo que veria os carros de hoje ou talvez os cavalos de antes. E se a própria Flora pudesse ser vista como esta cidade, e se eu tivesse acesso a um mirante que enxerga não só o espaço, mas também o tempo, uma plataforma da qual eu pudesse olhar os 32 anos de vida de Flora e os pudesse dividir em regiões autônomas, descrevíveis em detalhes desde lá do alto. Seriam as regiões análogas a quê? Fases da sua vida, ou bairros sentimentais, quem sabe uma geografia das relações e dos espaços onde emergiram? Este mirante não existia, não existe, ou ao menos não existe ainda: tenho de construí-lo. Sobre escombros, como aqueles no Parque.

quarta-feira, 20 de abril de 2016

Mais uma das previsíveis ligações pela manhã; esta, porém, uma das mais surpreendentes de todas (junto àquela que iniciou isso tudo). Era Gianetti do outro lado da linha, pigarreando, colocando muitos espaços nas suas frases, em um suspense inconsciente, a voz cavernosa; dizia que precisava conversar comigo, me convidava a um encontro na universidade. Aceitei, claro; eu tinha receio de reencontrar Gianetti, mas não poderia recusar um chamado que partisse do próprio. De algum modo, sentia como se ele intuísse o baú de Flora, pudesse farejar no ar minha aproximação daquele segredo.

Ali pela tarde, próximo ao horário combinado, rumei ao Instituto de Letras da UERJ, onde ele dava aulas. O campus da universidade, um único prédio brutalista imenso, tinha um jeito de ruína em seu concreto aparente; a impressão ganhava ainda outros contornos pelas faixas de protesto que se desenrolavam pelas janelas, em todos os andares, denunciando problemas de pagamento a funcionários. As lixeiras abarrotadas contornando meu caminho, como colunas, diziam da greve de servidores, e por um instante me deixei esquecer das circunstâncias distintas para imaginar se a vida universitária de protestos que Flora viveu, e que Gianetti descreveu (são as mais bem acabadas páginas de seu projeto, afinal; seria por tê-las vivido igualmente?), teria algo desta experiência. Ao chegar à sala indicada, me deparei com um tímido escritório nos fundos de um andar, sem muito espaço para nada além de uma estante de livros e da escrivaninha que Gianetti ocupava.

Com embaraço, limpou uma cadeira escolar dos papéis que a habitavam e me indicou que sentasse. Assim que começou a falar, prestei atenção e pude perceber as sutis, porém decisivas, mudanças em sua figura. Estava barbeado e vestia uma camisa azul-marinho de mangas compridas, dobradas na altura dos cotovelos; mantinha os olhos em mim enquanto falava, e a voz adquiria também essa firmeza inédita.

"Fico feliz que você tenha aceitado o meu convite", começou. "Queria me desculpar por qualquer coisa da nossa última conversa. Eu não me sentia confortável com a situação. Entende?". Apenas assenti e o deixei continuar.

"Não foi fácil reconhecer que o trabalho acabou... Eu estava amargo, desiludido. Posso ter soado grosseiro, me desculpe. Admito que nem lembro direito do que conversamos, estava em outra frequência", completou. Deu um riso de canto de boca: "Espero não ter dito bobagem".

Eu respondi, sem conseguir convencer nem a ele nem a mim, que não havia motivo para desculpas. Qualquer incômodo era mais que compreensível: era esperado. Se de início, quando Gianetti me ligou pela manhã, pensei se Martina não teria falado com ele e o repreendido de algum modo (senão por certa rispidez em sua entrevista, talvez pela incompletude dos textos ele que me entregava), agora entendia que sua preocupação era genuína; não soava como um homem humilhado por uma força externa, mas sim culpado pelos próprios meios. Culpado, porém um tanto redimido; a principal mudança era justo o abandono do ar de derrota que ostentou anteriormente. Parecia até mesmo feliz, mais em casa neste escritório minúsculo do que no apartamento.

"Se isso não ficou claro desde o início, foi por minha causa, então gostaria de registrar: estou disponível para o que você precisar. Esse livro é importante, mais do que quem quer que o escreva. Eu sei disso", me disse, abrindo espaço para que eu enfim derramasse as questões que vinha represando. Comecei devagar, apenas agradecendo, elogiando também a quantidade de material que tinha me disponibilizado (e era sincera; se existiam buracos naquilo – existiam e eram muitos –, eles só eram visíveis pela extensão de todo o entorno, por contraste). Tinha algumas questões, porém, e o rosto tranquilo de Gianetti ao ouvir isso me incentivou à carga. As cartas de Pedro...

"Ah, é verdade. Essas cartas se perderam durante um alagamento, em um antigo apartamento. Houve um vazamento de água e algumas caixas que eu guardava embaixo da mesa encharcaram. Por sorte, as cartas de Pedro foram a única documentação original que se perdeu. De resto, anotações e cópias de entrevistas. De qualquer modo, as cartas também já estavam transcritas, inseridas nos textos que vinha escrevendo", respondeu.

Era uma explicação verossímil, o que não quer dizer que fosse verdade; não era em nada convincente, o que não quer dizer que fosse mentira. Precisei explorar mais, testando a confiança recém-adquirida. Por que estas cartas estavam sozinhas, junto a documentos de outra ordem? Como guardava seus papéis: em que ordem, sob qual classificação? Havia alguma listagem que garantisse ter perdido tão somente aquelas cartas?

"Nunca fui bom de organização. Isso não deve ser uma surpresa pra você", riu, aludindo à confusão dos arquivos que me deu – e, a seu modo, escapando de responder. "É um bom motivo para ter fracassado no livro. Eu ia colhendo materiais e elaborando em cima deles na hora. Não parei para construir uma linha do tempo antes de começar a escrever, por exemplo. Claro que hoje eu faria diferente. Mas talvez só soubesse fazer diferente por ter feito errado da primeira vez", refletiu. "Acho que foi também por achar que a história era um pouco minha. Talvez tenha começado isso como um livro de memórias".

Como não houvesse mais a insistir por aí, e como não parecesse possível contestar mais, diante daquela conclusão, fiz algumas perguntas inocentes, de ordem prática ou divertida (o que achava de Lúcia, por exemplo?), construídas sobre aquela inesperada cumplicidade. Enquanto respondia, com uma abertura e uma vivacidade inéditas, Gianetti, que pedia para ser chamado de Oscar, acabou por retomar o tema da documentação por si próprio – não parou de pensar nela, em segundo plano, enquanto falava de outras coisas.

"Era difícil conseguir mais material. Por isso, fiquei derrotado quando percebi o estrago naquelas cartas. Flora tinha poucos amigos, perceba. Não é fácil de concluir isso, pois os que tinha eram tão próximos que pareciam bastar. Mas são poucas pessoas, e isso quer dizer que são poucas pessoas a procurar por respostas. E, ainda por cima, não eram as mais fáceis de lidar, e nem tinham muito cuidado com essas respostas", disse. "Você já falou com o Nunes Alves sobre isso?", me perguntou. Sinalizei um sim. "Então, ele deve ter contado que queimou muita coisa de Flora. Eu entendo perfeitamente o impulso. Só que isso dá um desânimo a quem procura essas coisas. Alice, também, me deu algumas coisas, cartas e diários, mas tantas outras contou ter perdido na mudança para a casa na fazenda", contou.

Nesse momento, me invadia a dúvida sobre o baú de Dora (de Flora): se Gianetti se abria desse modo comigo, me convidava a participar do centro de seus anseios (ao contrário de nosso primeiro encontro, em que os apresentava opacos, particulares), não seria justo partilhar com ele o que eu tinha descoberto? Por outro lado, se reclamava justamente da dificuldade de acesso, acenar com algo que eu havia conquistado e ele não, embora ambos tivéssemos escavado os mesmos sítios, não seria uma forma de mesquinhez, de esfregar um pretenso sucesso sobre seu fracasso? Me debatia a respeito disso enquanto ele falava, sem possibilidade de tomar uma decisão. Resolvi por uma meia solução: quem sabe começar a falar de Dora, de modo solto, o que achava dela, sondar se ele realmente desconhecia o baú.

"Conversei com Dora, mais de uma vez, inclusive. Sempre foi difícil. Ela detestava falar sobre Flora. Quando a encontrei, achei que ia ser enxotado a qualquer momento", riu. "Não consegui muito. Quer dizer, registrei essa, que já dizia muita coisa. Sabia que ela vendeu os direitos sobre a obra para a editora? Não queria nem ter de lidar com isso", me contou.

Disso eu não sabia; alterava alguma coisa? Certamente explicava ainda mais o interesse em movimentar as publicações de e sobre Flora, unindo ao interesse literário o jogo financeiro (mas isso era mesmo uma surpresa?). Por outro lado, facilitava meu trabalho em aspectos sobre os quais nem havia pensado ainda; não era preciso prestar contas a ninguém diretamente (legalmente) implicado pelo que eu fosse escrever, não teria enquanto trabalho de pós-produção aquelas longas e frustrantes reuniões, comuns nos meus livros-fantasmas, em que o biografado, agentes e afins liam ou fingiam ler as páginas e me interpunham um sem fim de reparos, questionando interpretações e corrigindo coisas que haviam dito por aquelas que gostariam de dizer. Nas melhores hipóteses, esses encontros eram tediosos e exasperantes, produção de trabalho inútil; nas piores, e havia tido um par delas, eram reuniões encarniçadas, campos minados de acusações e xingamentos, terrenos de orgulhos feridos e seus estilhaços.

"Aliás, isso me lembra uma das coisas que eu gostaria de lhe dar, que esqueci da última vez. Foi com Dora que fiz essa cópia", comentou, abrindo uma das gavetas de sua escrivaninha e tirando de lá uma pasta transparente. Me estendeu o documento, no qual li rapidamente "Certidão de óbito". "Não tem muito a se fazer com isso. Pode ser interessante ter, porém. Afinal, é parte importante da história".

Tomei a pasta, tentei dar uma olhada mais detida na folha, que trazia logo ao topo o nome de Flora Anna Németh Lázár. Gianetti continuava falando, me chamou a atenção novamente. "Não é tudo. Na verdade, foi por isso também que telefonei", começou. "Como eu já contei, eu e Flora não éramos tão próximos. Nunca fui ao seu apartamento. Como o lugar parecia importante, por ser onde ela passou a maior parte dos seus últimos meses, trancada, e como muitos se referiam constantemente a ele, pensei que seria essencial conhecê-lo. Consegui o endereço exato. Assim que comecei a escrever, soube que havia sido vendido pela família. Não podia senão andar pela quadra do prédio, circular por ali. Deixei meu contato em uma carta, na caixa de correio, me identificando e pedindo uma visita. Não tive resposta, devo ter passado por maluco. Mas um tempo depois, ali por 2010, eu passava pelo prédio, quase sem querer, e vi uma placa de 'Aluga-se'. Era o apartamento. Fui visitar, finalmente", contou. E? Que poderia ter descoberto?

"Era um apartamento como qualquer outro, apenas vazio. Visitei mais umas duas vezes, mas logo esqueci do assunto. O corretor que me acompanhou, não. Deve ter me achado muito interessado. Me telefonou mais algumas vezes. Recusei e logo esqueci o assunto. Acontece que ele deve ter continuado com meu contato. Na semana passada, me ligou novamente. Confirmou meu nome, pediu desculpas, contou uma história entediado, como se a repetisse muitas vezes. Me disse que os proprietários estavam tentando vender o imóvel já há algum tempo e estavam apelando para todos os corretores que já tinham tido contato, pedindo por uma lista de antigos interessados", contou. "Recusei. Mas fiquei refletindo sobre isso. E então pensei que você talvez quisesse conhecer o apartamento. Marcar uma visita, como eu fiz". Como eu não respondia, ainda surpresa, ele se adiantou em complementar. "É um pouco mórbido, eu sei. Mas é interessante. Ainda mais para você, que não é daqui, ou não viveu aqueles tempos. Acho que tem algo nesses apartamentos cariocas que é específico. Enfim, eu deixo com você o contato, caso queira", disse, enquanto procurava no celular o contato. Pedi o endereço, também, e ele compreendeu com um sorriso, anotando o número de uma rua em Botafogo, com seu complemento.

Nos corredores do campus, sem paciência, resolvi descobrir pelo celular mais detalhes daquele lugar. Imediatamente, encontrei cadastros de aluguel e venda em diversos sites de imobiliárias. Olhei o relógio, eram quase quarto da tarde, então seria preciso correr; não havia como adiar a visita ao apartamento hoje mesmo, não conseguiria dormir com aquela expectativa. Descobri qual das imobiliárias era a mais próxima do prédio e peguei um táxi para lá, sem conseguir evitar o cinematográfico pedido ao motorista que corresse, que era caso de vida ou morte.

 Parecia, dentre as agências, a mais tímida, uma imobiliária de três mesas no térreo de um prédio antigo, a fachada recoberta de anúncios impressos de apartamentos e casas dos mais diversos (o de Flora não estava lá). Me identifiquei à primeira atendente, uma mulher de meia-idade com um ar passivo, e informei o endereço que desejava ver. Após uma expressão de surpresa ao consultar as informações em seu computador, "É esse mesmo?", ela me perguntou com uma ponta de incredulidade, apontando ao monitor. Como confirmei, a atendente disse que eu poderia visitá-lo, era só fazer um cadastro; já que o prédio não tinha mais portaria, eu receberia uma cópia da chave, deixando como garantia algum documento. Tudo passou de modo protocolar, com o breve espanto dando lugar a um desinteresse; ela talvez achasse impossível vender aquele apartamento, me considerando uma pessoa excêntrica; talvez apenas não ligasse. Recebi um molho com três chaves e a orientação de entregá-las até as seis e meia, antes do fechamento da imobiliária – com o alerta de que amanhã seria feriado, e eles só reabririam na segunda.

Eram já cinco da tarde e eu teria de andar umas três quadras até o prédio; me movi com velocidade, na direção daquele número na Álvaro Ramos. Não era um prédio grande em aparência: com cinco andares, parecia datar dos anos 1970, com sua fachada em detalhes de tijolos e sacadas discretas. Com certeza, já tinha visto dias melhores, a contar pela pintura descascada, estufada em certos pontos, e as calhas sujas. A rua, como um todo, apresentava essa disjunção, entre prédios novos e bares da moda, com a cara moderna do bairro que já havia conhecido, e retalhos daquela paisagem colonial, de sobrados coloridos, já decrépitos. O prédio de Flora estava a poucos metros de uma igreja; sua rua iria acabar, logo descobri, nos limites de um cemitério.

Atravessei o escuro corredor de entrada e tomei as escadas, por não haver elevadores, rumo ao apartamento de número 32. Não estava preparada para o cheiro que explodiu lá de dentro quando abri a porta: mofo, com certeza, com suas notas quase amadeiradas, penetrantes, mas também algum outro odor não identificável, violento, como de álcool ou gasolina, quase doce. No impulso, a primeira coisa que fiz foi tentar abrir as janelas da sala, janelas de guilhotina, emperradas em seus marcos. Apenas uma abriu, e a luz que deixou entrar me permitiu um melhor exame do lugar: era uma sala bastante ampla, totalmente nua, com o piso de madeira e as paredes em uma pintura amarelada. Era a primeira vista da desolação, com chumaços de pó enozados pelos cantos, farelos de serragem saltando dos parquês, tomados de cupins. Devia estar abandonado há mais de dois anos, o que explicava o desespero dos proprietários; mas tornava ainda incompreensível seu descaso. Deixaram o lugar como fugitivos: em meio à cor de areia das paredes, eu podia ver os buracos dos parafusos onde se apoiavam prateleiras ou estantes, bem como o contorno daquilo que um dia deveriam ter sido um armário ou uma cristaleira, um *buffet*, o suporte de uma televisão. Circulei; por um passa-pratos na parede leste, entrevia a cozinha, de azulejos decorados, que, ao adentrar, descobri tão triste quanto a sala, com sua pia arrancada, deixando reboco e canos à mostra, e os armários aéreos esquecidos, a madeira de suas portas inchada de umidade. Era a cozinha da "noite do forno", e, naquele piso frio, largos azulejos azulados, Flora um dia havia se deitado. Pela janela do passa-pratos teria sido vista pelos amigos ao resgate, junto ao solo, já inconsciente, imagem do desastre? Neste caminho descobria também uma área de serviço, mais canos expostos, as cordas apodrecidas de um varal deixado para trás, um banheiro auxiliar claustrofóbico; através de uma janela de alumínio, revelava-se um largo fosso interno do prédio, inesperado, que abria a vista às janelas dos vizinhos, nos apartamentos de fundos. De volta ao interior, eu passava da sala para um pequeno corredor, com um banheiro à esquerda, que conduzia ao quarto. Uma peça menor, mas ainda espaçosa, e igualmente suja; numa parede, um armário embutido, com as chaves nas portas; em outra, a janela com uma pequena mureta externa, que da rua tomei por uma sacada. Desenhei com a imaginação como Flora poderia se dispor ali, naquele lugar onde sabia passar dias ou semanas, trancafiada, em uma cama talvez colocada na parede norte, com uma escrivaninha, quem sabe, posta ao lado, de frente para a rua, permitindo um mínimo de contato com o mundo alheio (ou, e é possível, fosse o contrário, e a mesa se apoiasse contra uma parede maciça, uma superfície neutra e impassível, como neutras e impassíveis eram as folhas à sua frente, infinitamente disponíveis à sua intervenção). Pela vertigem dessa imagem construída, ou talvez pela permanência daquele cheiro, me senti enjoada e retornei à sala, para me pôr à janela um pouco para refletir. Como esqueleto ideal, forma geral, despido do seu conteúdo bolorento, era compreensível o encanto do apartamento: era amplo na medida certa, de um tamanho confortável à escritora-solteira-de-30-anos, tinha um bom pé-direito e grande iluminação, com uma vista privilegiada para uma rua simpática, no coração do bairro, a uma distância razoável da praia (mais próxima de Botafogo, mas também da sua fatídica Praia Vermelha). Assim que era também inexplicável aquele abandono completo, o esquecimento que erodia essas qualidades, as recobria de uma impressão viscosa, uma segunda pele pútrida como aquela que recobria o chão.

 Olhei o relógio e descobri passar da seis da tarde. Sob o risco de perder a carteira de identidade, tive de desenvolver um plano à força do tempo; não havia como abandonar o apartamento, e aqueles minutos não me permitiram uma justa exploração.

Segui até a imobiliária, parando uma quadra antes do endereço em uma banca de chaveiro, pelo qual já havia passado. No escritório, devolvi o molho original à atendente, em cima da hora, sem perguntas, dela ou minhas. Voltei para casa, em Copacabana, para tomar um banho e montar uma bolsa com uma muda de roupas e produtos de higiene; acabei juntando também alguns materiais de limpeza, os poucos que haviam nesta hospedagem provisória. Em uma sacola, me esforcei para fazer caber um cobertor encontrado no armário, que serviria de colchonete. No espaço que sobrou na mala, coloquei *Destinatário ausente* e também aquele diário rosado, caderno dos sonhos de Flora, para me fazerem companhia.

quinta-feira

Seria preciso retroceder, retomar, reconstituir não apenas o dia, mas especialmente a noite no antigo apartamento. Ao escolher levar o diário de Flora para ler e me entreter na casa vazia, sem luz, como se me abrigasse tanto em sua cabeça quanto em sua casa, acabei deixando este aqui de fora, esquecendo o caderno de notas da pesquisa. O que retomo é de memória, portanto, e é possível que eu confunda a ordem das coisas, esqueça algo. Mas há o que lembro e não poderia deixar de lembrar, e isso é o bastante.

Com excesso de zelo, parei diante do prédio e esperei alguns minutos antes de entrar, para ter certeza de que não esbarraria em algum vizinho, alguém que me estranhasse ali e buscasse saber o que eu fazia. Uma vez dentro, incógnita, era o caso de tornar o lugar mais acolhedor para o tempo que passaria lá. O primeiro passo foi retirar o grosso da poeira, acumulada até um estado sólido, ameaçando subir pelos rodapés. Trouxe um pano comigo junto aos materiais de limpeza e, espalhando detergente pelo piso, me dediquei a tornar aquele chão habitável novamente. Não era tarefa simples e cada esfregada abria uma nova camada de esquecimento abaixo daquela removida; por tantas vezes foi necessário ir ao banheiro, torcer o pano, lavá-lo novamente (e tive sorte que a água do apartamento estava funcionando, mesmo que os primeiros jatos após a abertura da torneira entregassem um líquido opaco, quase avermelhado, viscoso de ferrugem). Com as janelas abertas o tempo todo, trocando o ar viciado e refrescando meu trabalho com a brisa da noite, acabei o pesado do serviço exausta, mas também estranhamente eletrificada, como se o sinal do cansaço percorresse parte de seu caminho e de súbito se visse interrompido, invadido pela corrente pirata da adrenalina. O impulso de tomar banho foi freado pela visão do box do banheiro, que me recusei a tocar sem uma limpeza mais extensa ainda. Comecei a andar pelo apartamento, portanto, gastando aquela energia roubada sabe-se lá de onde, completando aquele exame cauteloso da tarde; e não havendo eletricidade (detalhe que havia esquecido em meus preparativos improvisados) andei banhada pela claridade anêmica que as janelas contrabandeavam da rua, auxiliando a vista com a lanterna do celular.

Seria naquele ponto da sala que Flora se irritou com os poemas de Margot na noite lembrada por Britto Mello? Seria ali, encostado à parede que faz divisa com a cozinha, onde haveria um sofá para as reuniões? Alguns metros adiante, no centro da sala onde eu me encontrava naquele momento, estaria uma mesa coberta de copos ou taças, cinzeiros, livros e papéis que magnetizavam os encontros? Flora falava pouco de seu apartamento, fosse nas cartas, nas crônicas, ou nas notas do caderno vermelho; em sua escrita, porém, falava muito de apartamentos, casas, toda sorte de espaços domésticos. Personagens que habitam os quartos e os corredores como quem habita um ventre ou um cativeiro; périplos noturnos por casas alheias, visitas ou descobertas, adiamentos ocasionais da manhã; descrições de discussões emolduradas pela paisagem do cotidiano, entre panelas e garrafas de café, dois ou dez cigarros na janela; frases empapadas por aquele tipo de solidão tão doméstica, como a tristeza de domingo, expressas contra as paredes, à meia-luz, com o ruído de um rádio ao fundo. Não reconhecia este apartamento em nenhum daqueles descritos ou aludidos, porém.

Circulei, dei voltas sobre as voltas, fui da sala à cozinha, imitando minha exploração inicial – quem sabe a reiteração revelasse algo não visto antes? A cozinha era, a seu modo, o mais triste daqueles ambientes. A parede com concreto cortava imediatamente a visão, e contrastava de modo brutal com os azulejos ao redor, amarelos com pequenas estampas de flores brancas. Cada azulejo continha flores fictícias dispostas de modo livre, imagens de um aconchego agora vandalizado. Ali também era o palco da "noite do forno", e com essa memória (não a minha, mas já apropriada, de tão refletida) em mente tentei desenhar a cena, reconstruí-la nos olhos que tinha a partir dos olhos de outros: pela posição do que deveria ser a pia, num retângulo nu, imaginei o fogão ao lado, bem ao canto, quase na área de serviço, posição que permitiria manter à parte o botijão de gás (gás tão importante àquela noite). Ocorre que a cozinha era estreita e tal disposição não permitiria uma pessoa deitada entre o imaginário fogão e a parede; estivesse eu certa no desenho da situação, poderia pensar que Flora teve de meter a cabeça no forno abaixada, agachada ou mesmo de quatro; ou, ainda, deitada de lado, encolhida, em uma posição quase fetal, não fosse pela cabeça erguida em relação ao corpo, pois pousada na porta suspensa do forno. Essa imagem patética tomava o espaço de outra, mais dramática ou poética, que tinha em mente desde os primeiros relatos sobre aquela noite: a cena elaborada de autoextinção, com todas as luzes e ares de um rito. Ao avesso, não seria senão um improviso, um encaixe nos espaços e tempos possíveis (ou mesmo impossíveis, dado o fracasso na tentativa por seu atraso), uma tentativa desesperada de pôr em marcha o indizível e o impraticável. Ou, talvez, não fosse nada disso: a noite desse ritual, trágico ou cômico, havia transcorrido há quase trinta anos, e não havia qualquer garantia que o espaço desta cozinha permanecesse o mesmo desde então. Que reformas poderiam ter ocorrido, que mudanças estruturais me embasam a possibilidade dos cálculos, a possibilidade de visualizar a cena tal qual se passou?

Me encontrava perguntando isso, e então modulando a pergunta, trocando seus fios e fusíveis, alterando a voltagem: o que garantia este apartamento como sendo o de Flora? Uma condição que, de início, parecia concreta, inegociável, fonte de todo meu interesse (e, vale ressaltar, não apenas o meu, mas também o desejo de Gianetti), mas que parecia caducar aos poucos, se esfumar como o pó das paredes quando corrido com as mãos. Não havia marcas de Flora ali e era forçoso questionar se os seus cinco anos de vivência naquele apartamento não empalideciam diante dos tantos anos a mais (cerca de quarenta, era de se imaginar) de existência do espaço. Pensei nisso de volta ao quarto, ao abrir o guarda-roupas trancado, prolongando a expectativa de encontrar algo de Flora; giradas as chaves (a da porta esquerda com mais dificuldade, enferrujada na fechadura), via o oco dos armários, as paredes em madeira escura expostas, o cheiro de naftalina exalando de um pequeno sachê ali esquecido, envenenando o ambiente. Naquele vazio, justo onde se depositariam as coisas, entendi que não encontraria nada, ou pelo nada menos daquilo que eu havia imaginado (embora não tivesse imaginado nada em específico; não esperava encontrar uma carta esquecida ou uma inscrição secreta em alguma parede, já havia tido minha cota de achados romanescos, mas não evitava a expectativa de uma revelação, mesmo que mais sutil, um encontro sensível, talvez, ou ao menos um reconhecimento de que estar no interior daquela casa me ajudaria a estar no interior da vida de Flora; que signos me indicariam ter achado isso?). A paisagem é composta menos por pontos e mais por linhas, rastros longos e desfocados, como as imagens que correm por trás da janela de um carro em alta velocidade e mesmo que a transformação do mundo fora do veículo, tornado intangível e informe de modo abrupto, nos ponha maravilhados ou com receio, é preciso lembrar que somos nós que nos movemos e é esse movimento que produz a mudança, o mundo não tem nada com nossa viagem e ele nos vê partir sem grandes emoções; e é preciso sabermos, nos precavermos com a informação à ameaça de qualquer decepção ou esperança, que o carro pode derrapar e bater, dar mil voltas no ar ou explodir, e a paisagem estará lá como estava antes, bela e indiferente; de mesmo modo, seria possível estender a imagem, fazê-la passar por um filtro, para pensar "uma casa é uma casa se não for um lar?", isto é, se é desabitada, o que quer dizer perguntar se a função da casa é unicamente a da moradia de um sujeito que a possui ou a aluga, mesmo que a casa esteja vazia, seria possível refletir se uma casa não existe melhor quanto mais vazia estiver, evitando que os infinitos rumores da vida domésticas, hábitos e preocupações, tomem o espaço e a distraiam da sua constituição, soterrando qualquer chance de compreensão da existência autônoma da casa, de toda alheia ao teatro que suporta sob, sobre e entre si; e é por isso, pensava eu diante daquele armário inútil, que dizer "Morei aqui a vida inteira" tem tanto valor quanto afirmar "Acabo de me mudar", é quase o mesmo, ou ainda: o que há de decisivo entre um e outro não é a ação, como poderíamos imaginar, mas o sujeito da oração e seus tempos.

Não lembro bem quanto dormi, só sei que, exausta de tudo, corpo e cabeça, me larguei sobre o cobertor no chão do quarto e com um resto da bateria do celular, iluminei algumas páginas para ler e passar um tempo. Folheei alguns textos de *Destinatário ausente*, livro que sabia ter sido escrito integralmente durante minha permanência neste apartamento, bem como algumas entradas naquele diário de sonhos, sem prestar muita atenção. (Lembrei de uma entrada noutro caderno, aquele vermelho, em que Flora se permite uma memória em meio à torrente de expressões: ela se lembrava com carinho do pai, de como ele, em desafio à interdição do húngaro na casa, se esgueirava ao quarto da filha pequena, o ímpeto de guerrilheiro convertido às pequenas disputas domésticas, para contar-lhe em voz baixa histórias de dormir na língua materna que Flora nunca entendeu ou não se lembra de ter entendido.

Lembro de quando acordei, uma das primeiras tantas vezes em que acordei, com aqueles barulhos no teto; não no teto, mas sobre ele, nascidos no andar de cima, ora estampidos ocos como passos, ora sibilos deslizantes, sons espaçados mas recorrentes. De início, apenas acordei, entendi o que estava acontecendo, ou melhor, entendi que havia barulhos mesmo sem entender sua origem, e tentei voltar a dormir. Se revelou impossível. O som era insistente, inevitável; não vi remédio a não ser acordar e aceitá-lo. Não sabia quanto tempo havia dormido, embora a densidade da escuridão sugerisse ser as horas mais mortas da madrugada. Entreabri as janelas buscando alguma claridade; esperei os olhos se acostumarem enquanto eu ouvia, aqui e ali, o ranger da vida acima de mim. Pensei que, sendo véspera de feriado, o vizinho talvez estivesse dando uma festa, a muitos, a dois ou a um. Estava acordado e em movimento; certamente aproveitava a contínua vacância no vizinho de baixo, e eu como invasora teria de suportar seu gozo sem censuras. Acabei vagando pelo apartamento de novo, me habituando à claridade mínima, tomando a casa pelas suas formas mais brutas; o estranho é que o som parecia me seguir naquelas voltas, tinha clareza de que ele era mais impactante no quarto, a ponto de me pôr acordada, mas ali, no meio da sala, eu o ouvia novamente, como se estourando logo acima da minha cabeça, os passos já transformados em estrondos, como se derrubassem cadeiras (uma hipótese ainda festiva, pensava, mas improvável pela total ausência de quaisquer sons que não aqueles sobre o piso; nem do forro nem das janelas se fazia escapar música, risos, uma conversa que fosse – e o silêncio amplificava os ruídos, lhes dava livre espaço a percorrer no ar mudo, podendo ocupar todo o ambiente). Sentia muita sede e uma inquietação que me fazia caminhar girando sobre o próprio eixo, maldizendo ter esquecido de trazer algum mantimento, uma garrafa de água que fosse, àquele acampamento insólito. Fui ao banheiro para ao menos lavar o rosto, que descobri retorcido de estafa ao me ver no espelho incrustado em um armarinho de madeira acima da pia; um rosto que reconhecia com certa dificuldade, como um amigo dos tempos de escola que encontramos na rua depois de anos. Eu me via de olhos vermelhos e expressão marcada, aquela água que não sentia ainda bem limpa salpicando a pele, escorrendo pelo queixo; me examinei por alguns minutos, hipnotizada pela dissociação, talvez aliviada pela trégua no barulho, que, com pudor, não me acompanhou ao banheiro, até me chamar atenção a janela, localizada na área do box, uma larga basculante em alumínio, com suas três folhas bem abertas, emperradas na sua última pose. Me aproximei dali em busca de um pouco mais de claridade, embora antecipasse a sombra. Pelo espaço entre os vidros, eu via o fosso interno do prédio e, do outro lado dele, outra janela como esta, do apartamento vizinho, e no espaço aberto dela, percebi o vulto de outra pessoa, outro insone como eu. A distância sobre o fosso não era muita, coisa de dez metros, mas bastava para que eu não tivesse uma visão precisa do vizinho (ter deixado meus óculos no quarto, para onde eu relutava a voltar, também não favoreceu minha visão); percebia apenas aquele vulto, na forma bruta de uma mulher, parada próxima à janela, se oferecendo à visão (mesmo que, por trás da basculante, eu me imaginasse invisível); sua forma era pouco definida, o contorno esfumado, difícil de distinguir, o que atribuí ao escuro; o que fazia ali?, pensei, àquela hora e naquele espaço, havia barulhos também em seu teto?, me perguntei, de modo absurdo, enquanto observava sua impassividade, tentando garimpar outros detalhes na paisagem de sua sombra: a tomar pela forma de seu cabelo e pela languidez do desenho geral do corpo, era uma mulher, quase sem dúvidas, e não estava exatamente de frente para o fosso, para a minha janela, mas sim em um ângulo oblíquo, mirando algum ponto baixo de mim; por um instante, arriscou se debruçar sobre o parapeito, quem sabe em busca daquilo que procurava, e então corri à área do apartamento em que a ampla janela me ofereceria uma visão melhor; não vi senão a mesma forma obtusa, uma fotografia queimada, que se retraiu e retornou ao centro de sua cena; eu não conseguia desviar o olhar, apesar do incômodo, da inquietação diante do fenômeno que por inexplicado levava a progressivas hipóteses, enquanto sentia o suor correr pelas minhas costas; via-a se mover com delicadeza, ou quem sabe fosse um cuidado brutal, muito longe da sutileza, como se ela concentrasse esforços na própria permanência, como se ela temesse perder a já rarefeita consistência – até que a perdeu, desaparecendo, pouco a pouco, na sua escuridão densa, concentrada, na escuridão mansa de sua área e sua cozinha, difusa, mas infinita; via-a se desfazer assim, pouco a pouco, se afastando da minha zona de visibilidade ou, talvez, se desfazendo molécula a molécula no ar.

Não me lembro bem quanto dormi. Tudo era estranho àquela hora, sob aquela ausência de luz. Os ruídos, ao menos, haviam cessado; e, de volta ao quarto, ao cobertor, apaguei.

Me levantei com o sol a pino, por certo passava do meio-dia; uma dor pontiaguda atravessava minha cabeça de uma ponta à outra, e demorei a me mexer, sabendo não poder aplacar a lassidão com um banho ou um café que fosse.
Se eu planejava uma diligência mais cuidadosa pelo apartamento, desisti à primeira vista da sala iluminada. Tudo era o mesmo, mas parecia tão mais triste, tão mais decadente. Era uma nudez pornográfica, oferecida sem reservas ou pudores, também sem respeito ou dignidade. Tentei, ainda, sentar um pouco, refletir; retomei os livros e sobretudo aquele caderno rosado de sonhos – quem sabe haveria ali algo que a matéria dura das paredes e dos pisos ocultava, algo de Flora, sempre algo de Flora. Sem sucesso, também: o volume não passava de uma massa confusa de anotações feitas entre o sono e a vigília, escrito com mais fastio que maravilha, mero completar de uma tarefa (e talvez fosse, como indicação terapêutica): algumas páginas, mais bem-sucedidas, guardavam descrições claras de um imaginário confuso, transcrevendo suas traduções e imagens com a linguagem da poeta premiada; outras eram meros registros burocráticos, nuvens de substantivos e nomes, locais e ações, como um livro-caixa do inconsciente. Me chamou a atenção a recorrência de sonhos em que vozes alienígenas invadiam as cenas; com receio ainda, não me detive nelas.
Derrotada, com sede e fome, as articulações latejando, decidi dar por encerrada a expedição. Tranquei o apartamento, mais por hábito do que por lógica, com um cuidado que não saberia explicar e fui embora, deixando lá o cobertor (agora me dava asco imaginar retomá-lo do chão) e, descobri

só depois, minha cópia de *Destinatário ausente* (havia de pedir outra à Martina; falseando as circunstâncias da perda). Já no corredor de saída do prédio, cruzei com uma moradora: uma mulher de meia-idade e ar despreocupado que me cumprimentou com um gesto de cabeça e passou, sem fazer perguntas. Eu era mais anônima do que poderia imaginar ali; pensei que poderia vir a morar no apartamento com sucesso, sendo pouco ou nada questionada minha presença. Com um arrepio, afastei a ideia e fui embora.

Estava de volta ao conforto e à limpeza do apartamento de Copacabana, que não oferecia muita comodidade e não estava exatamente limpo; mas era familiar e isso bastava. Abri uma cerveja, me deixei sentar por longos instantes, descomprimindo o corpo antes de ir me deitar, tentando aplacar a dor de cabeça que atravessava as têmporas; tão logo apaguei e dormi toda a tarde e boa parte da noite desta quinta-feira, antes de acordar assustada com a súbita escuridão, sem entender bem onde estava, com a sensação de que deveria fazer alguma coisa urgentemente. Sem saber o que, transcrevo o dia nestas páginas.

sexta-feira, 22 de abril de 2016

Resolvi investigar com mais cuidado a certidão de óbito dada por Gianetti, cópia do documento que encerra a história de Flora e, de certo modo, dá início à minha. É uma impressão em preto e branco, castigada, mas de todo legível: logo identificava Flora Anna Németh Lázár, natural de Ribeirão Preto, filha de János Konrád Lázár e Erzsébet Németh Lázár.

Data e hora do falecimento: 12 de setembro de 1989, às ignoradas horas. (E quanto caberia nessa ignorância? Nessas ignoradas horas, a areia da Urca deserta e o mar bravio, ao gosto do objetivo: meia-noite, duas, três da madrugada, o quão tarde teria sido?). Causa da morte: ignorada, provável afogamento. Sepultamento? "Corpo insepulto, por ausência de cadáver". Declarante? Mandado judicial. Médico a atestar o óbito? Registro feito por despacho judicial, conforme decreto de ausência.

Mesmo neste documento, com todo o seu assumido poder de legislar sobre a verdade (afinal, de que serviria um papel como tal, se não para imprimir uma certeza sobre aquilo que registra?), os fatos se encontravam embaraçados em si próprios, enevoados. Tudo é ignorado ou chega de segunda mão, pela força de uma expedição burocrática. À parte os nomes próprios, nada se atestava de fato; nem mesmo a data de morte era uma certeza – afinal, desconhecidas as horas, bem como as circunstâncias, é como se aquele 12 de setembro se expandisse indefinidamente, devorando o calendário. Por isso mesmo acabou por me alarmar a notação, logo abaixo desta lista oca, ainda antes das assinaturas e dos carimbos: "O conteúdo da certidão é verdadeiro. Dou fé. Rio de Janeiro, 29 de setembro de 1999".

O que explicaria este registro tão tardio, que só adiciona mais dúvidas à incerteza das ignorâncias documentadas? Após alguma pesquisa, pude intuir a razão, mas precisava confirmá-la; liguei a Dora, fonte original de Gianetti, primeira portadora daquela certidão.

Me atendeu com certo desânimo, um tédio tenso, pouco convidativo ao tipo sorte de perguntas que eu deveria fazer; considerava o assunto acabado, havia me repassado sua herança para encerrar a conversa, e mesmo assim eu insistia. Tentei ser o mais direta possível, mesmo que a dúvida brotasse de um labirinto com paredes moventes, alçapões e um sem-fim de becos sem saída. Comentei a descoberta da certidão com Gianetti, queria entender sua emissão, seu atraso ou adiamento. "É só uma questão judicial", me respondeu, com fastio. "Não foi possível fazer a certidão quando ela morreu, de fato, por não termos provas. Meu pai ajudou a Bete a conseguir um primeiro atestado, de ausência, para tocar a questão do apartamento e de outras coisas, depois. Só em 99 é que puderam pedir a certidão, para oficializar tudo".

Insisti ainda alguns instantes, queria entender os meandros desses pedidos; entender, quem sabe, a que "outras coisas" aquele primeiro atestado abarcaria. Dora me dispensou com uma promessa, dizendo que ia me enviar os documentos em seguida, desligando prontamente. Trabalhei em outras frentes sem muitas esperanças (havia um aspecto braçal das tarefas a que me dedicava mais e mais nestes dias, para me pôr em movimento e me conceder a impressão de avanço, sem necessidade maior de envolvimento intelectual ou emotivo: transcrever trechos de entrevistas, reorganizar as fichas e as notas, digitalizar os manuscritos de Gianetti, etc.) e, cerca de duas horas depois, recebi por mensagem três arquivos, e só eles, lacônicos. Na mensagem, outra cópia da mesma certidão que tinha em mãos, mas também o requerimento da Ação Declaratória de Ausência de Flora, bem como o mandato em que um juiz a deferia.

O primeiro, um documento padrão, ao que podia intuir, era ajuizado por Elizabete, solicitando que se reconhecesse a ausência da filha, legando a ela sua tutela. Havia sido submetido em 1º de outubro de 1989 e respondido uma semana depois, assinado por um juiz, que nomeava Elizabete curadora dos bens da ausente. Pensei na praia da Urca vazia, no gesto de Flora, um gesto solitário de libertação, um gesto particular e mesmo um gesto egoísta; e que acabaria por dar nessa tão contraditória tutela, na sua infinita subordinação – mas, ao mesmo tempo, era possível dizer, aqueles papéis ajudavam a concretizar o gesto, em si incompleto, por desígnio incompleto, ao dar os últimos toques à sua desaparição; à ausência de um corpo e de uma verdade, o reconhecimento desta em uma ação, um papel que materializava a desaparição de forma irremediável.

Pensei também nas datas, e tentei encaixá-las nos espaços das linhas do tempo que vinha construindo. O requerimento se deu pouco mais de duas semanas após aquela madrugada na praia e, embora parecesse pouco tempo para desistir assim e partir para a organização da vida póstuma, sabia, pelos jornais da época, que a polícia havia abandonado as buscas por Flora já alguns dias após o 12 de setembro, e que as circunstâncias de sua desaparição (fossem as logísticas, naquela praia e diante daquele mar; fossem as psíquicas, na ressaca de uma longa – talvez de vida toda – depressão) não davam espaço para outras conclusões que não a mais fúnebre, a mais definitiva. Poderia julgar Elizabete por querer virar aquela página? E havia problemas prementes a tratar, como adiantava Flora: aquela ausência desmaterializada complicava as coisas, e os bens ansiavam por trocar de dono. O apartamento, era preciso tomá-lo para fazer algo dele e talvez houvesse também algum dinheiro a gerir; e pensei, lembrando das passadas mortes que eu havia experimentado na família, havia aquele longo desfile de ritos burocráticos destinados a descarnar de vez o morto, eliminar toda e qualquer ligação atrasada com nosso mundo: planos a descobrir e então aniquilar, cadastros a cancelar, telefones a emudecer. Diante dessa ausência de marcas com quem vinha me deparando nas últimas semanas, com arquivos tímidos e lembranças vagas, concluí que Elizabete e a família tomaram com responsabilidade e competência essa tarefa de rasuras e borrões, realizando uma limpeza exemplar.

A certidão, emitida dez anos depois disso, coroaria tal trabalho; e pelo que havia lido a respeito e pelos cálculos que fazia, deve ter sido emitida para a venda do apartamento, tornando todo o processo mais oficial. Havia, porém, outro rito de encerramento, bastante anterior, que passava a me intrigar à luz dessas datas: o velório de Flora. Alice havia me contado da cerimônia, e podia ler também uma rápida referência a ela nos rascunhos de Gianetti, mas não consegui compreender quando teria ocorrido, com precisão; fala-se de "nas semanas seguintes". Teria sido após o 1º de outubro, com a ausência enfim sacramentada? Me pareceu improvável, pelo tom cru das emoções que Alice descreveu, como de uma cerimônia situada logo após a descoberta de seu gesto. Essa hipótese, por sua vez, complicava o contorno daquele ritual: não foi propriamente um enterro, dada a ausência de material – tanto físico, do corpo de Flora, quanto legal, na ausência ainda daqueles documentos. Mas como teria sido então, um mero velório preliminar, sem conclusões; uma cerimônia simbólica, sediada talvez não em um cemitério ou casa cerimonial? Gianetti não fornecia essas referências, mencionando apenas a ocorrência; curiosamente, mesmo que o caso tenha sido acompanhado pelos jornais, não pude encontrar nenhuma menção ao ilusório funeral. Em busca de algum esclarecimento, tentei telefonar para Alice uma vez mais, sem sucesso; enviei um e-mail a Gianetti.

Pelo final da tarde, recebi uma ligação de Gabriel: cuidadoso, quase formal, pedia desculpas pelo contato abrupto, me indagava como eu estava. Ia sondando com cuidado, até explicar a razão do telefonema: era convidado para ler alguns textos em um evento no dia seguinte, uma noite de poesia, organizada por um grupo de escritores.
  "Pensei se você não gostaria de ir. Acho que pode ser bom para conhecer mais um pouco da cidade. É divertido, também. Se não tiver outro compromisso, claro. É sábado, imagino que existam outros planos". Não havia. Agradeci o convite e confirmei a presença, ao que ele me passou o endereço de um bar, inesperadamente, e disse que estaria lá a partir das sete da tarde. Disse que eu também, e agradeci uma vez mais.

domingo, 24 de abril de 2016

Na hora marcada, cheguei ao endereço da leitura de Gabriel, um bar pelos lados do Catete, um botequim comum com seus azulejos estampados de flores e seu balcão de frituras – um lugar que eu não imaginaria receber eventos do tipo. Ou que começava a imaginar nessa cidade, nessa história. Na calçada diante do bar havia uma enorme mesa, ou um conjunto de mesas colocadas lado a lado e unidas por uma toalha. Próximo a uma das pontas identifiquei Gabriel sentado, conversando com um grupo que o cercava, parecendo responder a dúvidas e combinados. Esperei a dispersão para me aproximar, poder cumprimentá-lo a sós; Gabriel me recebeu com um sorriso aberto, legítimo, até então inédito em nossos encontros. Guardava uma cadeira vazia a seu lado. "Que bom que pôde vir", me disse. "Acho que você vai gostar", completou, antes de me explicar a dinâmica do que logo viria a ocorrer. "É uma noite de leitura de textos organizada pelo Camilo e os amigos. São jovens poetas, escritores, artistas", disse, apontando com a cabeça ao grupo que o ciceroneava há pouco. "Ocorre todos os meses, já há mais de um ano, se me lembro bem. Venho às vezes". Pedi uma cerveja e fiz menção de servir a Gabriel, que recusou, apontando para seu copo de água com gás.

Camilo então se aproximou para avisar a Gabriel que logo iriam começar; era jovem, não devia ter mais de 23 anos, com seus cabelos e bigode muito loiros e uma energia que escorria de cada gesto. Gabriel me apresentou, contou que eu estava no Rio para escrever sobre Flora, e Camilo, então, com aquela sua expressão curiosa, curvada, de quem prestava muita atenção ao interlocutor, se iluminou e me propôs que lesse algo do livro ali. Corada, me atrapalhei, dizendo não tinha escrito muito, ainda estava começando, fazendo pesquisas e o texto tardaria. Além disso, não havia trazido nada, pois esperava por isso. Ele riu de meu embaraço, mas Gabriel não. Camilo então se levantou para da cabeceira da mesa declarar aberta a noite. Gabriel abriu uma pasta e tirou de lá uma cópia de *Trinta noites este ano,* antes de me dizer: "Acredita que eu ainda fico nervoso? Acho que é por isso que gosto tanto dessas leituras. Já quase não saio de casa, sabe? Mas tento vir todos os meses. Na verdade, os meninos disseram ter tido a ideia depois de me ler. A coletânea teve uma boa circulação. Me escreveram um e-mail lindíssimo", completou, apontando ao livro. "Certa vaidade faz bem ainda", disse, com um ar divertido, pousando a mão sobre meu ombro e se levantando para assumir a outra ponta da mesa, deixada vazia à guisa de palco.

Sem microfone, Gabriel dispensou a cadeira ofertada e permaneceu de pé para ler três ou quatro de seus poemas diante de um bar quase cheio, preenchendo o silêncio, aquele silêncio de expectativa e reverência. Era ali outra pessoa, distante do Gabriel das pausas vacilantes e das curvas sobre si; seu corpo adquiria rigidez e postura, uma firmeza a garantir seu controle sobre todo o momento e suas repercussões; e a voz, trocando as reticências por respiros calculados, se fazia ouvir mais limpa e revelava a beleza de seu timbre, grave, aveludado, como saída de outros tempos, afeita a uma radionovela – redobrando assim o controle, não por coerção, mas por poesia. Os textos que lia, eu já conhecia, mas adquiriram uma nova dimensão. Como Camilo e seu grupo, eu me encontrava hipnotizada e sabia que, se eu também pudesse, ofertaria o tempo para ver e ouvir aquilo tanto quanto possível. Sob fortes aplausos, Gabriel agradeceu com uma mesura de corpo, um gesto teatral; e, de lá, acenou para mim. Voltou para seu lugar a meu lado enquanto os organizadores do encontro iam, um a um, tomando da performance, para a leitura de seus próprios textos. Além de Camilo, havia mais quatro autores, todos igualmente jovens, todos igualmente envolvidos pela própria iniciativa. Prestei uma atenção intermitente, flutuante, entre suas leituras; me pareceram bons textos, de ímpeto e ausência de pudores; mas me faziam sentir velha, de algum modo, e me incomodou a provocação. Passavam das dez quando se encerraram os poemas, e o ambiente submergiu na atmosfera comum de um sábado à noite, com conversas altas e entrecortadas. O grupo veio se sentar ao balcão do bar novamente, ao meu lado, e me perguntaram se eu havia gostado, e, eu, sem saber dizer que não era bem o caso de gostar ou não, disse apenas que sim. Pedimos mais cerveja e então cachaça, e os assuntos começaram a se suceder sem lógica ou direção. Lembravam das primeiras edições do evento, ainda em um centro cultural da UERJ, sede de oficinas de escrita; Gabriel ria das histórias e Camilo me contava de seu plano de lançar uma coletânea dos textos lidos neste ano ou quem sabe uma zine, mesmo uma revista, de circulação mensal, que traria os textos lidos a cada edição dos encontros. Eu respondia falando das reportagens que já havia feito, coisas publicadas (evitando os livros redigidos por encomenda), e no vaivém da noite, das fugas para um cigarro na calçada, as subdivisões dos grupos por assuntos do momento, a discussão foi se dispersando, até restarem na mesa somente eu e Gabriel, conversando de lado. "Sinto muita vida aqui. Me dá muitas saudades de dar aulas", confessou com um suspiro, me contando que por muito tempo ministrou cursos livres no Museu de Arte Moderna, mas havia parado há anos, com as ofertas minguando e sendo sobrepostas pelas obrigações da vida prática, pela necessidade de ganhar dinheiro nos empregos burocráticos e institucionais que ia conseguindo com o prestígio minguado de poeta e com os contatos de família. "Escrevia melhor, até, nesse período. A troca, o diálogo, faz um bem danado. Agora eu estou ultrapassado para isso".

Não escrevia ainda?, perguntei, francamente preocupada. "Cada vez menos, cada vez menos. Mas não me incomoda. Quanto a gente tem que produzir? Já me acho repetitivo", explicou. "Tenho voltado mais às coisas antigas. Faz bem ler o que já fiz. Dá a ideia de uma concretude, de que todo esse trabalho resultou em alguma coisa, deu frutos. Lendo um poema antigo é também como se eu voltasse ao lugar em que ele foi escrito, ao sujeito que o escreveu. Talvez por isso eu venha aqui, faça essas leituras públicas, que sempre achei um tédio. Hoje é a minha viagem", contou.

De algum modo, aquilo me afetou profundamente; fosse a abertura da intimidade na nossa relação, como um pano que subitamente se ergue, fosse o álcool, fosse uma combinação de ambos, me peguei emocionada, sentindo como algum tipo de dívida de lealdade ao momento, à situação. A Gabriel. Comecei a explicar a ele, buscando um cuidado que não tinha condições de expressar naquelas circunstâncias, que havia falado com Dora e que ela tinha aberto alguns arquivos, vacilei até dizer que ela os tinha me dado, mas dei um jeito de contar, entre tropeços, querendo chegar logo ao final das sentenças. Me voltei pra ver melhor Gabriel, e pude pegar o preciso instante em que seu rosto se obscureceu, tomado por uma sombra, um instante que não durou mais de um segundo. Mesmo após desfazer a expressão, ele tardou a responder; sacudiu a água em seu copo, deixou o olhar se perder sobre as mãos, como se as examinasse, em um interesse repentino por suas marcas e manchas. "Fico feliz". Fico muito feliz", finalmente me disse, embora tudo do rosto ao som contrariasse sua fala. Respirou por um momento e falou, para si mais do que para mim: "Sobra sempre alguma coisa, mesmo". Se voltou e enfim me olhou nos olhos, desanuviando a tensão: "Fico feliz", repetiu como um refrão. "Vai ter muito sobre o que escrever, imagino. Pode tornar a lembrança mais viva. A homenagem mais bonita, a merecida".

Achei curioso que ele não tivesse se interessado pelo conteúdo da descoberta; ensaiei dizer-lhe ser uma miscelânea muito peculiar, queria aproveitar a oportunidade para perguntar de sua presença ali, quem sabe pedir ajuda na organização daquelas peças, mas não senti espaço para isso. Gabriel havia se fechado por expansão; logo guiava a conversa a outros tópicos, retomava a memória da escrita de um dos poemas lidos na noite, fazia menção de contar a história do bar, falava de tópicos das notícias. A normalidade da conversa tornava tudo mais estranho, e pensei me arrepender da revelação; por outro lado, não podia negar o alívio que sentia ao partilhar aquele segredo, torná-lo menos meu e retirá-lo daquele espaço angustiante de custódia zelosa, silenciosa. Me deixei levar pelas amenidades, me empolgar até.

Um tempo depois, sem que eu soubesse quanto, Gabriel interrompeu o assunto com um tapa suave sobre a mesa e avisou que precisava ir embora; já havia passado, e muito, de seu horário, e se via desabando de sono a qualquer momento, riu. "Gostei muito que você tenha vindo. É divertido, não é?", me disse, se levantando. Quando ele já havia passado por mim, em direção à saída, senti sua mão sobre meu ombro;

me voltei e vi que ele me encarava com alguma seriedade, um olhar piedoso. "Só tenha cuidado. Essas coisas podem ser perigosas", disse, crispando os dedos.

Pedi uma dose e fiquei remoendo as palavras de Gabriel, indo embora só aos primeiros sinais de desocupação do bar. Chamei um carro para voltar ao apartamento e, no caminho, pouco após o início da viagem, acompanhando pela janela o desenrolar do Aterro do Flamengo, perguntei ao motorista se poderíamos desviar, passar pela Urca. Onde?, me perguntou e pensei na Praia Vermelha. O carro entrou no bairro e avançou por uma avenida de direção ao mar, mas, chegando à altura de uma praça, me disse ser ali. Pensei em descer e seguir até a areia, mas tive receio de sair do carro a uma hora daquelas, no escuro, com a cachaça e a cerveja disputando espaço na cabeça e no estômago. Pedi para seguirmos, para dar uma volta, passar pela mureta então, por favor, queria ver o mar. Com um ar de contrariedade resignada, exercitado nas tantas corridas noturnas, atendeu ao pedido e rodou com pressa pelas ruas quietas, aos pés do morro e com o mar a seus pés; diante da cena tranquila dos barcos sobre a água, senti que entendia alguma coisa, mesmo que logo fosse esquecer qual era a revelação.

Acordei hoje depois do meio-dia, com a cabeça latejando e uma repulsa pela luz que insistia em invadir o quarto. Repassava os fatos da noite, com alguma dificuldade, a princípio. Com o passar das horas e dos cafés, me sentia reestabelecida; de súbito invadida por uma força que, sem se saber uma certeza, era movida à dúvida, na escolha de não pensar para poder agir, sem espaço a vacilações. Telefonei para Martina.

Ela me atendeu confusa, disse que ainda estava em São Paulo. "Esqueceu que chego só amanhã ou é saudades?", brincou. Sem trair (mais) sua confiança, nem a minha simulação de coragem, fui direta; disse que havia encontrado Dora no feriado (e a data me pareceu uma deixa perfeita para falsear os fatos, esconder aqueles dez dias de segredo) e conseguido com ela cartas e dois diários, além de fotos, um material inédito às pesquisas sobre Flora. Precisava contar a ela. "Como?", ouvi, após longos segundos de incredulidade; então, repeti as informações, do mesmo modo objetivo e cuidando para manter a coincidência nos fatos, como se confirmasse um depoimento policial.

"É muita coisa, Luiza?", me perguntou tensa. Não exatamente: não em extensão, mas sim em variedade, respondi. "Você tem certeza que é coisa nova?", completou, e achei graça da escolha do adjetivo. Eram originais e não haviam sido copiados, podia assegurar, como garanti a ela, os materiais não haviam sido cedidos por Dora antes. "E ela simplesmente surgiu com essa caixa agora?", ainda desconfiada, quis saber. Era a minha surpresa, também. O que poderíamos fazer?

"Você pode me mandar umas fotos disso? Das cartas, tudo. Diários, você disse? Tem diários?", perguntou, trocando aos poucos a frequência da dúvida para a excitação. Não bem diários, mais cadernos de notas, eu diria; enfim, iria fotografá-los e a encaminharia.

"Pode ser uma imagem geral de tudo, vamos ver os detalhes pessoalmente. Manda para o meu celular. Amanhã eu chego ali pelas dez. Vou deixar as coisas no hotel e sigo aí para o apartamento. Posso?". Podia, claro, e em seguida desligou.

segunda, 25 de abril de 2016

O plano era acordar cedo para organizar a caixa, deixar tudo preparado para Martina; no final das contas, sequer consegui dormir. Virei a madrugada repassando os materiais, me dedicando a finalizar algumas das tarefas iniciadas nos últimos dias: uma lista em que catalogava aqueles documentos em paralelo aos marcos biográficos já determinados, colocando cada coisa em seu lugar, na tentativa de encaixar as peças no tabuleiro da biografia. Finalizada aquela linha do tempo mais ampla, tentei produzir outras, menores, dentro de cada um dos textos do baú; era sobretudo uma tarefa feita no diário, distinguindo suas datas, identificando as ausentes e preenchendo-as, relacionando-as aos seus livros. Sendo escrito depois de *Destinatário ausente*, o diário fazia referência e alusões aos textos anteriores; nas passagens que mais me marcaram, Flora descrevia um episódio de seu dia a dia logo o relacionando a alguma coisa que escreveu anteriormente, como se a literatura fosse uma inspiração para a vida, ou como se não vivesse fora de seus próprios termos.

Por fim, ali pelas dez, sabendo que Martina logo chegaria, organizei tudo e restituí à sua ordem, sua catalogação original dentro do baú; talvez Martina pudesse decifrar aquela estranha ordem, saber lê-la como código ou senha.

Ela tocou o interfone, um som que não havia ouvido até então, e logo estava dentro daquele espaço que ela própria me cedeu; mas adentrou-o com certa estranheza, olhando com atenção para seu entorno, buscando, quem sabe, as marcas que eu havia deixado por ali. Me cumprimentou com ansiedade, queria ir logo ao importante, ao urgente. Já havia deixado a caixa sobre a mesa e sentei por ali, explicando as circunstâncias e seus objetos, falando dos meus primeiros esforços de catálogo. Parecia falar sozinha: Martina se iluminava, tomada de uma excitação infantil pela visão dos envelopes e dos cadernos e logo meteu as mãos no baú para desvendar seu interior, com os gestos de uma criança que abre um presente. "Eu só não entendo como isso nunca tinha aparecido. Sempre esteve com Dora?", me perguntou, alisando os papéis. Disse que sim, que ela havia me dito que sim; repeti a ela as diversas hipóteses elaboradas para mim mesma, explicando a retração daquele material.

"Eu conversei com ela uma vez. Logo depois de ter feito a minha tese. Tinha uma ideia vaga de desenvolver os capítulos sobre Flora, queria saber para onde eu poderia ir. Já trabalhava na editora, por lá consegui o contato", relembrou. "Achei que ela fosse me correr da casa dela a tiros", riu. "Não sei como você fez para conseguir isso". Repeti que não havia feito nada, na melhor das hipóteses, apenas havia chegado no lugar certo, na hora certa, esperando que o tempo decantasse aquela animosidade dela. Expliquei, também, que Dora parecia nunca ter lido o conteúdo, talvez sequer aberto o baú, mal sabia o que continha; especulei que talvez o guardasse por uma ideia de proteção da família, ideia que já se esvaía à medida que todos os parentes iam falecendo.

"Se ela nunca mexeu nisso, quer dizer que você foi a primeira a ler esses textos. A primeira além de Flora, quero dizer", me disse com um sorriso zombeteiro, como estivesse me provocando. A ideia me deu calafrios. "E agora vou ser eu", completou, antes de imergir na exploração. Fiquei ao seu lado, ensaiava comentários, mas via sua atenção dedicada; só continuei sentada ali, vez ou outra eu ia à cozinha, preparava um café e então algumas xícaras de chá. Martina lia e eu apreciava sua leitura. Era impenetrável; se deixava abandonar na própria concentração, impassível, não deixando nada escapar daquele espaço entre ela e os papéis, o rosto como uma máscara. Diferente da minha primeira leitura, frenética, esparramada, ela seguia a ordem e se dedicava a cada coisa de uma vez, lendo todo seu conteúdo, parando em trechos, marcando as linhas com os dedos.

Passavam da uma da tarde quando, adentrando o caderno vermelho, largou o conjunto, suspirou; parecia exausta. "É bastante coisa, quando se aprofunda", disse, mais para si do que para mim. "É a maior descoberta dos estudos de Flora. Não acredito como estava escondida assim, tão à vista". Fechou o caderno, o pousou junto ao já lido. Ela se deixou pensar um instante. "O Oscar Gianetti já sabe disso?", perguntou e respondi que não. "Bom, bom", respondeu. "Quero terminar de ler, mas precisamos comer alguma coisa. Vamos almoçar? Quero conversar sobre o que podemos fazer, também", finalizou, já se levantando.

Andamos algumas quadras até um café, enquanto Martina ia pelo caminho reclamando da comida carioca, lembrando, ao passar por restaurantes e botequins, das péssimas experiências que havia tido neles. Por fim instaladas, almoçando insuficientes sanduíches, ela retomou o baú, bem como sua posição como gerente da minha empreitada: "O livro ganha outra dimensão agora. É mais importante, concorda?", e eu não tinha saída. "Precisamos usar esse material. Pelo que li, poderíamos usar trechos das cartas, dos cadernos, na biografia. Você já sabe como costurar?", me perguntou, à queima-roupa, e eu não pude senão dar voltas, comentar sobre os arranjos que já havia rascunhado. "Pense a respeito. Eu vou, também, para combinarmos algo. Acho importante manter a data de lançamento. Vai ser coisa grande".

Voltamos rápido ao apartamento, Martina disse que precisava seguir à livraria, acertar uns últimos detalhes do lançamento, mas não conseguiria fazer nada antes de terminar com o baú. Avisei que ler todo o caderno tomaria certo tempo; ela perguntou se poderia levá-lo com ela, para o hotel. Tentei negar, me incomodava aquela ideia, mas não encontrei argumento razoável. Terminou as cartas ali, e se foi com o diário, dizendo que eu a encontrasse amanhã, na livraria, me convidando para o lançamento e seu coquetel.

Senti a urgência de avisar a outros sobre o baú. Agora aberto o segredo, desvelado, me parecia incompreensível que continuasse à meia-voz; nu, teria de ser conhecido, reconhecido e aludido, explorado na sua constituição, sob o risco de ser um elefante na sala, tornado um elefante na loja de cristais, quebrando tudo sem que se saiba a razão – ou, ainda, por ser ignorado pelos outros e sabido por nós, ser tomado enquanto uma ilusão compartilhada por poucos (até ali, eu, Martina, Gabriel e Dora; Flora também, de algum modo), por isso mesmo prova de nosso delírio. Queria contar a Gianetti, por deferência, mas a satisfação de Martina com sua ignorância me freou, por enquanto; também pensei que não faria mal adiar sua decepção. Contei a Ana uma pequena parte dos detalhes; telefonei para ela, que me atendeu e disse já estar em São Paulo. Expliquei rápida, bruta, o grosso das informações. Pediu que eu falasse com mais calma o que havia encontrado, queria saber o que eram os tais documentos, o que estava ali, e fiquei de escrever a ela com detalhes. "Eu disse que logo você chegaria ao livro, ao propósito do livro", ela me disse. Escrevi um e-mail também para Sueli, que talvez não quisesse ter nada com aquilo (imaginei seu desgosto à ideia de exploração daqueles restos), mas estava implicada de todo modo; havia uma foto sua em meio àquilo, afinal, imagem que escaneei com o celular e enviei junto ao contato. Tentei também ligar para Alice, com o mesmo êxito das outras vezes (o que teria acontecido?).

Parei por aí; pensei que os outros personagens eram periféricos demais para tomar parte neste momento. Periféricos na vida de Flora e, portanto, também nesta, após.

terça-feira, 26 de abril de 2016

Encontrei Martina para o almoço no restaurante de seu hotel, em Ipanema; havia me telefonado pela manhã, dito ter terminado de ler os diários de Flora, queria conversar sobre o livro. Ela parecia cansada, com os olhos fundos e uma prostração nos movimentos (teria deixado de dormir para ler o caderno, assim como eu fiz na primeira noite em sua posse?); suas ideias e sua condução da conversa mantinham a mesma assertividade, porém. "É tudo muito potente", considerava, enquanto se servia de um omelete de aspecto esponjoso.
"Precisamos fazer um bom uso disso tudo", comandou. "É uma mudança de escopo, eu sei. Te pedimos um livro breve, sobre a formação de Flora como autora, um recorte... E esse material está quase todo voltado aos últimos anos. Talvez seja o caso de dar mais foco a isso", elaborou, com cuidado, observando minhas reações (e, da minha parte, eu as disfarçava, querendo ouvir sem influenciar). "As cartas, sobretudo, podem ajudar muito. Há *insights* ali, sobre as relações. E trechos lindos... Penso que é por isso que mais valem. Vamos valorizar a escrita de Flora".
Concordava, perguntava questões práticas, ouvia suas orientações de montagens. Mas sobre o conteúdo do caderno, não teria nada a dizer? Ansiava pelas suas considerações, ela, uma versada em Flora há anos, capaz de captar a geologia daqueles textos, em suas camadas e sedimentações, as pistas impressas, por desejo ou por descuido, em sua superfície. Como ela não adentrava esse terreno, provoquei, perguntei se alguma coisa em específico chamou sua atenção.

"É difícil... É muito difícil ler estes diários. Parece uma ferida aberta. Não há nada que não soubéssemos já, por outras fontes. Só que ler ali, nas palavras dela, essas inquietações, essa dor... É muito forte", refletiu. "Não acho que tenha muito interesse em divulgarmos. Alguns trechos sim, a depender da seleção, da edição".

Não me conformava. Essa leitura ainda parecia pueril, epidérmica. Que fosse uma tragédia essa história, já esperávamos desde o início; não era possível que o tom seguisse o mesmo, ou apenas o mesmo, com a adição daquelas linhas. Me incomodava, também, sua excessiva operacionalização da herança: só comentava os textos pelo seu possível valor de uso, por mim e pela editora, suas possibilidades de circulação. Resolvi insistir modulando meus anseios nos seus termos de conversa; e aí perguntei sobre aqueles trechos finais do caderno vermelho, os relatos de viagem ou de perdição, se não poderíamos considerá-los como textos inéditos, trazê-los, de algum modo ou de outro, como novos contos.

"Acredito que não. Mas não tenho certeza. Você leu também, certo? Não é muito bom, de um ponto de vista literário. É muito grosseiro ainda. Não foi trabalhado, talvez nem fosse o objetivo", explicou. "Não acho que seria justo publicar ou algo assim".

De algum modo, embora concordasse com ela, senti como uma agressão aquele julgamento tão categórico; porque desconsiderar sem meias medidas aqueles escritos? O que seria o "valor literário"? Eu sabia serem brutos, sabia serem duros, mas quem diria não serem isso de propósito? Pensava que se haviam sido gravados por Flora eram com o intuito de, algum maneira, serem descobertos, lidos. Que sua inscrição tenha sido tardia, no ocaso, isso não seria um obstáculo à sua apreciação, um parêntese a condicionar os textos a uma anomalia, um delírio febril, ou talvez o inverso: como último esforço, conteriam uma energia concentrada e a direcionavam, como testamento, a algum lugar. Qual, ainda não sabia, e sentia precisar de ajuda para descobri-lo. Por isso sentia como uma agressão, uma traição da companheira nessas leituras, que tomasse como tão plano o conteúdo do caderno. E só fez torcer a faca na continuidade do diálogo:

"Sabe, agora me conte de você. Imagino que esteja tudo uma loucura. Acho que já podemos pensar em encaminhar as coisas", começou em rodeios. "Com essas cartas, com todo o material que você já me mostrou, imagino que a pesquisa já esteja bem documentada. Podemos acertar sua volta para São Paulo. É melhor poder trabalhar de casa, né?".

A pergunta era retórica, e o discurso em que ela se acoplava, igualmente afirmativo. Fazia todo sentido, já que havia completado (ainda que não o sentisse como um êxito) o essencial da missão que vinha cumprir: arregimentar elementos para escrever sobre Flora. Não parecia certo, porém. Não havíamos combinado com clareza a duração daquela estadia no Rio (lembrava d'O Editor comentar algo a respeito do "tempo necessário"), e aquilo que é provisório sabe se alongar, tornar-se necessário justo pela própria contingência. Assim que só podia entender a proposta de ir embora como indigna, escandalosa; mas não o sabia articular ainda. Disse apenas que pensaria sobre isso.

Martina finalizou o encontro, me convidando para o lançamento daquela noite, redobrando o convite ao nos despedirmos. Voltei ao apartamento para devolver o caderno ao seu espaço de direito, no baú, junto aos demais espólios de Flora. Calcei os tênis e estiquei uma corrida por aquele território já conhecido, dando voltas por Copacabana, correndo até Ipanema e seguindo o mar até quase o Leblon.

quarta-feira, 27 de abril de 2016

Acabei cedendo a mim mesma, pela vontade de desligar das questões por algumas horas, e fui ao lançamento de ontem à noite. O evento acontecia em uma livraria tradicional em Ipanema, e a casa cheia explicava a ansiedade de Martina nos dias anteriores. Não havia entendido bem o livro que estava sendo divulgado ali, mas sabia que a autora era uma cronista local de algum renome, ou talvez fosse colunista social (essas coisas se confundem). Sem conhecer ninguém, circulei pelas rodas de conversas indiscriminadamente, pegando de ouvido fragmentos, absorvendo aquela atmosfera efusiva da comemoração, da homenagem. Me aproveitava do coquetel também.

Martina surgiu a dada altura, saída sabe-se lá de onde, das coxias do lançamento, e me cumprimentou. Estava linda, com uma maquiagem inédita, metida em um vestido preto de elegância acima da necessidade do evento. Parecia desconfortável, porém, com aquele ar zeloso, mas disperso, de quem está prestando atenção em muitas coisas. Conversava e parecia dar indicações ao homem que a acompanhava, um homem alto, de cabelos curtos e cacheados e barba por fazer, com uma câmera presa ao pescoço, denunciando seu papel ali. "Este é o Ricardo", me apresentou. "Ele faz trabalhos para a editora já há algum tempo. Veio fotografar o lançamento". Ricardo apertou minha mão e sorriu, logo antes de se dissipar entre os convidados. Martina o seguiu, não sem antes me pedir que aguardasse ali um momento, tinha assuntos a discutir comigo.

Demorou muito a voltar. Desisti de esperar e passei a circular pela livraria, olhando suas estantes e suas ofertas. Procurei, por curiosidade, os volumes de Flora por ali. Na sessão de poesia, diminuta, não encontrei nada; na de prosa, em "Contos/Crônicas", com mais exemplares de crônicas do que de contos, acabei encontrando um exemplar solitário de *As sapatilhas* entre um conjunto de Fernandos Sabinos e um mal catalogado Francisco Alvim (ainda por cima, era destas organizações, tão irritantes, por ordem de nome e não sobrenome), aquela edição já antiga, que a editora se dedicaria a republicar no projeto que me envolvia. "Pelo visto você prefere os clássicos aos lançamentos", ouvi uma voz por cima do ombro e era Ricardo. "Esse acho que não li, mas Flora Láz era imbatível na época da faculdade", completou, vendo o livro que eu folheava. O que queria dizer? Ele apenas riu, e disse que gostava muito de Flora. Sabia o que eu fazia ali?

Martina nos encontrou conversando e, com um aceno, me chamou; enfim contava o que queria. "Conversei com o Paulo hoje de tarde. Ele está muito animado com o rumo das coisas. E muito feliz com o seu trabalho", disse, a mão no meu ombro. "Ele também acha que é importante divulgar essas descobertas. Eu consegui marcar uma entrevista para quinta com uma repórter d'O Globo. Tudo bem para você?". O que eu teria de dizer?, perguntei, com certo temor; eram já questões demais sobre o baú, e eu precisaria repassar de novo meu roteiro, para não ser pega na pequena omissão. Além do mais, não tinha expectativa de aparecer, ao menos não ainda; levava a história como espectadora. "Não é nada demais, não se preocupe. É mais para mostrar o que você descobriu, valorizar a pesquisa. E já anunciar o livro".

Concordei enquanto ela voltava aos seus afazeres; logo percebi que Ricardo permanecia próximo e, ao tentar explicar o tal livro, ele disse já saber do que se tratava. "Martina me contou. Ali, antes, eu estava te provocando", contou, divertindo-se. "Mas eu gosto mesmo de Flora. Na juventude carioca da minha geração, era incontornável. Do cacete esse teu trabalho". Eu sorri, apenas, e agradeci o interesse, um pouco constrangida; era a primeira vez que me assumia autora daquele livro inexistente diante de alguém não implicado por sua história. Era irreal, mas era também um teste ou a possibilidade de um teste; resolvi explorar Ricardo, seu conhecimento sobre Flora, como exemplar das ideias de senso comum a respeito dela, sua obra e sua vida. Ricardo disfarçava, empostava um saber maior do que o real, maquiando-o de pequenos fatos e impressões genéricas ou clichês; não se levava muito a sério e me fazia perguntas, parecia testar um conhecimento que ele próprio não tinha.

"Eu terminei por aqui. Vou tirar mais umas fotos da fila de autógrafos só, e me libero. Topa beber alguma coisa?", perguntou, com o tom de quem dava a resposta por certa. E era. Disse que eu o esperaria lá fora, estava já entediada do tempo morto na livraria, e escapava também de Martina. Logo ele apareceu e nos encaminhou a um bar próximo, pequeno, tímido, à parte do clima pomposo da região, com mesas na calçada para que pudéssemos aproveitar a brisa da noite iniciada. Ricardo tinha uma fala fácil, mansa, e ia puxando conversa pelas miudezas. Tentava perguntar sobre o livro, sobre Flora, mas agora eu já desviava, não queria insistir no assunto; já teria de me confessar na tal entrevista. Perguntava sobre ele, que era um fotógrafo freelancer batalhando por aí, como disse, às vezes vendia uma pauta para um jornal, era chamado por uma revista, o que tinha de mais seguro era o contato com a editora, fazendo imagens de divulgação, cobrindo eventos, tirando os retratos dos autores locais. Pedi por fofocas, insights desse mundo, que era um pouco meu também, embora eu circulasse por outro continente. Ele fez que não falaria, montou um jeito de sério, profissional discreto, mas logo desenrolou seus causos divertidos. O escritor que, depois de ter o livro lançado, detestou a foto na orelha e passou a telefonar para ele toda semana para despejar sua frustração; a autora que tentou levar seu cachorro à sessão de fotos, para ser fotografada junto a ele; um velho cronista que só aceitava ser registrado de perfil, pois considerava o nariz sua maior qualidade. "De certo modo, com esse tipo de trabalho de fotografia, a gente acaba se aproximando muito das pessoas. É curioso. Sempre pensei na foto, na máquina, como um tipo de filtro, de mediação. Mas é por meio dela que as pessoas criam uma certa cumplicidade. Como se tivessem se revelado para mim", refletiu em meio à graça.

Há um tempo ele pensava em expor trabalhos de seu acervo, contou, mas o máximo que havia conseguido era a parede de um restaurante amigo na Glória. Sacou seu celular e me mostrou alguns trabalhos, imagens que tinha salvas: misturavam-se os trabalhos editoriais e jornalísticas às fotos que ele dizia serem feitas por hobby ou exercícios, imagens de paisagem ou instantes decisivos do cotidiano. Preferia estas àquelas, embora (ou talvez porque) fossem mais raras. Era um belo retratista, concluí, vendo aquelas imagens em preto e branco e contrastes, closes, explorações de rostos alheios, uma imagem que subvertia a situação protocolar de onde surgia. Ele lembrou da câmera dentro da mochila, pediu para tirar um retrato meu e deixei, afetando uma visada séria, como daqueles autores (lembrei da foto de Flora e Gabriel em um bar, também em preto e branco; porém não posavam, ou a pose deles disfarçava a intenção). Ele quis, então, saber o que eu fazia, aquilo que vinha guardando;

não, não o projeto sobre Flora, mas o resto, e eu segurei quanto pude, não imaginava ter de falar dos livros de aluguel, tinha vergonha, mas então contei; era o justo. Ricardo parecia interessado de modo sincero e após minhas rápidas explicações tinha dúvidas, questões genuínas. Como era a edição, o acompanhamento do texto pelos entrevistados? Eu já havia tido vontade de assinar algum trabalho? Alguém já havia desistido no meio do processo – ou, pior, teria tido vontade de assumir as rédeas e escrever ele próprio? Devia ser difícil emular a voz daqueles sujeitos, tão distantes da nossa experiência, não? E então eu percebi que ele, tanto quanto eu, entendia os mecanismos desse arrendamento.

Acabadas as cervejas, ele me perguntou se eu não queria ir. Eu fui.

Quando acordei, hoje, Ricardo já havia ido embora. Me movi pelas peças, ainda um pouco tonta, até descobrir sobre a mesa da sala um bilhete em que ele havia anotado seu número de telefone e uma pequena brincadeira ("Me liga para eu te mandar a foto. Contato profissional!") Ele já conheceria o apartamento de outros trabalhos para a editora, talvez?, pensei brevemente, antes de desmontar a ideia, boba, e totalmente irrelevante, enquanto a transformava para pensar neste espaço; e era uma manhã boa, que me fazia pela primeira vez agradecer pelo apartamento e não desejar que fosse um quarto de hotel. Era, um pouco, enquanto cumpria com a ideia base de um hotel: uma residência ocupada temporariamente em território estrangeiro. Mas não era de fato um hotel, escapando ao conceito em pequenos instantes de reconhecimento e afeto doméstico: no jeitinho que era preciso ter para ligar a cafeteira, o plugue só meio enfiado na tomada; no aprendizado de que, nesse horário, ali pelas onze da manhã, bastava sentar na ponta esquerda do sofá e colocar os pés em um quadrado desenhado pelo sol para fazer queimar gostosa a pele; na conquista da exata medida de temperatura da água do chuveiro, calculada por um cuidado milimétrico com o misturador.

Peguei um táxi para desenrolar um plano calculado pelos últimos dias. Havia voltado a um dos recortes de jornal de Gianetti, e identificado na notícia sobre o velório incorpóreo de Flora a menção a um jazigo da família Lázár no Cemitério São João Batista, em Botafogo. Andei por uma longa quadra, percorrendo as grades do lugar até alcançar seu pórtico de pedra, imponente, marcado pelo tempo e pela sua função tétrica, em que se podia ler, encravado em letras brancas na fachada metálica do portão: *Revertere Ad Locum Tuum*. Retorna a teu lugar, logo procurei saber. (Com este tom imperativo, seria apenas mensagem de recepção aos novos moradores ou também alerta aos visitantes?) Já dentro, pude sentir uma decepção quase palpável: o lugar era muito maior do que eu imaginava e a missão que me atribuía, de encontrar ao acaso um túmulo que não conhecia (e nem bem sabia existir de fato), se tornava quase impossível. Segui de qualquer maneira, em busca de alguma informação; e era interessante observar o lugar, era destes cemitérios clássicos, com longas quadras de túmulos antigos, cuidadosamente decorados, adornados por anjos em pedra branca, bustos de figuras célebres, esculturas tantas, desenhadas de modo a aludir às ocupações e feitos daqueles que elas guardam; era bonito, mesmo com uma aparência abandonada, tantas pedras cobertas por limo, esquecidas. Apesar de já ter tido minha cota de visitas, cerimônias e rituais, nunca encarei os cemitérios com a carga desesperada ou soturna que em geral se atribui a eles; achava, se tanto, lugares tristes, pois sempre vazios, como se faltasse alguma coisa naqueles corredores longos, paredes altas, vistas amplas (faltava vida, era a conclusão ingênua). Ali não era diferente, e o sol da tarde, junto à paisagem da cidade erguida para além das sepulturas, acentuavam a impressão. Minha tarefa revelava sua impossibilidade, diante da multiplicação das tumbas e sua disposição singular, ao sabor do tempo e dos acontecimentos; era preciso parar diante de cada sepultura e procurar sua identificação, e nesse processo não podia evitar, aqui e ali, me deter diante de alguma inscrição: uma data de falecimento dolorosamente próxima a de nascimento, um epitáfio em língua estrangeira ou com um poema ruim, não assinado, sobrenomes distintos dividindo o mesmo jazigo. Cada lápide abrigava uma história muito singular e, de certo modo, me doía desconsiderá-las em prol da história que eu buscava, que não sabia bem porque devia considerar maior ou mais interessante do que as narrativas potenciais por baixo daquelas pedras. Era, talvez, apenas mais adequada. Ou nem isso, apenas a necessária, naquele momento, naquelas circunstâncias, àquela pessoa: a mim.

Se passaram algumas horas antes que eu desse por frustrado o esforço. A caminho da saída, resolvi parar diante de um jazigo em mármore acobreado, largo e bem cuidado, adornado por algumas flores secas; minha surpresa foi ler em sua fachada, ao lado de uma singela cruz, as informações: "Margot Jansen Voss ★ 23-5-1957 † 17-2-1981 / Willem Bakker Voss ★ 1-10-1933 † 25-8-1985". Quais as chances?, me perguntava, enquanto sentava por um momento diante do túmulo, para me recuperar da surpresa e entender seu conteúdo. Margot havia sido trazida de volta ao Brasil, portanto, e enterrada aqui, na terra que era de fato a dela. Logo receberia o pai, também partido jovem, talvez de desgosto ou de saudade. Ao deixar o São João Batista com essa vista de Margot, pensei com ironia que Flora, de alguma maneira, havia se reaproximado dela também. De certo modo, apenas, lembrando que sua cova, seja lá onde estiver nesse deserto, está vazia. De seu corpo, ainda que traga sua ideia. Sobretudo traria sua ideia.

Caminhei um tempo ainda atônita, pensando nos rumos daquela visita, até perceber que, ao circular a região do cemitério, havia dado em uma esquina da Álvaro Ramos. A rua de Flora. Logo lembrei que eu tinha identificado um cemitério a algumas quadras do seu prédio. Retorna a teu lugar, pensei.

Por algum pudor, não dobrei a esquina, resolvi me afastar. Aquela ideia vaga ia tomando corpo e logo percebi que tomava largas avenidas, seguindo indicações imprecisas das placas de rua, olhando o mapa no celular, atravessando avenidas barulhentas e então ruelas menores, fechadas de verde, para alcançar a Praia Vermelha. Não era um caminho curto, mesmo que eu tivesse me perdido aqui e ali por inexperiência, e imaginei como deveria ter sido para Flora; teria escolhido tal destino, ao invés da praia de Botafogo, justo pela distância. Alongar a jornada, se dar mais tempo a pensar. Isso se já não tivesse saído de casa decidida. E teria? Eu não tinha certeza ainda, nem sequer disso. Cheguei à praia, proibida noutra noite, e desci para a areia para pensar um pouco. Era uma faixa estreita, e naquele horário, em um dia qualquer da semana, era pontilhada por poucos guarda-sóis. Sentei por ali, na areia, sem ligar para minhas calças jeans; não tinha uma canga e, em vez de chinelos, usava minhas sapatilhas, e a bolsa deixava apoiada contra as pernas. Era uma praia linda, aos pés do Pão de Açúcar, e com um mar que em nada lembrava a violência das ondas de Copacabana ou de Ipanema; era uma paisagem delicada. Pensaria assim também Flora? Estando ali, onde ela esteve e deixou de estar, imaginei que poderia me sentir mais próxima, sobreposta à sua imagem, e aí, quem sabe, poderia entender os caminhos de suas decisões; mas a verdade é que este testemunho embaralhava as coisas, e a cena que eu vi não parecia caber nas margens da cena passada; à vista daquela praia, achava-a um destino curioso aos gestos e aos objetivos de Flora naquela noite. Me chamava atenção, sobretudo, o mar calmo (uma anomalia na minha experiência de Rio, com as revoltas de outras praias), estendendo seu azul liso pelo horizonte, uma superfície tranquila e quase imóvel, como um espelho imenso. Aonde daria um mergulho por essas águas, quanto seria necessário para se deixar envolver por elas, a despeito de sua mansidão? Havia sido isso? Só poderia ter sido, era o que apontavam os sinais, busquei me convencer, antes de voltar o olhar ao canto da praia, na direção de suas pedras, as casas erguidas ali, e por trás delas, a vegetação fechada se erguendo e subindo os morros, com suas trilhas, caminhos possíveis e também aqueles por inventar, nos veios da mata.

quinta-feira, 28 de abril de 2016

Agora era uma questão de tempo, além de uma questão de respeito: precisava falar com Gianetti, avisar do baú, antes que a tal entrevista fosse divulgada e ele soubesse por outros daquilo que eu fazia com as suas pistas. Ele que se tornou tão querido, de súbito, e me ofertou até mais do que havia pedido. Peguei o telefone e liguei para ele duas vezes ao longo da manhã, sem resultado. Já imaginava como fazer, ensaiando a redação de um e-mail, quando ele me retornou, ali pelo meio-dia, pedindo desculpas pela ausência, estava em aula e havia desligado o celular. "Viu o apartamento?", me perguntou. Vi, mas era mais do que isso, comecei.

 Assumi aquela conversa como oportunidade de um ensaio final, decisivo, daquele roteiro já experimentado com Martina: encontrei Dora na última semana, no feriado de Tiradentes, e ela, sem mais nem menos, surgiu com aquela caixa. Do outro lado da linha, um silêncio, aquele constrangido silêncio telefônico, como se o interlocutor tivesse deixado de existir, de uma hora para a outra.

 "Isso é, isso é fantástico", enfim disse, recuperado. "É incrível que tenha surgido", completou com um timbre de genuíno ânimo. "Que coisa doida! Ter surgido alguma novidade ainda, nessa altura... Que bom você ter encontrado. É um empurrão para escrever, para terminar, não é?". Me perguntou o que era o tal acervo, no que consistia, com o êxtase de quem tivesse recebido, ele mesmo, um presente, e não pudesse esperar abrir o embrulho para descobrir o que era. Naquela sua alegria eu percebia uma forma de redenção: Gianetti se descobria expiado de seus falsos começos, sua incapacidade de avançar; afinal, nem o poderia, já que havia algo além, necessário, forçosamente necessário, mas inacessível – a falha teria sido menos sua que da própria realidade dos mistérios. (E que não perguntasse de Dora e das circunstâncias daquela descoberta, a Dora com quem ele tinha falado e não havia ofertado a ele as mesmas coisas que a mim, eu entendi como um sinal, um indício de querer perseverar naquela descoberta, na possibilidade do próprio perdão). Falei das cartas, das fotos, um material análogo ao dele, complementar ao dele, aprofundando certos pontos, modulando a compreensão de certas relações. O tempo era distinto, também, sendo a caixa do fim da vida. E falei do caderno, claro. Gianetti ouvia com interesse, pontuando meu relato com interjeições, comentários breves, sinais de que ainda existia na linha. "Interessante", pontuou, a respeito do caderno vermelho. O que achava disso, sabia desse hábito de escrita e arquivamento, como isso se relacionava com suas pesquisas – em um nível mais abstrato, fazia sentido a existência daquilo tudo?

"Não, não sabia de nada. Já tinha pensado sobre. De todo mundo com que já falei a respeito, do que li, sabia que Flora não era dos diários, mesmo que fosse uma prática comum na época. Entre escritores, principalmente. Ninguém sabia de algum diário dela. Parece que processava as coisas nos livros, direto", refletiu "Era uma grande missivista, isso sim. Você viu, né. Tem suas cartas. E escrevia muito bem nelas. Isso também está na obra já, como se sabe". Era tudo muito estranho, concordamos, mas havia uma permissão à estranheza: eram tempos estranhos a Flora, hostis, e diante da violência (mesmo que fosse uma espécie de autoviolência, uma violência que vinha não de fora, mas de dentro, contra o próprio corpo; sobretudo por ser esse tipo de violência) não nos comportamos como seria o normal. Ou não deveríamos, completei para mim, sob o risco de estender a violência sobre todo o resto.

Me encontrei com Martina à tarde, como havíamos combinado, na companhia da repórter d'O Globo, Ana ou Amanda, não prestei muita atenção. Ricardo vinha junto. Martina logo se apressou a explicar que ele iria tirar as fotos para a matéria, havia combinado com o jornal, já que as imagens seriam usadas também em material de divulgação da editora (serão? em que tipo de material?), acharam mais fácil assim. Nos cumprimentamos com seriedade; e uma graça, que era só nossa em meio àquele disfarce.

Havia então a logística das imagens. Eu não tinha pensado nisso, mas Martina, e então Ricardo, passaram a pensar como seria: o apartamento não era das melhores cenografias, por assim dizer. Não tinha preparado qualquer cena; se tanto, deixei o baú separado sobre a mesa da sala. Em seguida, começamos uma exaustiva conferência, uma troca intensa de ideias e elaboração de planos para as fotografias; enquanto isso, Ana ou Amanda entrava em aquecimento, ia me levando na conversa morna e eu tinha de fazer um esforço tenso para não rir ao observar outra pessoa aplicando em mim os métodos que eu mesma vinha desgastando à exaustão nas últimas semanas. Então você é de São Paulo, que legal, o que tem achado da cidade, legal essa quadra aqui em Copa, né, e como conheceu Martina?, ah, claro, li essa sua reportagem; e eu ia respondendo para não ser injusta, ia oferecendo o esperado, pois eu estava ciente das expectativas. Quando vi, Ricardo havia organizado a luz e assim transformava o apartamento: fechou uma cortina aqui, colocou um flash ali, reordenou as coisas sobre a mesa, reuniu os livros de Flora, meus livros dela, que estavam espalhados pelos móveis, e fez uma pilha cerimonial junto à caixa. Vi na hora em que abria o baú e parecia prestes a meter as mãos ali, tomar os textos e espalhá-los igualmente; o deti, com certa rispidez, conforme indicava sua expressão assustada, e pedi cuidado; que eu mesma mexesse naquelas folhas. Tomei seu lugar e me certifiquei da organização. Rápido no seu gatilho, se aproveitou da oportunidade e tirou a primeira foto: eu, gerindo o arquivo. Logo passou a me dirigir: vire neste ângulo, olhe os livros, tire essas cartas daí, segure assim, nessa luz, abra o caderno. Ana ou Amanda, já em uniforme de jogo, passou também a me orientar, pensando, sob seus critérios jornalísticos, em outras imagens. Quando se deu por satisfeita (alguns planos mais gerais da mesa, tomada pelos textos e cadernos; duas fotos mais próximas, minhas, arrumando aquilo; um retrato ali perto, duro, uma pose, em que eu segurava uma pilha de papéis junto ao peito, enquanto encarava a câmera, um ar sério, cioso da minha descoberta), começou a entrevista de fato, enquanto Ricardo se recolhe com Martina na retaguarda, se sentando ao sofá conosco.

Começou por onde imaginei, por onde esperei que fosse começar: como havia chegado àquilo? Repeti a verdade disfarçada dos fatos, uma história real em um embrulho leve de falseamentos e edições. Ana ou Amanda pareceu se dar por satisfeita com a narrativa (e, mais importante, vi Martina impassível, sem esboçar qualquer reação, confirmando que eu havia previsto a cena com sucesso), e seguiu com o mesmo tom, lendo as perguntas de seu bloco. "Que importância tem essa descoberta?", e eu respondia que aquela era uma questão difícil, e diriam melhor os especialistas, pois havia muitos versados em Flora, e logo estudariam os textos, mas, de minha parte, apenas me ateria ao valor biográfico dos fatos contidos ali (e essa resposta era tão artificiosa quanto a anterior, só que em distintos níveis: primeiro, eu não tinha certeza do tal valor biográfico, meu cavalo de batalha nos últimos dias; e também não fazia ideia de como esse material se disponibilizaria para além do pretenso uso no livro, não havia pensado nisso até então e não conhecia esses meandros da preservação da memória literária). "Muito tempo se passou desde a morte de Flora. Por que só agora uma biografia? Houve tentativas anteriores, né?", e percebendo que ela havia feito sua pesquisa, sabendo de Gianetti, respondi com cuidado. Disse que só poderia falar da minha perspectiva, evitando especulações. Mas era compreensível, o material sempre foi escasso e a história, difícil, especialmente pela carga emocional. A vida de Flora havia sido traumática, e essas coisas demoram.

E então, a questão impossível: "E o que Flora acharia do seu livro?". Era uma pergunta boba, protocolar a certo tipo de entrevista, essas indagações especulativas de um pretenso fundo reflexivo ("O que levaria para uma ilha deserta?"), mas que chegava ali afiada, escondida sob uma superfície falsa: o que perguntava, de fato, oculto pela sintaxe, era minha suposição sobre o que Flora pensaria; e isso era o centro de uma preocupação que eu imaginava, até então, amorfa. Não havia posto a questão nesses termos ainda, e não sabia se podia responder com certeza (havia elementos, indícios: sabia que ela não gostava de quase nada escrito a seu respeito e tinha ganas de responder as críticas e resenhas, mesmo aquelas elogiosas; sabia, por outro lado, que havia deixado aqueles textos e, de algum modo, isso deixava transparecer uma vontade, um testamento; bastariam?). Me demorei, engasguei as palavras, sem necessidade, a questão era quase retórica, mera formalidade da entrevista e se soava deslocada era porque Ana ou Amanda se prestava a um papel ingrato ali e tentava seu melhor para extrair algo dele: uma pauta fria, quase que encomendada pela editora, e ela não me parecia sequer ser setorista de cultura, talvez cobrisse uma colega naquela reportagem ingrata. Disse a ela, então, que não saberia dizer: esperava apenas que gostasse. Que Flora gostasse do que eu faria.

Mais algumas perguntas, arranjos de praxe (qual seu nome completo? Idade? Como gostaria de ser creditada?) e terminamos. Desci com o grupo até a calçada para acompanhar a saída deles. Ana ou Amanda pegou o táxi pago pelo jornal e Martina se deteve um momento para falar comigo. "Ficou muito boa. Me disseram que deve sair ainda essa semana. Provável que no caderno de sábado. Vamos ficar de olho", sorria. Me deu um abraço para se despedir, mencionou que voava dali a umas horas, disse que logo entraria em contato para acertamos as coisas, inominadas coisas (imaginava muitas: prazos, data de partida, disponibilização dos originais). "Parabéns, Luiza", me disse.

Ricardo deu sinal de que ia com ela, ensaiou passos para trás, mas logo voltou. "Tudo bem?", me perguntou, talvez tendo percebido certa perturbação. "Foi uma ótima entrevista. Você vai sair como a heroína dos leitores de Flora", disse, como um torto consolo. "Não precisa se preocupar, deu para entender que é importante", completou, e eu mais uma vez tive de penar para controlar o riso: ele imaginava que minha inquietude era a de confirmar, a Ana ou Amanda e então aos seus leitores, que o que eu fazia era importante; uma dúvida que, se havia passado pela minha cabeça, tinha ficado no final da lista de ansiedades que este trabalho me impôs. Deveria estar em posição mais privilegiada? – pensando bem, de algum modo essa questão engoliria as outras, resumindo-as a uma verdade mais simplória, mais crua. Não tive tempo de elaborar sobre isso na hora, pois Ricardo logo veio com uma proposta: já que estávamos por ali e já que era o início do fim da tarde, por que não esticar até o Arpoador? Para quê, me perguntava e perguntava a ele, que se escandalizou. "Você ainda não viu o pôr do sol no Arpoador?", e, depois de eu ter negado, prosseguiu: "Eu não acredito! Vamos resolver isso é agora".

Enquanto caminhávamos para lá, ele ia me contando que esse era o Melhor Pior Programa para se fazer na cidade, o contrário dos tantos Piores Melhores Programas que ela oferece e que são a grande maioria das atrações, aquelas voltadas para turistas afoitos ou preguiçosos. Já muito perto, pediu que eu esperasse enquanto entrava em um mercadinho, de onde emergiu com uma garrafa de vinho e dois copos plásticos, rindo. "Essa primeira vez merece um brinde!", e fomos, até nos instalarmos em algum lugar da pedra; e não foi fácil, pois uma multidão já se acumulava ali, à espera do momento, muito mais gente do que eu imaginaria possível em um dia qualquer assim, durante a semana, antes das cinco da tarde. Eu era mesmo uma forasteira, Ricardo brincou, enquanto abria o vinho e se deixava banhar pelos restos de luz do dia. Eram grupos heterogêneos ali, vários jovens bebendo como nós, conversando e rindo alto, rodas de baseado sem muito disfarce, alguns banhistas cansados e casais, mas também pessoas mais velhas, famílias e seus preparativos, cangas e lanches, uma ou outra senhora plácida, celulares a postos para registrar o momento. Aqueles anacronismos me chamavam atenção por se anularem, e estar dentro deles me divertia: tudo se conjugava em um tempo só, mais simples, mais direto. Pouca coisa interessava diante daquele sol cansado que se dava por satisfeito com sua trajetória e ia se esconder, descendo por trás da pedra, dividindo o horizonte em dois: uma primeira metade ainda alaranjada, vibrante, perdendo a intensidade com cuidado e vaidade; e outra, àquela para onde a luz ia se entregar, tingida de azul e roxo, passiva à extinção que provocava.

Quando começaram a bater palmas, era como estar dentro do clichê; e, menos que acentuar sua estranheza, isso o tornava mais próximo, mais quente. Mais justificável. Imaginava entender melhor aquele hábito que até há pouco tempo se mostrava tão bobo, tão ingênuo. Ao meu lado, Ricardo aplaudia com entrega, vez ou outra parando as palmas para assoviar, os dedos na boca, longos assovios de homenagem.

sexta-feira, 29 de abril de 2016

Desta vez, acordei antes de Ricardo. Deixei seu corpo sobre a cama, todo pontilhado pela luz do sol que entrava através das frestas da persiana, e fiquei na sala lendo e-mails. Tive algumas respostas. A primeira, de Ana: eu havia enviado fotos de algumas páginas dos cadernos e ela se espantava mais uma vez, se dizia maravilhada com os achados e me incentivava a avançar sobre eles. Trazia uma sugestão: reunir o que nos diários são esboços de crítica, daquelas reflexões mais elaboradas e completa até passagens mais breves, alusões a livros queridos, metáforas que acionam leituras passadas, etc., e reuni-las à parte, como um livreto inédito de análise literária. Poderia ser anexo ao livro, ou algo separado, a depender do volume. Era uma boa ideia, uma excelente ideia e eu lhe disse, agradecida, que iria avisar sobre os avanços no trabalho.

Sueli também havia dado retorno. Me parabenizava, elogiava a pesquisa, se permitia uma breve reflexão sobre a importância desse "trabalho de campo" (mencionava, de passagem, sua apresentação a uma coletânea de cartas de Olavo Bilac); e, de um golpe, pedia para que a foto onde ela aparecia não fosse publicada. "Creio ser uma exposição pessoal a que não estou acostumada, nem propensa a me acostumar. Gostaria de reservar minha imagem. Grata", me escreveu, e eu respondi sim, a preservaria, sem saber o que a editora pensaria disso (e foi uma resposta de certo modo triste, pois era um dos retratos mais bonitos da coleção). Maga foi outra a responder; quer dizer, recebi dela uma resposta automática à última tentativa de contato, certamente uma ousadia diante de sua recusa na nossa última conversa, mas como o baú mudava tudo... Se mudou para Maga, não saberei, e talvez nem ela, ainda não: a mensagem automática informava que estava fora do país a trabalho e retornaria até junho.

E na sala, Ricardo, acordado, tomava café. Dizia estar atrasado, mas mesmo assim se sentou no sofá, perdeu um tempo olhando pela janela, me ouvindo digitar. "O que é isso aí?", me perguntou, olhando o quadro do uruguaio apoiado contra a parede. Eu, que já o havia assimilado ao ambiente, demorei a entender a questão. Disse a ele ser meu, quer dizer, fui eu que o pintei quando percebi a referência, e sem saber bem por quê. "Ah", ele disse, e deu de ombros, talvez sem coragem para emitir qualquer juízo sobre a peça. "Vai ficar em casa hoje?", me perguntou, arrumando suas coisas, oferecendo carona para onde fosse. Vou, respondi, tentando organizar meus planos de organização.

Horas depois, enfurnada nos papéis, decidi trair minhas respostas e sair. Vesti o manjado uniforme de exercícios, provisório e francamente inadequado (os tênis promocionais, rasgando próximo aos dedos, mostrando afinal valerem o quão pouco custaram; um shorts de abrigo e uma camiseta velha, trazidos na bagagem para usar como pijamas) e saí pela orla, no ritual de corrida que eu ia assimilando, e era uma das partes mais inusitadas dessa viagem, ela toda já um sonho de bordas irregulares. Segui a Avenida Atlântica, acompanhada na rotina pelas senhoras e senhores habituais e, ao esticar o caminho e me ver diante da Princesa Isabel, resolvi atravessar seu túnel, com um plano vago em mente. Se havia recuado na quarta, no dia da visita ao São João Batista, me via agora compelida a encarar de novo a realidade do prédio, limpando as impressões deixadas; entrei na Álvaro Ramos ainda no ritmo da caminhada rápida, inflamada de uma bravura, do tempo que se esgotava. Segui pelo lado oposto da calçada, para poder rever com cuidado o edifício de Flora. Parecia o mesmo. A mesma calma, o ar acanhado, uma certa feiura nos seus traços, uma arquitetura descuidada à sua época e hoje acrescida da velhice. Mas nada de muito distinto, não. Fiquei ali um tempo, apenas olhando; talvez quisesse ser pega, capturada no ato, quem sabe veria de novo aquela vizinha, seria reconhecida de algum modo; nada disso aconteceu, nem nada de nada, a tarde em ponto morto. Até que eu percebi, detendo a vista sobre aquele terceiro andar, uma das janelas abertas. Era a janela da sala, erguida em desafio, escancarada. Devo tê-la deixada assim ao sair às pressas naquele dia, embora não conseguisse lembrar (tinha apenas uma vaga impressão do esforço feito para mover suas folhas no marco envelhecido, as dobradiças enferrujadas; poderia ser apenas a lembrança de tê-las aberto, porém). Não cogitei, nem por um segundo, entrar, e nem poderia; não trazia comigo a chave pirata (na verdade, tinha escondido ela em alguma gaveta do armário, em Copacabana, resguardada de qualquer vontade). Eu não queria ser pega, percebi.

Voltei a caminhar e então a correr, fazendo o caminho até a praia mais uma vez (Botafogo, e não a Urca). Fazia calor, como sempre, mas eu não me importava. Corri sem prestar muita atenção e me vi vencer os limites do bairro, alcançando o Flamengo. Lembrei de meu primeiro passeio mais longo pela cidade, já com certo saudosismo, anacrônico. Agora conhecia mais dela, e confiante nesse aprendizado, virei à esquerda em alguma rua qualquer e resolvi explorar as Laranjeiras. Quando dei por mim, entrei pelo bairro e, guiada pelas memórias, fui percorrendo um caminho que dava no prédio de Gabriel. Agora escrevo assim, mas durante o movimento não pareceu intencional tal ponto de chegada, e me peguei surpresa ao reconhecer aquele endereço. Se já estava por ali, não poderia deixar de fazer o que fiz, tocando a campainha, me identificando, subindo ao apartamento.

Gabriel me recebeu sem maiores surpresas. Disse a ele estar passando por ali, me vi perto e resolvi dar um oi (muito embora minhas roupas dificultassem a crença na casualidade do encontro). Gabriel vestia calças e camisas brancas, de linho, tinha os cabelos levemente molhados, e ouvia música muito alto no seu toca-discos, com um piano suave, etéreo, a preencher a sala; relaxado ao limite, parecia flutuar sobre a situação. Me pediu que sentasse, abaixou o volume, ia preparar um chá para nós.

Contei a ele sobre a entrevista do dia anterior, dos recentes desenvolvimentos. Ele parecia interessado, me fitando com seus olhos rasgados. "E você acha que terá repercussão?", me perguntou, e eu dei de ombros.

"Bom, passou. É desconfortável essa posição, das entrevistas", disse. "Não falo das conversas com você. Isso é outra coisa. Penso nessas entrevistas de jornal. Matérias sobre um livro, um lançamento. Sempre achei cansativo. Parecia ter de responder a algo pronto". Eu sorri, disse a ele que era isso mesmo; frequentemente a pauta estava pronta, e a conversa existia apenas por existir, para dar alguma tangibilidade às informações já sabidas, pesquisadas.

"Há também aquelas que pedem explicações", objetou. "Para mim havia, ao menos, sempre essas perguntas. Para Flora sei que também. Odiávamos", riu. "Mas me diga. O que vai fazer agora? Fica até quando no Rio?", perguntou, e eu disse, com sinceridade, não saber, dependia da editora, mas tudo indicava uma partida breve; e talvez fosse mesmo o caso, voltar para casa para poder, enfim, começar o trabalho braçal da escrita.

"É a pior parte", me sorriu. "Não se espera que alguém que se diga escritor fale nem mesmo que pense isso. É que o trabalho do escrever em si sempre achei o mais difícil. Mas é tudo que se tem, não?", perguntou, mais ao ar que a mim; a si mesmo, talvez. Ficamos em silêncio por um tempo, e era bom; não me incomodava, não era o silêncio de um constrangimento, era a calma de um momento tranquilo – o reconhecimento de certo reconhecimento. Gabriel soprava o vapor de sua xícara quente, desenhando formas fúteis no ar. Com a expressão e os olhos quase cerrados, parecia prestar cada vez mais atenção na música, baixinha ao fundo; retomava a cerimônia que eu havia interrompido, sem grosseria ou impaciência, parecia apenas inevitável se capturar por ela outra vez. "Se importa se eu aumentar o volume?", perguntou, de forma também retórica, já diante da vitrola.

"Conhece Glenn Gould?", questionou, em referência àquele som, e como o nome me despertasse apenas uma leve lembrança, mais a distinção daqueles fonemas que qualquer informação, passou aos esclarecimentos. "Há quem diga ter sido o maior pianista do século. Essas suas interpretações de Bach são minhas músicas favoritas. *As variações Goldberg*. Toda uma ideia de arte nessa transposição ao piano...", refletiu vagamente, baixando a voz sob o volume do disco, como se fosse dissolvendo a explicação mediada em favor da música. Eu, que da técnica pouco entendia e dispunha de um repertório clássico nulo, me concentrei na audição, tentando entender seu assombro: era uma música linda, de fato, alternando entre faixas mais calmas, doces, e outras mais vigorosas, mobilizando tantas teclas (minha impressão do piano era quase visual), reunidas em harmonia. "Você consegue ouvir?", e eu disse que sim. "Não, não. Você consegue ouvir ele?", insistiu, fazendo um movimento aberto, tentando capturar a música no ar. Talvez achando que eu não entendia, ele se aproximou do móvel, colando a orelha nas caixas, e fez um gesto para que eu fizesse o mesmo.

"Ouça", e então, por entre as notas do piano, era possível entreouvir outro som, inesperado, que ora seguia, ora distava da melodia: um sussurro abafado, um murmúrio muito baixo, fugidio, mas que, quando ouvido, parecia contaminar toda a audição. "Gould gostava de cantar enquanto tocava", Gabriel disse, um ar de malícia infantil no rosto. "Cantar talvez seja exagero, embora às vezes pareça. Fazia esses sons, balbuciava. Dizia não poder controlar. Não era para acompanhar a música. Li, na verdade, que ele fazia mais barulho quando tinha dificuldade com alguma passagem".

Gabriel fechou os olhos, pareceu imergir em si mesmo, na própria concentração. Parecia se dedicar mais à audição desses ruídos do que às próprias *Variações*. Ainda absorto, adicionou, com graça, uma voz frágil vinda do fundo: "Dizem que tentavam retirar o barulho na pós-produção, mas muitas vezes era impossível. Glenn era odiado nos estúdios". Brinquei, comentando que, a partir de um ponto, podia ser que Gould já o fizesse de propósito, para irritar os tão irritáveis engenheiros; Gabriel sorriu.

segunda

Como então recuperar o irrecuperável?, lembrar de espaços esquecidos, intervalos desse dia que passei fora de mim. Lembro do passado aos pedaços, aos solavancos, como se bêbada, mesmo não estando ou não totalmente; como se tivesse a experiência e, sobretudo, a memória da experiência, corroída por uma maresia.

Começou (e dá para dizer que foi um começo, a essa altura? Se foi, coloquemos como o começo do fim; afinal, era bem disso que se tratava) ontem pela manhã, com um e-mail de Martina, sua proposta de uma data de retorno para dali a uma semana. Eu não tinha argumentos contrários, só uma difusa sensação de contrariedade, a impressão de um erro de cálculo, coisas que não poderia quantificar e levantar, contrapor à sua sugestão. A deixei sem resposta, apesar da urgência das passagens e preparativos, e parti à urgência dos meus desígnios; um último impulso para alinhar tudo o que vinha lendo e escrevendo, transcrevendo para outros cadernos, em um exame das pistas de Flora. Pois aquela tarde no Arpoador, alguma coisa nela, no contato com aquele momento e com aquela paisagem, parecia ter enfim dado forma a uma série de resquícios que eu sentia se depositarem em algum lugar aqui, ao longo das leituras; sentia a pedra como uma figura necessária para a compreensão das outras pedras; pedras de toque quase literais. Pois o Arpoador, seu desenho, seu local e suas situações, seu estranho acidente que era como metáfora das outras pedras dali, elas próprias metáforas de outra coisa, metáfora da pedra da Urca e a praia a seu sopé, o Arpoador como que me dava o sentido, o poder de resgatar a experiência da pedra, tão presente em Flora; com vagas lembranças de referências aos lugares em seus textos, revisei as linhas, fazendo uma leitura como se fossem mapas à procura daquele desenho. Não o havia, senão encarnado em outros montes e morros, e talvez fosse essa a sua importância, como um pico na paisagem servindo de guia e referência. E levava aos diários no caderno vermelho, em que sabia ter lido algo assim: recuperava a passagem, muito breve, escondida em uma reflexão prosaica em que Flora lembrava-se dos cliffs de Brighton (assim mesmo, na típica linguagem afetada, que eu aprendi a amar) e uma tarde nos cliffs de Brighton, que seria possível entender como um ensaio à noite do forno, e, sobretudo, à noite da praia, uma tarde em que se deixou passear pela beira do abismo naquela outra praia estrangeira, contemplando o outro lado da queda, se deixando seduzir pela passagem. Mas ainda não: e a lembrança que Flora resgata dessa cena é justo o momento de epifania, quando decidiu dar um passo para trás em vez de avançar de um avanço, quando resolveu fugir da própria fuga e voltar ao Brasil. Então a memória evapora, a digressão se dilui em um comentário sobre o dia a dia, um encontro no mercado ou algo assim, e o cliff de Brighton parece ainda maior em comparação, sua fronteira com o nada transformada em passagem, ponte para o passado. A pedra é movimento, pensei, e para onde esse movimento levaria?, pensei também, refletindo então nas rotas de fuga, tantas, abertas nesta cidade sinuosa. Ainda incapaz de retornar com Flora, por Brighton me deixei levar, indo enfim procurar informações sobre a figura de Roberto Sierra, o namorado abandonado, ou talvez o abandonador, alguém sem referências a não ser aquela carta enfurecida; uma rápida pesquisa na internet, aquela que eu havia adiado diante do soterramento de informações, revelava ser um fotógrafo chileno, no limite entre o obscuro e o vagamente conhecido, que havia voltado a viver no país em dado ponto dos anos 1990, anistiado de um longo e fracionado exílio. Retornava à casa conforme a decisão de Flora; voltaria para perto dos Andes e seus cumes, poderia ser? E pensei nele como um destino forte, bonito, tão melhor quanto mais inacessível, ainda que ele voltasse justo porque não fugisse mais (ainda que houvesse sempre mais gente a fugir, e portanto a refugiar). Não poderia perguntar a ele, já que Sierra havia falecido em 2009, como lia em uma notícia sem fanfarras, muito objetiva. Havia escapado, de outro modo. A arte da fuga, em todas as suas variantes, era o que unia estes fragmentos, o que emergia do mosaico. Pela mesma internet, passei das notas sucintas sobre Sierra às colunas de Sílvia Palmer, que já havia descoberto, enfiadas nas revistas frívolas onde foram publicadas, arquivadas em blogs amadores; lia com uma nova graça as oportunidades em que aconselhava sobre as infinitas possibilidades do desquite, advogando contra qualquer ranço de preconceito ainda persistente, a partir dos benefícios da libertação; ou o texto sobre as inauditas implicações feministas dos cosméticos, oportunidade de disfarce a situações mil. Podia perceber ali a ironia adiantada por Alice, expressa nos usos de um vocábulo em desuso, na enfeitada preocupação sobre temas tão prosaicos, quase paródicos; mas também havia um quê de sinceridade, contraditoriamente, na falsa identidade de Sílvia, como se o novo nome fosse um salvo-conduto a novas ideias, e nós as surpreendêssemos em movimento, em formação; e essas novas ideias iriam surgindo de dentro das antigas, como um nome anagramático tomando o lugar do outro. E assim eu podia encarar os diários, na linha dessas colunas, como um anacrônico requisito à sua plena realização, como um ato de prestidigitação, um ilusionismo; os cadernos, tão insuspeitos, inesperados mesmo àqueles que acompanharam Flora, como Gabriel e Gianetti, seriam uma máquina de produção de álibis (como o telefonema para Alice?), o que não dava nada por terminado, ao contrário; e lembrei da experiência infantil com os jogos de ligar os pontos, quando o caminho feito pelos traços começava a revelar uma ideia da figura, quase uma certeza, que então se fazia ainda mais necessário confirmar por meio do avanço, era preciso terminar, estar atenta a uma possível traição das linhas, a uma ilusão de ótica ou de confiança naquele desenho provisório.

E por onde Flora teria deixado mais pontos soltos, quase ocultos, à espera da ligação? Repassei seus livros, as anotações que havia feito deles e neles, suas orelhas dobradas e suas margens rasuradas, à procura de um eco aos cadernos. Me ressentia da perda de *Destinatário ausente*, talvez o mais revelador dos textos, na sua composição à clef; por outro lado, essa forma secreta apenas explicitava um impulso já corrente – parecendo assim uma pista plantada. Lembrava das cartas do baú, com seus cadeados já abertos e, ainda assim, se prestando a igual ou até mais confusa mistificação ("Como se a literatura fosse uma inspiração para a vida, ou como se não vivesse fora de seus próprios termos", lembrei). Imaginava ser o caso buscar, portanto, os segredos dentro do segredo, explorar os segredos contidos na trama da ficção; a partir da qual se revelariam suas fronteiras externas, invertendo o mapa. Me peguei voltando às *Sapatilhas*, aquele livro multiplicado no vaivém da pesquisa, que insistia em retornar, um pouco distinto a cada movimento; com ele em mente, lembrei de um de seus contos, lembrei até suas imagens escorrerem das páginas para a minha inquietude, aquele conto oblíquo em que a personagem, após levar um bolo em um encontro, decide atravessar a cidade a pé, pontuando o trajeto com os locais de outros primeiros encontros, uma viagem guiada pelos espaços da expectativa, e assim, com seus passos, ela riscaria um caminho singular: escreveria sobre o mapa da cidade uma história de seus desamores. Imaginei poder recuperar esse traçado, puxar ao concreto os passos, enquanto esboçava eu mesma uma linha, um texto sobreposto onde iriam se condensar as coisas, todas e quaisquer coisas, o que quer que ela tenha deixado cair pelo caminho, por descuido ou por engenho. Nesse palimpsesto, me interessava o instante em que duas palavras se acumulariam, rimariam, por assim dizer; e esse relevo, casca de ferida, poderia então ser lido em um gesto de divinação. Anotei aquela lista de locais e circunstâncias, arrancadas ao conto, e a levei comigo, junto ao próprio livro, tocando para a Cinelândia, onde a persona de Flora se descobriria abandonada num café, e de onde avistaria, do outro lado da praça, o letreiro do Cine Odeon acender as memórias e, com elas, a ideia: outro encontro, apartado no tempo há mais de uma década, na timidez da paixão juvenil que se liberta no escuro do cinema, com um garoto que amou e nem lembraria ao certo como perdeu ou foi perdida, e eu circulava aquele prédio centenário sem saber se o adentrava ou não, me mantendo ainda a uma distância de observação, assistindo o filme fantasma daquele cortejo antigo; dali, parti com a personagem, atravessando alguns anos e a Beira-Mar, na direção do Museu de Arte Moderna, onde trançaria por entre as colunas do prédio, me perdendo nos jardins, como aquele primeiro contato com o que viria a ser um namorado, ali inominado, descrito com certa jocosidade, talvez um anacrônico registro do desgaste de relação que se sucederia ("Havia algo nesses primeiros encontros", pensei, "de tensão, da vontade de um reconhecimento futuro: ao conhecer essas figuras, tentar antever o quanto ficarão comigo e como, que traços ou gestos agora inocentes permanecerão como sombras de seus portadores"), e ali aquele pré-conhecimento do desastre se encontrava para sempre fixado nos contornos e entornos do museu, enquanto que a personagem se abandonaria um instante a calcular a rota, daquela relação e das seguintes, seguindo seu caminho pelas artérias tortuosas até o Catete, uma casa no Catete, local de um encontro único com uma amante maldita, fracasso da descoberta e da dúvida, aquela casa não endereçada e pouco descrita, que me forçou a girar sobre o próprio eixo nas vias e elevações daquele trecho, não sabendo se subia ou descia, procurando a vaga descrição de um sobrado decadente entre tantos outros, acabando por descer fracassada, como fracassada teria sido a narradora, uma foda e muita neura, descendo a cidade por quase uma hora cheia, sentindo o peso do clima abafado, um tenso calor esticado sobre a atmosfera, peguento na pele, até alcançar os jardins da Casa de Rui Barbosa, em Botafogo, à ansiada sombra do casarão rosado, imenso acervo e templo de letras, onde um dia Flora e Gabriel se conheceram, ressoando em um eco? (seria a primeira pista mais clara desse périplo, vinco mais marcado do texto?), a narradora conheceria um professor e com ele se encontraria mais vezes, um caso proibido, abrigado junto aos deveres da casa de lembranças, e onde descobriria a insuficiência do afeto quando solitário, como o escreveria, desacompanhado das outras liturgias menos românticas do amor, sua forçosa manutenção cotidiana, e a adquirida consciência faria o caso se esfumar, deixando apenas a memória de uma primeira tarde de consumação em meio aos arquivos, pois nas primeiras vezes a paixão basta (e o texto, nas suas reconstruções de primeiras vezes, era um inventário dessas chamas jovens), e eu pensava nisso, parada um pouco no jardim, recuperando o fôlego antes de partir de novo aonde o destino era próximo, um bar na Voluntários da Pátria, não bem identificado pelo conto, de modo que foi preciso escolher aleatoriamente entre as tantas opções, tentando selecionar entre os mais antigos, que ali estariam pelos anos 1980 e talvez ainda guardassem alguma fuligem daquele tempo, da vez em que a personagem teria aguardado horas, se imaginando abandonada, até receber a menina que desandaria a falar e contar coisas, provocando risos (inventava nesse instante uma risada na voz grave e miúda de Flora, que conhecia apenas séria, sisuda, autoimportante), instalando a sensação de uma companhia de horas, fazendo valer a espera e mais, no que acreditaria ser um encontro verdadeiro, nos sentidos mais íntimos do termo e eu reconstituía a cena, sentada por alguns minutos, bebendo uma cerveja, observando nas mesas situações semelhantes, contando os casais e medindo nas suas interações o grau de saturação do reconhecimento entre eles, e pareceu sintomático a narradora escrever tão breve sobre o caso que mais pareceu dar certo (mesmo que não tenha dado certo totalmente, isso era óbvio, pois outros encontros se sucederiam), embora não entendesse ainda qual o mal que esse sintoma diagnosticaria; escrevia mais, é certo, sobre a próxima estação, palco não de um, mas de quase uma infinidade de encontros, a boate do Crepúsculo de Cubatão, onde tantas noites iam se pôr e onde cheguei após um longo trajeto, que entardecia também meu dia, e segui logo ao endereço da Barata Ribeiro, conhecido como antigo espaço da casa noturna, um porão infernal que faria nascer e morrer muitos amores, à altura do número 54, onde agora identificava a entrada de uma lavanderia, em uma sobreposição com a minha realidade, mas mais brusca, dura, prática, sem dúvidas, e emulava a decepção da própria personagem que encontraria por ali outra construção, incapaz de recuperar os mais bárbaros dos encontros, alguns dos quais mal se lembraria e apenas saberia terem acontecido pela boca de terceiros, ou mesmo de segundos, quando estes retornavam e ofereciam uma segunda vez (mas eram raros, estas e aqueles; "Só que o vazio é muito vazio", lembrei); me esforçava para ouvir música, qualquer vazamento que escapasse ao revestimento das paredes e do tempo, buscando compor um cenário (na mente, já evocava a foto noturna de Flora e Gabriel; poderia ter sido em uma destas ruas de Copacabana o registro, e eu, que vagava por elas há mais de um mês, teria falhado em reconhecer?), emular a perturbação que tomava conta do texto, cada vez mais elíptico e frenético em flashes e cortes cinematográficos, saturado dos casos e cachos fugazes, adentrando o território fértil da noite, pois a narradora cruzaria Copacabana, resoluta, embevecida na própria luxúria, e iria reencená-la sobre palcos já explorados, chegando às pedras originais (elas, novamente; as pedras, pacientes e impassíveis, são as testemunhas por excelência, pensei) do Circo Voador, quando foi inaugurado no Arpoador, como um lugar que exige sair da invenção ao mundo, mesmo que fosse um mundo incompatível à sua presença, lá pensaria no que havia assistido, nas danças, nas bebidas, em quem havia conhecido por ali e quem havia levado pelas próprias mãos, à beira do Atlântico, como a um mergulho (e a imagem era sua, me alarmava sua presença e a impressão de estar enfim me acercando de algo, mesmo que fosse algo procurado, buscado, desejado), fazendo reluzir no texto um ou dois casos de maior fogo, igualmente perdidos ("Como se a vida não fosse senão um colecionismo dos sintomas da própria morte", pensei, e os orgasmos, suas pequenas mortes, como, ao mesmo tempo, uma recusa e uma confirmação da sina, como o gesto que desafia a profecia, já sendo previsto por ela, sendo a razão dela própria), e haveria ainda um último fôlego ao trecho derradeiro do trajeto, meio Rio já cortado a pé, e se sentiria cansada, pois se sentiria cansada no corpo e na mente, exausta de viver tantos dias no mesmo, mas insistindo, pois recuperaria naquele esforço alguma coisa, nem que fosse o ânimo abalado pela última das rejeições; completar aquele empenho louco seria finalizar uma missão, ter um feito a clamar, uma conquista só dela, que ninguém jamais poderia retirar, como se retiram da vida os amantes entediados, ou como ela própria entediada se retirou da vida de outros, um contínuo balé de desistências e deserções; agora não: avançaria, mesmo que fosse na direção do passado, do retrocesso; e eu avançava, também, chegando a um momento delicado, o momento de fé no salto, pois encontrava uma bifurcação: a edição final de *As sapatilhas* encaminhava os passos a um apartamento juvenil na Gávea, enquanto a versão não corrigida presente no baú trocava os termos para o Leblon (ainda que mantivesse todo o resto igual: o apartamento e suas cercanias, seu interior e a tarde que abrigou; todo o texto se espelhava, exceto o nome do bairro), e, pior ainda, os esboços mais brutos de Ana alteravam totalmente a ação, em recuo novamente a Botafogo, quando voltava para casa; estranhei não ter percebido antes tanta discrepância entre as cópias, e percebi isso apenas enquanto anotava os destinos a partir do livro, e identifiquei algo errado, partindo a campo mesmo assim: o que encontrasse por aqui, com certeza, reencaminharia minhas decisões, e intuitivamente, já anteciparia os próximos passos;

mas não era nada disso e não havia remédio senão seguir, agir com base em um pressentimento menos seguro, vacilante, tendo indícios mais efêmeros que as pegadas prévias, de algum modo depositei a esperança na versão oficial e senti precisar contornar a Lagoa, estando alerta à escuridão que já se anunciava; e me percebi além ou aquém do ponto quando o retesamento do calor enfim rompeu e bombas de água passaram a estourar sobre a calçada, a chuva caía com violência, como uma última oportunidade, a água descia em cascatas ansiosas pela rua e eu me percebi tendo de correr uma longa quadra sem refúgios, ladeada por grades verdes, até dar com o portão do Jardim Botânico; não havia opção senão entrar e tentar me esconder, atravessar a cancela e pagar o devido, mecanicamente, até me refugiar onde pudesse, mas a calma abrupta do lugar acabou reposicionando as urgências, as buzinas e o frenesi revolvido pelo temporal substituídos por uma frequência suave, pontilhada por animais e pela entrega das folhas ao vento, todo o trabalho secreto do Jardim, como a quietude de uma emboscada, e pude diminuir o passo, percorrer as aleias, me concentrar no interior, pois abandonada ao fora, pensando em recusar ao que se entreabria de súbito, sem aviso, e soava sem fundo, as pedras atiradas ao fosso caindo indefinidamente sem eco algum, e lá embaixo refletido algo como outro rosto, não exatamente o meu, mas de outro habitante daqui, o operador desta imensa máquina que se revela sob o solo, sobre a grama, sob a páginas, eu mesma apenas uma fina sombra, por um instante instável, até me tornar consciente, sentada em um banco, quando um vigia, alarmado na própria descoberta, me encontrou ali, em sua última ronda antes de fechar o parque, sem saber o que fazer para me mover, antes que eu fosse embora por conta própria e sem respostas, decerto o deixando a acreditar em assombrações para tomar meu caminho de volta, não aos percursos da personagem de Flora ou da própria Flora, mas para casa, se assim podia chamar o apartamento provisório, cada vez mais próximo da completa desapropriação, onde deitaria ainda molhada na cama, ali perto, com o caderno à mão, mas sem vontade de usá-lo, apenas fecharia os olhos e sentiria receder aquele fluxo, sabendo inevitável deixá-lo ir (e era tão mais difícil, ao perceber que se ia por completo, sem qualquer resistência); o dia ia se recolhendo, levando consigo suas ideias, que por sua vez herdavam pensamentos de dias anteriores (quantos, senão tantos quantos foram os dias nesta terra), me deixando aqui, exausta, amarrotada, quebrada, como um corpo que o mar devolve à areia.

quarta-feira, 3 de maio de 2016

E aí Alice, como se nada fosse.

Arrumava as minhas malas já há um dia, reorganizando os esparramamentos, de roupas, livros e papéis, sobretudo papéis, ponderando cuidadosamente as importâncias e abrindo espaço na agenda às demandas mais práticas e concretas. Havia tempo, ainda, mas queria fazer tudo com calma. Pensava ainda se avisaria Ricardo, após ignorar seus últimos contatos, e tendia cada vez mais a um não; só tornaria mais dramático um momento que me esforçava para manter em silêncio. A outros, sim, também e sobretudo por respeito: planejava conversar com Gianetti em breve. Gabriel também, gostaria de fazer uma visita a ele no fim de semana (eu havia decidido dar de presente a edição vadia de *Sussurro*; achei que gostaria de ouvir a história de sua compra, e, mais ainda, da descoberta daquela dedicatória). Então Alice me telefonou, ela de quem eu já havia desistido. Disse que estaria na cidade, tinha de fazer umas entregas, conversar com contatos de trabalho, comprar algumas coisas também, e perguntou se eu topava um almoço; não fez qualquer alusão às minhas tentativas de contato frustradas, a seu sumiço. Falava como se tivéssemos nos vistos poucos dias antes. Decidi adentrar o jogo, e aceitei, sem perguntas.

Ali pela uma da tarde, me avisou ter chegado, e a encontrei na rua: estava parada diante de uma grande caminhonete amarela, antiga, mas bem conservada, apenas empoeirada pela viagem. Alice vestia roupas mais cotidianas que o macacão de trabalho da última vez, e era uma graça vê-la assim: calças de algodão marrom e uma blusa branca larga, quase uma bata. Usava o cabelo preso em um coque mais solto, os cabelos crespos dançando ao redor do rosto. Me abraçou e engatou desculpas: havia terminado as entregas, mas surgiu a necessidade de uma reunião com um parceiro, um fornecedor de insumos, não entendi bem, e precisava se encontrar com ele dali a pouco. Precisava ir, e ele ficava na estrada. Perguntou se eu me importava de adiar brevemente o almoço, acompanhá-la até lá, e depois podíamos ver o que fazer. Embarquei sem protestos: não tinha compromissos e me agradava o passeio. Percorremos as ruas, e íamos amornando a conversa, trocando questões cotidianas; ela fazendo de conta que não me ignorara durante essas semanas, eu fingindo que não me havia me incomodado com o sumiço. Nos bancos de trás da caminhonete, havia caixas de madeira e, nelas, o quê de sua produção resistiu à venda, a parte delicada demais para ir na caçamba: flores, plantas ornamentais e ervas frescas perfumando o carro. Ali, no ponto em que adentrávamos a estrada (não sei bem por onde, não prestava atenção no caminho, apenas no movimento), resolvi testar as águas e perguntei se ela tinha ouvido falar sobre o baú.

"Sim, sei, eu li a reportagem", disse, sem esboçar maiores reações; e me surpreendi, primeiro com seu contato com os jornais, a despeito do isolamento, e segundo, e sobretudo, com seu pouco caso. "Não ficou muito boa, né? Não digo pelas suas respostas, claro. Mas o texto. Aquela repórter não entende nada de Flora", continuou, por uma via marginal do assunto. Não se interessaria pelo que eu havia achado?, pensei, sem dizer. Comentei a redundância de que havia conseguido as coisas com Dora; confessei que ter mentido à reportagem (deixando implícito que eu também havia mentido sobre todo o resto), tendo descoberto a caixa semanas antes do anunciado.

"Eu sei", Alice contou, tamborilando os dedos anelados no volante. "Sabia que você ia encontrar Dora logo depois de sair do sítio. Lembro o dia", disse, olhando um instante para mim, distraída do trânsito tranquilo. Saberia dos motivos desse adiamento? Intuía meus medos diante daquilo? Era óbvio que ela soubesse, pensava agora, mas refletia também em outra hipótese, inédita até então, entremeada em tantas outras: teria sido ela que me encaminhou para Dora. Mais que isso: tinha ligado para Dora, marcado por mim nosso encontro. O que teriam conversado, planejado? Nervosa, bruscamente, como alguém pego em flagrante em algum esquema (ainda que não fosse eu a suspeita naquela situação; ainda que fosse, sim, em partes), tentei elaborar com discrição as minhas dúvidas, fazendo perguntas pelas beiradas: teria ela imaginado o que eu poderia encontrar naquela tarde na pousada?

Alice apenas sorriu por um momento, que pareceu muito longo. "Imaginar, imaginar, é possível. Mas se imaginam muitas coisas. Eu não sabia de nada, tinha só uma intuição. Não era bem uma intuição, não seria a palavra correta. Algo menos que isso. Uma leve impressão", disse, enfim. "O que quero dizer é que não sabia desse baú, mas ele não me surpreende. E não surpreende que Dora o segurasse tanto tempo, também. Mas não parecia mais certo. Se existisse, de fato, tinha de aparecer", refletiu.

"O que você achou das coisas ali?", perguntou, pois eu não havia dito nada, calculando as informações. Comecei a responder, emulando as reflexões já feitas na entrevista d'O Globo, quase mecanicamente, decoradas, antes de ser interrompida pela voz impaciente de Alice: "Não, você entendeu o que eu quis dizer. Nada disso. O que você realmente achou? Resolveu seu livro?".

Não podia dizer que sim; resolver seria uma palavra forte. Achei interessante, e tinha muito no que trabalhar. "Tenho certeza que foi impactante. Ler Flora sempre é. Essa visceralidade. E a impressão de ler a intimidade. Lembro que sempre ficava tocada com as cartas dela. Mas o que eu quero dizer, ou perguntar, não sei bem, é se fez diferença?", disse, sem parecer esperar resposta. "Tem coisas que se diz, mas não dizem nada. Naquela ligação de Flora, por exemplo, depois era possível projetar mil coisas sobre a conversa. Mas na hora, o que era, o que foi?", insistiu com as interrogações meio ocas, sem convicção, como uma memória muscular da memória; apenas ecoava dúvidas repetidas a si há tempos, tempo demais.

"Gabriel não contou a história da cifra?", me perguntou subitamente como se pega na surpresa de uma memória, mas também carregando a dúvida de um tom retórico. Diante da minha negativa curiosa, estranhou. "Ele adora esse conto. Essa ideia, não sei como chamar... Bem, você deve ter visto que ele gosta de conversar com essas alusões filosóficas, as viagens dele", contou, e eu ri daquele reconhecimento. "Mas essa é a que ele mais gosta. Acho que já usou em um poema. Deixa eu tentar ver se lembro dos detalhes. Bom, o zero, o número zero, é uma invenção oriental, certo? A matemática do ocidente, antes disso, era toda atrapalhada, porque não tinha esse elemento. O zero ajudou principalmente no comércio: tornou possível fazer contas mais complexas, negociar melhor. Aí os mercadores contrabandearam a invenção: a cifra, que significa zero em latim. Só que a Igreja era contrária a essa importação, essa invasão bárbara, e proibiu o sistema numérico dos árabes. Então 'cifra' passou a significar também 'segredo'. Mas o segredo era nada, literalmente um zero", concluiu, com algum vacilo. "Entende? Ah, eu devo ter errado alguma coisa. Gabriel sempre foi melhor com o narrativo". Fiz de conta que entendia, ou talvez o tenha compreendido mesmo; mas não insisti, não explorei, senti que ela tentava passar uma lição ao mesmo tempo em que arejava o ar pomposo dos conselhos.

"É uma boa história, de todo jeito. Fico imaginando o mundo sem o zero. Hoje, é impossível conceber, né? Pois não é só a matemática. Altera toda uma visão de mundo", prosseguiu. "É um número, claro, e como número é muito preciso. Mas o que eu penso da história de Gabriel é como a palavra também tem esse poder, mas pelo motivo inverso. Porque não tem precisão, vira outra coisa. *Lost in translation*, sabe? Já pensei muito sobre. Talvez até tenha sido uma das razões para desistir de escrever. E no fim, não importava. É como aquele nada", e Alice já não falava para mim, a voz baixa, perdida em algum lugar, concatenando as ideias como os versos estranhos de sua poesia; queria dizer algo sobre o querer dizer algo e sobre a impossibilidade do dizer algo. Ou de compreender algo; ou qualquer coisa. Da minha parte, já não tinha certeza de entender nada, e talvez até mesmo não tivesse mais esse objetivo.

Por aquela altura, chegamos ao endereço do seu fornecedor, uma fabriqueta no meio do nada, uma pequena construção cinzenta em um desvio da estrada, com um largo pátio de terra fazendo as vezes de estacionamento, onde Alice parou o carro e avisou que não iria demorar. "Deixo ligado?", perguntou, e eu indiquei que não seria necessário: ia abrir a janela, sentir um pouco o ar. No vidro que descia, peguei por um instante as formas do meu reflexo.

Em algum momento Alice voltou, com um homem a ajudando a carregar grandes sacolas pretas para a caçamba do carro. Me pediu desculpas pela demora e disse que poderíamos voltar à cidade para enfim comer alguma coisa, ou até ir ao sítio, ela nos prepararia um almoço e depois me traria de volta. Alguma coisa assim; eu não escutei ou não entendi, ainda perturbada pelos pensamentos em que eu havia mergulhado durante a espera, de modo que ela teve que repetir a pergunta, sem sucesso.

"Alice", comecei, "acho que sei o que fazer".

Uma menina loira eclipsa o sol e seu rosto picado por pequenas sardas toma por um instante o lugar da paisagem; pondo em jogo um sorriso e toda a música suave de seu sotaque, pergunta se posso cuidar de suas coisas, apontando para uma bolsa de lona e um par de chinelos, é só um minutinho que ela quer dar um pulo na água e está sozinha. Aquiesço e me aproximo de uma das margens da minha canga para ficar mais próxima de seus pertences, exercer por bem sua guarda. Por curiosidade, espio o interior da sua sacola, atirada à areia com sua boca entreaberta, por onde se percebem os suspeitos usuais a um dia de praia como é o seu, um tubo de protetor e uma caixinha de óculos de sol, e mesmo do dia a dia qualquer, como um molho de chaves e algumas notas de dinheiro soltas e amassadas; em meio a esses badulaques, de estranho apenas o corpo de um livro reluzente, seu verniz denunciando uma aquisição muito recente. Não resisto e, com o pé e a discrição, sacudo a bolsa, tentando movimentar seu conteúdo até conseguir ver a capa daquele texto. Alguns empurrões são necessários antes que eu possa ler as formas de *O giz e o pó*, na versão que a editora lançou há pouco, um caderno pequeno encapado em tons de rosa e verde, aludindo às ilustrações mimeografadas de sua primeira encarnação. Pensando em rimas, rio. Rio e também olho o mar, percebendo os cabelos platinados, quase cinzas, da menina já a alguns metros além da beira, lavados em sal, entretidos por um tempo ainda, tempo mais que necessário para que eu pegue meu próprio caderno, este volume no qual escrevo, e o troque pelo livrinho colorido de sua bolsa. Antes de depositá-lo ali, aproveito a caneta com a qual eu rabiscava há pouco e, na folha de rosto, escrevo:

Um beijo,
Flora L.

Cara leitora, caro leitor

A **Aboio** é um grupo editorial colaborativo. Começamos em 2020 publicando literatura de forma digital, gratuita e acessível. Até o momento, já passaram pelos nossos pastos mais de 500 autoras e autores, dos mais variados estilos e nacionalidades. Para a gente, o canto é conjunto. É o aboiar que nos une e que serve de urdidura para todo nosso projeto editorial. São as leitoras e os leitores engajados em ler narrativas ousadas que nos mantêm em atividade. Nossa comunidade não só faz surgir livros como o que você acabou de ler, como também possibilita nos empenharmos em divulgar histórias únicas. Portanto, te convidamos a fazer parte do nosso balaio! Todas as apoiadoras e apoiadores das pré-vendas da **Aboio**:

—— têm o nome impresso nos agradecimentos de todas as cópias do livro;
—— são convidadas a participarem do planejamento e da escolha das próximas publicações.

Fale com a gente pelo portal aboio.com.br, ou pelas redes sociais (**@aboioeditora**), seja para se tornar uma voz ativa na comunidade **Aboio** ou somente para acompanhar nosso trabalho de perto!

Vem aboiar com a gente. Afinal: **o canto é conjunto.**

Apoiadoras e apoiadores

150 pessoas apoiaram nossa pré-venda e assinaram nosso portal durante a pré-venda do livro *As rimas internas*. Sem elas, este livro não teria sido o mesmo. Agradecemos a:

Adriane Figueira
Alayde Barcellos
Alexander Hochiminh
Allan Gomes de Lorena
Ana Luiza Trierweiler
André Balbo
André Pimenta Mota
Andreas Chamorro
Ângela Gil
Anthony Almeida
Antonio Assis Brasil
Ariel Engster
Arthur Lungov
Betania Carvalho
Bianca Monteiro Garcia
Bruno Leites
Bruno Mattos
Caco Ishak
Caetano Braun Cremonini
Caio Girão
Caio Narezzi
Calebe Guerra
Camila do
    Nascimento Leite
Camilo Gomide
Carla Bonaspetti
Carla Guerson
Carmen Gehrke
Carolina Nogueira
Carolina Soares
    Nunes Pereira
Carolina Teixeira
Caroline Jacobi
Cássio de Borba Lucas
Cecília Garcia
Cintia Brasileiro
Cleber da Silva Luz
Cristina Machado
Daniel Dago
Daniel Giotti

Daniel Guinezi
Daniel Jacobi
Daniel Leite
Daniela Rosolen
Danilo Brandao
Denise Lucena Cavalcante
Dheyne de Souza
Eduardo Rosal
Eni Silveira
Febraro de Oliveira
Felipe Comaretto
Flávia Braz
Flávio Ilha
Francesca Cricelli
Frederico da Cruz
    Vieira de Souza
Gabo dos livros
Gabriel Brum
Gabriel Cruz Lima
Gabriel Nonino
Gabriela Machado Scafuri
Gabrielle de Paula
Gael Rodrigues
Giselle Bohn
Guilherme Almeida
Guilherme Becker
Guilherme Da Luz
Guilherme da Silva Braga
Gustavo Bechtold
Henrique Emanuel
Iami Gerbase
Igor Porto

Italo Almeida
Jacqueline Dal Bosco
Jadson Rocha
Jailton Moreira
Jamer Guterres de Mello
João Luís Nogueira
João Pedro Teixeira
Joca Reiners Terron
Julia Costa
Julia Landgraf
    Piccolo Ferneda
Júlia Vita
Juliana Costa Cunha
Juliana Slatiner
Juliane Carolina
    Livramento
Katherine Yang de Castro
Lara Wayne
Laura De Abreu Cabral
Laura Redfern Navarro
Leitor Albino
Leonardo Baldessarelli
Leonardo Pinto Silva
Lizandra Machado
Lolita Beretta
Lorenzo Cavalcante
Luane da Silva
    Mendonça de Jesus
Lucas Ferreira
Lucas Lazzaretti
Lucas Verzola
Luciana Knijnik

Luciano Cavalcante Filho
Luciano Dutra
Lucio Salimen
Luis Felipe Abreu
Luísa Machado
Luiz Felipe
    Loureiro de Abreu
Luiza Lewkowicz
Manoela Machado Scafuri
Marcela Roldão
Marcelo Conter
Marco Bardelli
Marcos Vinícius Almeida
Marcos Vitor
    Prado de Góes
Maria Inez Frota
    Porto Queiroz
Mariana Donner
Marina Lourenço
Mateus Torres
    Penedo Naves
Matheus Barbosa
Matheus Harb
Maurício Tiefensee
Mauro Paz
Menahem Wrona
Milena Martins Moura
Minska
Natalia Timerman
Natália Zuccala
Natan Schäfer
Nicole Mancuso Chiocheta

Otto Leopoldo Winck
Paula Maria
Paulo Scott
Pedro Gebara
Pedro Torreão
Pietro Augusto
    Gubel Portugal
Rafael Mussolini Silvestre
Renata Flores Trepte
Ricardo de Carli
Roberta Bonaspetti Gehrke
Rodrigo Barreto
    de Menezes
Sandra Bonaspetti Gehrke
Sergio Mello
Sérgio Porto
Silvia Bonaspetti
Sofia Bordinrolim
Thais Fernanda de Lorena
Thassio Gonçalves Ferreira
Úrsula Antunes
Valdir Marte
Weslley Silva Ferreira
William Rodrigues
    da Costa
Yamini Benites
Yvonne Miller

EDIÇÃO Leopoldo Cavalcante
PREPARAÇÃO Bianca Monteiro Garcia
REVISÃO Marcela Roldão
FOTOGRAFIA DA CAPA Marc Ferrez
CAPA Leopoldo Cavalcante
COMUNICAÇÃO Luísa Machado

da edição © Aboio, 2024

As rimas internas © Luis Felipe Abreu, 2024

Le Corcovado de l'acqueduc © Marc Ferrez / Coleção Gilberto Ferrez / Acervo Instituto Moreira Salles

Grafia atualizada segundo o Acordo Ortográfico da Língua Portuguesa de 1990, que entrou em vigor no Brasil em 2009.

Os personagens e as situações desta obra são reais apenas no universo da ficção: não se referem a pessoas e fatos concretos, e não emitem opinião sobre eles.

Dados Internacionais de Catalogação na Publicação (CIP)
Aline Graziele Benitez — Bibliotecária — CRB — 1/3129

Abreu, Luis Felipe
    As Rimas Internas / Luis Felipe Abreu. -- 1. ed. -- São Paulo: Aboio, 2024.

    ISBN 978-65-85892-20-9

    1. Romance brasileiro I. Título

24-191461   CDD–B869.3

Índices para catálogo sistemático:
1. Romances : Literatura brasileira

[2024]

Todos os direitos desta edição reservados à:
ABOIO
São Paulo — SP
(11) 91580-3133
www.aboio.com.br
instagram.com/aboioeditora/
facebook.com/aboioeditora/

Esta obra foi composta em Adobe Garamond Pro
O miolo está no papel Pólen® Natural 80g/m².
A tiragem desta edição foi de 500 exemplares.
A impressão é da Gráfica Loyola (SP/SP).

[Primeira edição, março de 2024]